LE MASQUE
Collection de romans d'aventures
créée par
ALBERT PIGASSE

Christmas Pudding

et autres surprises du chef

GW00691618

Agatha Christie

Christmas Pudding
et autres surprises du chef

Traduction nouvelle de Jean-Michel Alamagny

LIBRAIRIE DES CHAMPS-ÉLYSÉES

CE ROMAN A PARU SOUS LE TITRE ORIGINAL :

THE ADVENTURE OF THE CHRISTMAS PUDDING AND A SELECTION OF ENTRÉES

Pour Stella et Larry Kirwan

© AGATHA CHRISTIE LIMITED, 1960
ET ÉDITIONS DU MASQUE-HACHETTE LIVRE, 1998, *pour la nouvelle traduction.*
Tous droits de traduction, reproduction, adaptation, représentation
réservés pour tous pays.

Pour Stella et Larry Kirwan

AVANT-PROPOS D'AGATHA CHRISTIE

Ce livre est un festin, un festin de Noël. « La sélection du Chef », en quelque sorte. Et le Chef, c'est moi !

Il y a deux plats de résistance : *Christmas Pudding* et *Le Mystère du bahut espagnol*. Et plusieurs entremets : *Le policeman vous dit l'heure, Le Rêve* et *Le Souffre-douleur*. Un sorbet : *Le mort avait les dents blanches*.

Le Mystère du bahut espagnol peut être considéré comme une spécialité Poirot. C'est une affaire où il estime s'être montré au meilleur de sa forme ! Miss Marple, de même, s'est toujours félicitée de la sagacité qu'elle a su manifester dans *Le policeman vous dit l'heure*.

Dans *Christmas Pudding*, je me suis fait plaisir car cette aventure évoque pour moi le délicieux souvenir des Noëls de mon enfance. Après le décès de mon père, ma mère et moi avons toujours passé nos Noëls dans la famille de mon beau-frère, dans le nord de l'Angleterre — des Noëls magnifiques qui ne pouvaient que marquer la mémoire d'une enfant ! Il y avait tout, à Abney Hall ! Le parc s'enorgueillissait d'une cascade, d'un cours d'eau et d'un tunnel sous la grande allée ! Le déjeuner du 25 décembre était gargantuesque. Enfant maigrelette, d'aspect délicat, j'étais en fait de santé robuste et j'avais toujours faim ! Les garçons de la famille et moi jouions à qui, ce jour-là, en ingurgiterait le plus. Nous avalions la soupe aux huîtres et le turbot sans zèle excessif, mais alors arrivaient la dinde rôtie, la dinde bouillie et un énorme aloyau. Les garçons et moi prenions bien deux parts de chacun ! Nous avions ensuite du plum-pudding, des tartelettes aux fruits confits, du diplomate et toutes sortes de desserts. L'après-midi, nous nous bourrions de chocolats. Le tout sans ressentir jamais, aucun d'entre nous, la moindre lourdeur d'estomac ! C'est beau, d'avoir onze ans et de l'appétit !

Quelle journée merveilleuse, qui commençait par le rite des « bas de Noël » quand nous étions au lit, se poursuivait à l'église avec tous les cantiques, le déjeuner de Noël, les cadeaux, l'illumination du sapin !

Je garde la plus profonde gratitude pour l'hôtesse si gentille et si généreuse qui a dû se donner tant de mal pour faire de Noël ce merveilleux souvenir qui m'habite encore dans mes vieux jours.

Qu'il me soit permis de dédier ce livre à la chaleureuse hospitalité d'Abney Hall.

Et Joyeux Noël à tous ceux qui le liront.

CHRISTMAS PUDDING

(*The Adventure of the Christmas Pudding*)

— Je regrette infiniment..., préluda M. Hercule Poirot.

Il fut interrompu. Pas de façon impolie, non. Avec affabilité et adresse, au contraire, afin de le convaincre plutôt que de le contredire :

— Je vous en prie, ne refusez pas d'emblée, monsieur Poirot. Il s'agit d'une sérieuse affaire d'Etat. Votre coopération sera appréciée en très haut lieu.

— Trop aimable, se défendit Hercule Poirot avec un geste de la main, mais je ne peux vraiment pas entreprendre ce que vous me demandez. A cette période de l'année...

Mr Jesmond l'interrompit de nouveau.

— Justement, Noël, plaida-t-il. Un Noël à l'ancienne dans la campagne anglaise.

Hercule Poirot frissonna. La pensée de la campagne anglaise en cette saison ne lui disait vraiment rien.

— Un Noël comme au bon vieux temps ! insista encore Mr Jesmond.

— Je ne suis pas anglais, moi, expliqua Poirot. Dans mon pays, Noël, c'est une fête pour les enfants. Nous, c'est le nouvel an que nous célébrons.

— Ah ! mais en Angleterre, Noël est une véritable institution, et je puis vous assurer qu'à Kings Lacey, vous la verriez dans toute sa splendeur. C'est une vieille maison merveilleuse, vous savez. Pensez donc, l'une des ailes remonte au XIVᵉ siècle !

Nouveau frisson de Poirot. L'idée même d'un manoir anglais du XIVᵉ l'emplissait d'appréhension. Il avait trop souvent souffert dans les grandes demeures rurales historiques d'Angleterre. Il jeta avec satisfaction un regard circulaire sur son confortable appartement moderne, avec ses radiateurs et ses tout derniers équipements anti-courant d'air.

— L'hiver, décréta-t-il, je ne quitte jamais Londres.

— Je crains que vous ne mesuriez pas très bien la gravité du problème, fit Mr Jesmond en jetant un bref regard à son compagnon avant de revenir à Poirot.

A part un cérémonieux « Très honoré de faire votre connaissance », le second visiteur n'avait pas encore soufflé mot. Assis les yeux baissés sur ses chaussures bien cirées, il affichait le plus profond accablement sur son visage bistré. C'était un jeune homme qui ne devait pas avoir plus de vingt-trois ans et se trouvait de toute évidence dans la plus grande détresse.

— Si, si, répondit Hercule Poirot, je me rends compte. C'est une affaire très ennuyeuse et je compatis de tout cœur avec Votre Altesse.

— La situation est extrêmement délicate, insista Mr Jesmond.

Le regard de Poirot quitta le jeune homme pour revenir à son compagnon plus âgé. S'il avait fallu définir Mr Jesmond en un mot, ce mot aurait été discrétion. Tout en lui était discret. Ses vêtements bien coupés mais peu voyants, sa voix agréable et distinguée qui s'écartait rarement d'un timbre monocorde bien posé, ses cheveux châtain clair à peine dégarnis près des tempes, son visage pâle et sérieux. Il semblait à Hercule Poirot qu'il avait connu non pas un, mais une douzaine de Jesmond, tous utilisant tôt ou tard la même formule : « une situation extrêmement délicate ».

— La police sait être très discrète, vous savez, fit Poirot.

Mr Jesmond secoua énergiquement la tête :

— Non, pas question de la police. Pour récupérer

le... euh... ce que nous voulons récupérer, il nous faudrait alors presque inévitablement passer devant des cours de justice. Or, nous savons si peu de chose. Nous *soupçonnons*, nous ne *savons* pas.

— Je suis navré pour vous, redit Poirot.

S'il s'imaginait que sa compassion allait suffire à ses deux visiteurs, il se trompait. Ce n'était pas de cela qu'ils avaient besoin, mais d'assistance pratique. Mr Jesmond se mit de nouveau à lui vanter les mérites d'un Noël anglais :

— Les traditions se perdent, vous savez. Les gens préfèrent passer les fêtes dans les hôtels, de nos jours. Alors qu'un Noël anglais, avec toute la famille réunie, les enfants et leurs bas, le sapin, la dinde, le plum-pudding, les diablotins, le bonhomme de neige devant la fenêtre...

Par souci d'exactitude, Hercule Poirot le coupa et fit remarquer, sévère :

— Pour faire un bonhomme de neige, il faut de la neige. Et elle ne vient pas sur commande, même pour un Noël anglais.

— Encore aujourd'hui, je parlais à un ami du service de la météo : d'après lui, il est hautement probable qu'il y aura bel et bien de la neige cette année.

C'était ce qu'il ne fallait pas dire. Hercule Poirot frissonna de plus belle.

— De la neige en pleine campagne ! se récria-t-il. Ça serait le bouquet. Dans un grand manoir en pierre, brrr !

— Pas du tout, dit Mr Jesmond. Les choses ont bien changé, depuis ces 10 dernières années. Il y a le chauffage central au mazout.

— Ils ont le chauffage central au mazout à Kings Lacey ? demanda Poirot.

Pour la première fois, il semblait ébranlé. Mr Jesmond saisit la balle au bond :

— Absolument, et un merveilleux circuit d'eau chaude. Des radiateurs dans chaque chambre. Je vous assure, cher monsieur Poirot, Kings Lacey représente le summum du confort en hiver. Vous allez peut-être même avoir *trop* chaud.

— C'est fort improbable.

Avec une habileté chevronnée, Mr Jesmond changea légèrement de cap.

— Vous pouvez imaginer le dilemme terrible dans lequel nous nous trouvons, fit-il sur un ton de confidence.

Hercule Poirot acquiesça de la tête. La situation n'était certes pas rose. Un jeune prince, futur potentat, fils unique du maître d'un riche et puissant Etat indigène, était arrivé à Londres quelques semaines auparavant. Son pays avait traversé une période de turbulences et de mécontentement. Bien que fidèle au père dont le style de vie était resté résolument oriental, l'opinion publique se montrait passablement méfiante envers le rejeton. Ses folies de jeunesse étaient de type occidental, donc unanimement réprouvées.

Récemment, toutefois, on avait annoncé ses fiançailles. Il devait épouser une cousine de la branche paternelle, jeune femme qui, bien qu'éduquée à Cambridge, prenait garde de ne faire montre d'aucune influence européenne dans son propre pays. Le jour du mariage avait été fixé et le jeune prince s'était déplacé en Angleterre avec quelques-unes des fameuses pierres précieuses de la famille afin de les faire remonter de façon plus moderne et appropriée par Cartier. Parmi elles se trouvait un rubis très connu auquel, après l'avoir desserti de son lourd et vieux collier, le célèbre joaillier avait donné nouvelle allure. Tout, jusque-là, s'était bien passé. Mais c'est alors que les choses s'étaient gâtées. Un jeune homme aussi bon vivant autant que fortuné ne pouvait pas ne pas s'octroyer quelques fredaines de la meilleure facture. Nul ne le lui aurait reproché : c'est ainsi que les jeunes princes sont censés s'amuser. Qu'il eût emmené son flirt du moment dans Bond Street et lui eût offert un bracelet d'émeraude ou un clip en diamant pour la remercier des faveurs accordées aurait paru tout à fait naturel et approprié en regard des Cadillac dont son père gratifiait invariablement ses danseuses favorites.

Mais le prince s'était montré beaucoup plus inconsidéré que cela. Flatté de l'intérêt que lui manifestait la dame, il lui avait montré le fameux rubis dans sa nouvelle monture, poussant l'imprudence jusqu'à l'autoriser à le porter un soir !

La suite de l'histoire avait été aussi brève que navrante. La belle avait quitté leur table de dîner pour se poudrer le nez. Le temps avait passé. Elle n'avait point reparu. Elle avait quitté l'établissement par une porte dérobée et s'était volatilisée. Le plus affreux est que le rubis serti de neuf s'était volatilisé avec elle.

Tels étaient les faits qui ne pouvaient être rendus publics sans entraîner les plus désastreuses conséquences. Ce rubis n'était pas une pierre ordinaire, il avait une grande signification historique et les circonstances de sa disparition étaient telles que leur divulgation malencontreuse risquait d'avoir de gravissimes répercussions politiques.

Mr Jesmond n'était pas le genre d'homme à évoquer de tels faits en langage direct. Il les enroba, si l'on peut dire, dans une avalanche de mots. Qui il était au juste, Hercule Poirot l'ignorait. Comme les autres Jesmond rencontrés au cours de sa carrière, s'il venait du ministère de l'Intérieur, de celui des Affaires étrangères ou de quelque autre service plus ou moins occulte de l'administration ne fut pas précisé. Il agissait dans l'intérêt du Commonwealth. Le rubis devait être retrouvé.

Et il n'y avait que M. Poirot, insistait Mr Jesmond en toute délicatesse, qui pût le retrouver.

— Oui... peut-être, reconnut Poirot, mais vous avez si peu d'éléments à me donner. Des impressions, des soupçons, tout cela est bien maigre.

— Voyons, monsieur Poirot, cela n'outrepasse sûrement pas vos compétences, qui sont illimitées. Allez, je vous en prie.

— Je ne réussis pas toujours.

Ce n'était que fausse modestie. Il était clair, au ton de voix de Poirot, que pour lui, entreprendre une mission était presque synonyme de la réussir.

— Son Altesse est très jeune, poursuivit Jesmond. Il serait désolant que sa vie fût gâchée pour une simple erreur de jeunesse.

Poirot posa sur le jeune homme accablé un regard indulgent.

— On commet des bêtises à votre âge, c'est sûr, fit-il pour lui redonner courage. Chez un garçon ordinaire, ce n'est pas trop grave. Papa sort son porte-monnaie, l'avocat de la famille répare les dégâts, le freluquet retient la leçon et tout est bien qui finit bien. Dans votre position à vous, il en va autrement. Votre mariage tout proche...

— C'est ça, c'est exactement ça.

Pour la première fois, les mots sortirent à profusion de sa bouche :

— Elle est très, très sérieuse, voyez-vous. Elle ne prend pas la vie à la légère. A Cambridge, elle a acquis des tas de grandes idées. Il faut développer l'éducation dans mon pays. Il faut bâtir des écoles. Il faut faire évoluer des quantités de choses. Tout cela au nom du progrès, de la démocratie. Rien ne sera plus jamais, d'après elle, comme au temps de mon père. Elle sait, bien sûr, que j'irai toujours m'offrir du bon temps à Londres, mais à moi de veiller à ne pas faire scandale. Surtout pas ! C'est le scandale qui est grave. Or, ce rubis est très, très célèbre, vous savez. Il a toute une histoire qui remonte incroyablement loin. Il y a eu pour lui beaucoup de sang versé... beaucoup de morts !

— Des morts, murmura Poirot, songeur.

Il jeta un regard à Mr Jesmond :

— J'espère bien que cela n'ira pas jusque-là.

Mr Jesmond émit un gloussement étrange, un peu comme une poule qui aurait décidé de pondre un œuf et se serait ravisée.

— Allons, évidemment pas, dit-il d'un air pincé. Il n'est pas question de quoi que ce soit de ce genre, j'en suis sûr.

— Vous ne pouvez pas en être sûr, le reprit Hercule Poirot. Quelle que soit la personne qui détient maintenant le rubis, d'autres vont peut-être vouloir s'en emparer et n'iront pas par quatre chemins, très cher monsieur.

— Vraiment ! se raidit Mr Jesmond, plus compassé que jamais, je ne crois pas que nous devions nous laisser aller à des spéculations de ce genre. Elles ne sauraient nous être de quelque utilité.

— Eh bien moi, savez-vous, fit Poirot, plus belge que nature, je suis comme les politiciens, j'explore toutes les voies possibles.

Mr Jesmond lui jeta un regard hésitant, puis se ressaisit :

— Alors je peux considérer que c'est entendu, monsieur Poirot ? Vous irez à Kings Lacey ?

— Et comment expliquerai-je ma présence là-bas ? demanda ce dernier.

— Nous pourrons arranger cela très facilement, répondit Jesmond avec un sourire confiant. Je puis vous assurer que tout cela paraîtra tout à fait naturel. Vous trouverez les Lacey absolument charmants. Des gens délicieux.

— Et vous ne me racontez pas d'histoires avec le chauffage central au mazout ?

— Mais non, voyons ! s'offusqua Mr Jesmond. Je vous assure que vous aurez tout le confort.

« *Tout le confort moderne* », se murmura Poirot à lui-même en évoquant des souvenirs.

— Eh bien, décida-t-il, j'accepte.

*

Il régnait une agréable température de vingt degrés dans le salon de réception tout en longueur de Kings Lacey tandis qu'Hercule Poirot, assis à côté d'une des hautes fenêtres à meneaux, conversait avec Mrs Lacey, laquelle s'affairait à ses travaux d'aiguille. Il ne s'agissait en l'occurrence ni de *petit point* ni de broderie de fleurs sur soie, mais de la tâche plus prosaïque consistant à ourler des torchons. Tout en cousant, elle parlait d'une voix douce et réfléchie que Poirot trouvait fort charmante.

— J'espère que notre fête de Noël vous plaira, monsieur Poirot. Nous serons en famille, vous savez. Ma petite-fille, mon petit-fils et un camarade à lui, et puis ma petite-nièce Bridget, Diana, une cousine, et David Welwyn, un vieil ami. Une soirée entre nous, donc. Mais Edwina Morecombe m'a affirmé que c'est cela que vous vouliez voir : un Noël à l'ancienne. Eh bien, chez nous, vous serez servi ! Mon mari vit complètement dans le passé. Il aime que tout soit exactement comme avant, quand il avait douze ans et qu'il venait ici pour les vacances.

Elle se sourit à elle-même :

— Avec les mêmes vieilles coutumes : l'arbre de Noël, les bas pleins de friandises suspendus au lit, la soupe aux huîtres, la dinde — deux dindes, en fait, l'une bouillie et l'autre rôtie — le plum-pudding avec la bague, le bouton du célibataire[1] et toutes les autres babioles dedans. On n'y met plus les pièces de six pence parce qu'elles ne sont plus en argent pur. Ensuite nous avons tous les anciens desserts, les prunes au sirop, les amandes et les raisins secs, les fruits confits et le gingembre. Seigneur, on dirait que je récite le catalogue de chez Fortnum & Mason !

— Vous me mettez les papilles en folie, madame.

— Je crois que ce qui nous guette tous demain soir, c'est une indigestion carabinée, soupira Mrs Lacey. On n'a plus l'habitude de manger autant, de nos jours, n'est-ce pas ?

Elle fut interrompue par de grands cris et des éclats de rire sous la fenêtre. Elle jeta un coup d'œil :

— Je me demande ce qu'ils fabriquent là-dehors. Encore un de leurs jeux, sans doute. Vous savez, j'ai toujours eu très peur que nos Noëls ici assomment les enfants. Eh bien pas du tout, c'est le contraire. Mon fils, ma fille et leurs amis, oui : eux avaient des goûts plus citadins. Ils trouvaient tout ce tralala complètement dépassé et préféraient aller danser dans un palace quelconque je ne sais où. Alors que les plus jeunes paraissent s'amuser comme des fous. Et puis, ajouta-t-elle, prosaïque, nos collégiens et collégiennes ont toujours faim, n'est-il pas vrai ? A mon avis, on ne les nourrit pas assez, dans leurs pensionnats. Il est bien connu qu'on mange comme quatre, à cet âge-là.

Poirot en convint et ajouta :

— En tout cas, il est infiniment aimable à votre

---

1. Bouton de col à bascule, mobile, généralement en os ou en argent et ne nécessitant pas d'être cousu — d'où son nom (N.d.T.).

mari et à vous de m'accueillir ainsi dans votre cercle familial, madame.

— Oh ! il en est aussi ravi que moi, j'en suis sûre, dit Mrs Lacey. Et si vous trouvez Horace un peu ronchon, poursuivit-elle, n'y prêtez pas attention. C'est juste sa façon d'être.

Son mari, le colonel Lacey, avait en effet rouspété :

— Qu'est-ce qui te prend de nous coller dans les pattes un de ces fichus étrangers pour Noël ? C'est bien le moment ! Je ne peux pas les voir en peinture, moi. Je sais, je sais, c'est Edwina Morecombe qui nous l'a refilé. Mais de quoi se mêle-t-elle ? Et que ne l'a-t-elle pris *chez elle*, si elle voulait lui prodiguer l'esprit de Noël ?

— Tu sais bien qu'Edwina va toujours au *Claridge* pour les fêtes, avait expliqué Mrs Lacey.

Son mari lui avait alors adressé un regard perçant :

— Tu ne nous manigancerais pas quelque chose, Em ?

— Manigancer, moi ? répondit-elle en ouvrant de grands yeux bleus. Bien sûr que non, voyons, pourquoi ?

Le vieux colonel Lacey partit d'un profond rire de gorge :

— Avec toi, je me méfie toujours ! Quand tu prends ton petit air innocent, c'est que tu nous mijotes un coup fourré.

Cet intermède encore tout frais dans son esprit, Mrs Lacey poursuivit :

— Edwina m'a garanti que vous pourriez éventuellement nous aider... Je ne vois pas bien comment, c'est sûr, mais il paraît que vous avez une fois ôté une sérieuse épine du pied à des amis à vous dans... dans une affaire un peu semblable à la nôtre. Au fait, euh... peut-être ne savez-vous pas de quoi je vous parle ?

Poirot l'encouragea du regard. Plus très éloignée des soixante-dix printemps mais néanmoins droite comme un cierge, Mrs Lacey avait des cheveux d'un blanc de neige, des yeux bleus, un nez démesuré et un menton volontaire.

— S'il y a quoi que ce soit que je puisse faire, j'en serai ravi, dit Poirot. Il s'agit, si j'ai bien compris, du coup de cœur assez mal venu d'une toute jeune fille.

Mrs Lacey acquiesça de la tête :

— Oui. Il est extraordinaire que je puisse... — comment dire ? — ... aborder un sujet pareil avec vous. Car vous m'êtes après tout un parfait étranger...

— Etranger, je le suis en effet pour vous dans tous les sens du terme, fit Poirot d'un air entendu.

— Bien sûr, fit Mrs Lacey, mais il n'est pas impossible que, dans un sens, cela ne facilite pas les choses. De toute façon, Edwina semblait sous-entendre que vous pourriez avoir des renseignements — comment dirai-je ? — utiles, sur ce jeune Desmond Lee-Wortley.

Poirot resta un moment silencieux pour admirer l'ingéniosité de Mr Jesmond et l'aisance avec laquelle il avait utilisé lady Morecombe pour parvenir à ses fins.

— Si je ne me trompe, il n'a pas très bonne réputation, ce jeune homme ? commença-t-il prudemment.

— Ah ! ça non, alors. Il l'a même exécrable ! Seulement, avec Sarah, l'argument ne portera pas. Il n'est jamais bon de raconter aux jeunes filles que leurs soupirants ont mauvaise réputation. Cela... cela ne fait que les exalter encore davantage !

— Vous avez mille fois raison, reconnut Poirot.

— Dans ma jeunesse — seigneur, ça ne date pas d'hier ! —, on nous mettait en garde, vous savez, contre certains jeunes gens. Mais c'est vrai que cela ne faisait qu'accroître l'intérêt que nous leur portions, et si on pouvait se débrouiller pour danser avec eux ou les retrouver seuls dans la pénombre d'une serre...

Elle éclata de rire :

— C'est pour ça que je n'ai pas voulu laisser Horace faire ce qu'il avait en tête.

— Confiez-moi exactement ce qui vous préoccupe, dit Poirot.

— Notre fils a été tué pendant la guerre, expliqua Mrs Lacey. Ma bru est morte en couches en mettant

Sarah au monde, si bien que la petite a toujours vécu avec nous et que c'est nous qui l'avons élevée. Peut-être était-ce imprudent, je ne sais pas, mais nous avons pensé qu'il valait mieux lui laisser le plus de liberté possible.

— Vous avez eu raison, à mon avis, opina Poirot. On ne peut aller contre l'esprit de son temps.

— Non, c'est exactement ce que nous nous sommes dit. Et puis les filles en font toutes autant, de nos jours.

Poirot lui lança un regard interrogateur.

— La façon d'exprimer cela, je pense, fit Mrs Lacey, c'est de préciser que Sarah donne dans ce qu'on appelle vulgairement la tendance bistrot. Elle fuit les soirées dansantes, refuse de faire son entrée dans le monde ou quoi que ce soit de ce genre. A l'inverse, elle se cantonne dans un petit deux-pièces plutôt sordide de Chelsea, côté fleuve, porte ces drôles de vêtements qui plaisent aux jeunes, enfile des bas noirs ou vert pomme épais comme tout — ça doit gratter comme ça n'est pas permis ! Et pour couronner le tout, elle sort pas lavée et pas peignée.

— Rien là que de très naturel, commenta Poirot. C'est la mode du moment. Ça leur passe avec l'âge.

— Oui, je sais, et ce n'est pas tellement ce qui me tracasse. Seulement elle s'est entichée de ce Desmond Lee-Wortley qui traîne *vraiment* une sale réputation. Il vit plus ou moins aux crochets de filles riches. Elles ont toutes l'air folles de lui. Il a failli épouser la petite Hope, mais la famille l'a placée au dernier moment sous tutelle judiciaire ou Dieu sait quoi. Bien sûr, c'est ce qu'Horace veut faire. Il dit qu'il le faut, pour son bien. Mais moi, je ne crois pas que ce soit une bonne idée, monsieur Poirot. Ils vont tout bonnement filer en Ecosse, en Irlande, en Argentine ou je ne sais où, et soit se marier soit vivre maritalement. Et même s'il y a désobéissance légale et tout ce que vous voudrez, on est bien avancés, n'est-ce pas ? Surtout si un bébé arrive : il ne reste alors plus qu'à baisser pavillon et à les laisser convoler. Pour moi, c'est le divorce garanti dans les deux ans.

La fille revient alors chez papa-maman et, au bout de quelque temps, elle épouse un quelconque brave type tellement bien sous tous rapports qu'il en est à tomber d'ennui. Elle fait une fin, comme on dit. Je n'en trouve pas moins ça triste pour l'enfant, parce que ce n'est pas pareil d'être élevé par un beau-père, si brave garçon soit-il. C'était quand même mieux de mon temps, non ? Le premier homme dont on tombait amoureuse était *invariablement* indésirable. Je me rappelle avoir eu un monstrueux coup de foudre pour un jeune homme qui s'appelait... allons bon ! comment s'appelait-il, déjà ? Voilà que j'ai complètement oublié son prénom ! Son nom de famille, c'était Tibbitt. Tibbitt junior, donc. Bien entendu, mon père lui avait plus ou moins interdit la maison, mais il se faisait inviter aux mêmes soirées que moi et nous dansions ensemble. Nous arrivions parfois à nous éclipser et à nous cacher dans les coins, et puis des amis organisaient des pique-niques auxquels nous allions tous les deux. Tout cela avait évidemment l'attrait du fruit défendu et était follement exaltant. Mais on n'aurait jamais imaginé aller jusqu'à... euh... jusqu'aux *extrémités* où vont les filles d'aujourd'hui. Si bien qu'au bout d'un certain temps, les Mr Tibbitt perdaient progressivement de leur intérêt. D'ailleurs quand je l'ai revu quatre ans plus tard, je me suis demandé ce que j'avais bien pu lui trouver ! Il me paraissait tellement *fadasse*. Des baudruches que l'on dégonfle, voyez-vous. Aucune conversation.

— On a toujours tendance à embellir le temps de notre jeunesse, proféra Poirot, quelque peu sentencieux.

— Oui, je sais, répondit-elle. Mais je vous lasse avec tout ça, n'est-ce pas, alors j'arrête. Seulement je ne veux *pas* que Sarah, qui est vraiment un ange, tombe dans les griffes de ce Desmond Lee-Wortley. David Welwyn, qui passe les fêtes ici, est son ami d'enfance. Ils se sont toujours si bien entendus que nous espérions, Horace et moi, qu'ils se marieraient plus tard. Mais elle le traite bien évidemment comme une vieille chaussette et n'a plus d'yeux que pour Desmond.

— Je ne saisis pas très bien, madame. Ce Desmond Lee-Wortley, il est ici, chez vous, en ce moment ?

— Ça, c'est une idée à *moi*, répondit-elle. Horace voulait absolument empêcher tout contact entre eux. Bien sûr, à son époque, le père ou le tuteur aurait débarqué chez le garçon et réglé ça à coups de cravache ! En tout cas il était déterminé à lui interdire la maison et à défendre à Sarah de le voir. Je lui ai expliqué que c'était le contraire de la bonne méthode. « Non, lui ai-je dit, invite-le ici. Qu'il passe Noël avec nous en famille. » Bien entendu, mon mari m'a traitée de folle ! Mais je lui ai rétorqué : « Ecoute, très cher, pourquoi ne pas essayer ? Elle le verra dans *notre* ambiance familiale, sous *notre* toit, soyons infiniment gentils et courtois avec lui : il lui paraîtra peut-être beaucoup moins intéressant du même coup. »

— Un bon point pour vous, comme on dit, madame. Je trouve votre attitude très intelligente. Beaucoup plus avisée que celle de votre mari.

— Espérons, fit Mrs Lacey sur un ton dubitatif. Ma tactique n'a pas l'air de donner d'excellents résultats pour l'instant — c'est vrai qu'il n'est ici que depuis 48 heures.

Une légère fossette se creusa soudain sur sa joue ridée :

— Il faut que je vous avoue quelque chose, monsieur Poirot. C'est que je ne peux m'empêcher d'éprouver pour lui une certaine attirance. Pas une *véritable* attirance, bien sûr — si je réfléchis deux secondes, je sais pertinemment qu'*au fond*, je ne l'aime pas —, mais je sens le charme agir. Je comprends très bien ce que Sarah voit en lui, c'est évident ! Mais moi, j'ai suffisamment d'âge et d'expérience pour savoir qu'il ne vaut strictement rien — même si j'apprécie effectivement sa compagnie.

» Pourtant, ajouta-t-elle d'une voix songeuse, il a *quelques* bons aspects. Il a demandé s'il pourrait faire venir sa sœur ici, voyez-vous. Elle vient de se faire opérer et de sortir de l'hôpital, et il trouvait trop triste qu'elle passe Noël dans une maison de convalescence, alors il a demandé si cela ne nous dérangerait pas trop qu'elle l'accompagne, il lui monterait tous ses repas et s'occuperait de tout. Bon, je trouve ça plutôt gentil de sa part, non ?

— Cet altruisme paraît peu en rapport avec le personnage, murmura Poirot, songeur.

— Ma foi, je ne sais pas. On peut très bien aimer sa sœur et en même temps vouloir mettre le grappin sur une jeune fille riche. Sarah sera *très* riche, vous savez. Pas tellement par ce que nous lui laisserons — ça n'ira pas chercher bien loin puisque la maison et la quasi-totalité de l'argent iront à Colin, mon petit-fils. Mais sa mère avait une grosse fortune qui lui reviendra en totalité à 21 ans. Elle n'en a que vingt aujourd'hui. Non, je pense vraiment que c'est un beau geste de Desmond de se préoccuper de sa sœur. D'autant qu'il ne l'a pas présentée comme une petite merveille ou quoi que ce soit de ce genre : elle est sténodactylo et fait du secrétariat à Londres. Et il a tenu parole, c'est vrai qu'il lui monte ses plateaux. Pas tout le temps, bien sûr, mais très souvent. Tout n'est donc pas mauvais en lui.

» N'empêche, conclut Mrs Lacey, catégorique, je ne veux pas que Sarah l'épouse.

— D'après tout ce que j'ai pu me laisser dire, ce serait effectivement désastreux.

— Pensez-vous pouvoir nous aider d'une manière quelconque ? demanda Mrs Lacey.

— C'est possible, oui, répondit Hercule Poirot, seulement je ne vous promets pas de miracles. Les Desmond Lee-Wortley de ce monde ne sont pas tombés de la dernière pluie, vous savez. Mais ne désespérez pas, on pourra peut-être faire un petit quelque chose. En tout cas, je déploierai tous mes efforts, ne serait-ce que pour vous remercier de m'avoir convié à passer Noël avec vous.

Il regarda autour de lui :

— Ce n'est pas si facile, j'imagine, d'organiser une fête pareille de nos jours.

— Ah ! ça non, soupira Mrs Lacey.

Elle se pencha en avant :

— Voulez-vous que je vous dise ce que serait mon rêve, monsieur Poirot ?

— Dites, madame.

— Je meurs d'envie d'habiter un petit pavillon moderne. Peut-être pas un pavillon à proprement parler, mais une maisonnette facile à entretenir, construite par ici dans le parc, avec une cuisine ultra-moderne et sans ces interminables couloirs.

— C'est une idée très réalisable.

— Pas pour moi. Mon mari *raffole* de ce manoir. Il *adore* y vivre. Il est prêt, pour ce faire, à passer sur quelques inconvénients, à supporter un certain manque de confort. La petite maison moderne dans le parc, ce serait pour lui l'*horreur* !

— Alors vous vous sacrifiez à sa volonté ?

Mrs Lacey se redressa :

— Je ne considère pas cela comme un sacrifice, monsieur Poirot. J'ai épousé mon mari avec la ferme intention de le rendre heureux. Il a été un bon compagnon pour moi et m'a apporté le bonheur pendant toutes ces années, je tiens à le lui rendre.

— Si bien que vous allez continuer à vivre ici.

— Ce n'est quand même pas à ce point inconfortable, sourit Mrs Lacey.

— Non, bien sûr que non, s'empressa d'assurer Poirot. Au contraire. Votre chauffage central et votre système d'eau chaude sont la perfection même.

— Nous avons dépensé beaucoup d'argent pour rendre la maison vivable. Nous avons pu vendre un peu de terrain à bâtir. Des parcelles viabilisées, je crois qu'ils appellent ça, heureusement invisibles de chez nous : c'est de l'autre côté du parc. Une pièce de terre pas belle du tout, en fait, sans jolie vue, mais nous en avons tiré un bon prix. Cela nous a permis de faire toutes les améliorations possibles.

— Mais le service, madame ?

— Oh ! vous savez, ça pose moins de problèmes que vous ne pourriez croire. Bien sûr, on ne peut plus se faire aussi bien servir qu'autrefois. Mais j'ai plusieurs personnes qui viennent du village. Deux femmes le matin, deux autres qui préparent le déjeuner et font la vaisselle, d'autres encore le soir. Beaucoup de gens qui sont prêts à venir travailler quelques heures par jour. Pour Noël, il faut dire que nous avons énormément de chance : nous pouvons toujours compter sur cette brave Mrs Ross. C'est une cuisinière merveilleuse, véritablement hors pair. Elle n'est plus en activité depuis une dizaine d'années, mais elle vient nous donner un coup de main à chaque grande occasion. Et puis il y a notre fidèle Peverell.

— Votre maître majordome ?

— Oui. Nous l'avons mis à la retraite et il habite la bicoque à côté du pavillon du gardien, mais il est dévoué à l'extrême et il insiste toujours pour faire le service à Noël. En fait, je suis morte de peur, monsieur Poirot, parce qu'il est si âgé et branlant qu'à chaque fois qu'il porte quelque chose d'un peu lourd, je m'attends à ce qu'il lâche tout. Je préfère d'ailleurs ne pas regarder. En plus, il n'a plus le cœur très solide et je redoute qu'il en fasse trop. Mais il serait affreusement mortifié si je ne le laissais pas venir. Quand il voit l'état de notre argenterie, il toussote, ahane, soupire, émet toutes sortes de bougonnements désapprobateurs et nous la remet à neuf en trois jours. Oui, c'est un adorable vieillard et nous lui sommes très attachés.

Elle sourit à Poirot :

— Alors vous voyez, nous sommes parés pour passer un joyeux Noël. Un Noël blanc, ajouta-t-elle en jetant un coup d'œil par la fenêtre. Regardez, il commence à neiger. Ah ! voilà les enfants qui rentrent. Venez faire leur connaissance, monsieur Poirot.

On les lui présenta dans les règles. D'abord Colin et Michael — le petit-fils collégien et son camarade —, deux adolescents de quinze ans fort bien élevés, l'un brun, l'autre blond. Puis leur cousine Bridget, grande cavale aux cheveux noirs, à peu près du même âge et dotée d'une prodigieuse vitalité.

— Et voici ma petite-fille Sarah, fit Mrs Lacey.

Poirot la détailla avec intérêt. C'était une jolie fille à la tignasse d'un roux ardent. Elle lui sembla nerveuse et un rien rebelle, mais elle montrait une réelle affection pour sa grand-mère.

— Mr Lee-Wortley, poursuivit Mrs Lacey.

Celui-ci portait un pull de pêcheur et un jean noir serré. Il avait les cheveux assez longs et il n'était pas évident qu'il se fût rasé ce matin-là. Par contraste, le jeune homme présenté ensuite sous le nom de David Welwyn, solide gaillard calme, posé et au sourire avenant, faisait figure d'adepte forcené de l'eau et du savon. Dernier membre du groupe, une belle et ténébreuse jeune fille, Diana Middleton.

Le thé fut servi : scones, matefaims, sandwiches et trois sortes de gâteaux. Les jeunes semblèrent apprécier alors que le colonel Lacey, le dernier à entrer, lâchait d'une voix évasive :

— Ah ! c'est le thé ? Bon, allons-y.

Il reçut sa tasse des mains de sa femme, prit deux scones, jeta un regard de dégoût en direction de Desmond Lee-Wortley puis s'assit aussi loin de lui qu'il put. C'était un homme de forte stature aux cheveux en broussaille, au visage rougeaud et tanné, qui aurait davantage passé pour un fermier que pour le maître du manoir.

— Il neige, fit-il. On est bons pour un Noël blanc.

Après le thé, tout le monde se dispersa. Mrs Lacey regarda avec attendrissement son petit-fils quitter la pièce.

— Je suppose qu'ils vont monter s'amuser avec leurs magnétophones, confia-t-elle à Poirot comme si elle annonçait : « Les petits vont jouer avec leurs soldats de plomb. » Ils adorent tout ce qui est technique, bien sûr, ajouta-t-elle, et prennent ça très au sérieux.

Bridget et les garçons, pourtant, décidèrent d'aller au lac voir si la glace était assez épaisse pour patiner.

— Et moi qui pensais qu'on aurait pu patiner ce matin, soupira Colin. Mais le vieux Hodgkins a mis son veto. Il a toujours peur de tout.

— Si on allait se promener, David ? proposa doucement Diana Middleton.

David hésita une demi-seconde, le temps de porter un regard vers la chevelure rousse de Sarah.

Debout à côté de Desmond Lee-Wortley, la main posée sur son bras, elle le dévorait des yeux.

— D'accord, répondit-il, bonne idée.

Diana s'empressa de passer une main sous son bras et tous deux sortirent par la porte du jardin.

— On y va aussi, Desmond ? fit Sarah. On étouffe, dans cette baraque.

— Se balader ? Tu parles ! répondit-il. Je sors la voiture et on va prendre un pot au *Cochon tacheté*.

Sarah hésita un moment, puis :

— Non, allons plutôt au *Cerf blanc* de Market Ledbury. C'est plus marrant.

Elle ne l'aurait avoué pour rien au monde, mais Sarah, d'instinct, ne se voyait pas aller au pub local avec Desmond. C'était en quelque sorte contraire à la tradition de King's Lacey. Aucune des femmes du domaine n'avait jamais mis les pieds au *Cochon tacheté*. Elle sentait confusément qu'aller là-bas serait mal ressenti par ses grands-parents. Qu'est-ce que ça peut faire ? aurait demandé Desmond. Pensée qui, sur le moment, l'exaspéra. C'était évident, ce que ça pouvait faire. On ne scandalisait pas deux vieilles personnes aussi adorables que le grand-père et la grand-mère Em sans raison. Ils étaient choux comme tout, il faut bien dire, de la laisser vivre sa vie. Ils ne comprenaient pas ce qui pouvait la pousser à mener une existence pareille à Chelsea mais ils l'acceptaient. Cela grâce à Em, bien sûr. Grand-père, si ça n'avait tenu qu'à lui, aurait fait un foin de tous les diables.

Sarah ne se faisait aucune illusion sur l'attitude du colonel. Si Desmond avait été invité à Kings Lacey pour les fêtes, ce n'était pas à son initiative, mais à celle d'Em, cet amour de grand-mère qu'elle avait toujours été.

Quand Desmond fut parti chercher sa voiture, elle se retourna et passa la tête par la porte du salon.

— On va à Market Ledbury prendre un verre au *Cerf blanc*, annonça-t-elle.

Il y avait une pointe de provocation dans sa voix, mais Mrs Lacey sembla ne pas la remarquer :

— Alors amusez-vous bien, ma chérie. David et

Diana sont partis se promener, à ce que je vois. Je suis bien contente. Je crois vraiment que j'ai eu une idée lumineuse en invitant Diana ici. Veuve si jeune, à 22 ans... j'espère qu'elle trouvera *vite* à se remarier.

Sarah leva sur elle un regard aigu :

— Qu'est-ce que vous complotez-là, grand-mère ?

— J'ai mon petit plan, répondit-elle allègrement. Elle est juste ce qu'il faut pour David. Bien sûr, je sais qu'il était terriblement amoureux de *toi*, mais ça ne te faisait ni chaud ni froid et je vois bien qu'il n'est pas ton type. Seulement je ne veux pas qu'il continue à être malheureux et je crois que Diana lui conviendra parfaitement.

— Quelle marieuse vous faites, Em !

— Je sais, répondit Mrs Lacey, les vieilles dames sont toujours ainsi. Il me semble que Diana est sous le charme. Tu ne trouves pas qu'ils iraient bien ensemble ?

— Pas vraiment, fit Sarah. Diana est beaucoup trop, euh... trop sérieuse, trop extrême. A mon avis, si David l'épouse, il ne va pas s'amuser.

— C'est à voir. En tout cas *toi*, tu ne veux pas de lui, tu es sûre et certaine ?

— Absolument, se hâta de répondre Sarah — avant d'ajouter, mue par une impulsion soudaine : Et Desmond ? Vous ne le trouvez pas divin, dites ?

— Il est sûrement très gentil.

— Grand-père ne l'aime pas, lui.

— Bah ! c'était prévisible, non ? fit Mrs Lacey, philosophe. Mais il révisera sans doute son jugement quand il se sera habitué à la situation. Il ne faut pas aller plus vite que la musique, ma petite Sarah. On a du mal à se faire aux idées nouvelles quand on est âgé, et en plus, ton grand-père est têtu comme une mule.

— Il peut dire ou penser ce qu'il veut, ça m'est égal. De toute façon, j'épouserai Desmond quand j'en aurai envie !

— Bien sûr, ma chérie, bien sûr. Mais sois un peu réaliste. Ton grand-père peut te mettre des tas de bâtons dans les roues, tu sais. Tu n'es pas encore majeure. Dans un an, tu seras libre de faire ce que tu voudras. J'espère qu'il se sera amadoué d'ici là.

— Vous êtes de mon côté, n'est-ce pas, grand-mère chérie ? demanda Sarah en lui jetant les bras autour du cou et en lui déposant un baiser affectueux sur la joue.

— Je veux surtout que tu sois heureuse. Ah ! voici ton chevalier servant qui revient avec sa voiture. Tu sais, j'aime bien ces pantalons très serrés que portent les jeunes gens, de nos jours. Ils sont très élégants — sauf que ça fait ressortir les genoux cagneux.

« Tiens ! songea Sarah, c'est *vrai* que Desmond a les genoux cagneux, je n'avais jamais remarqué ça avant... »

— Allez va, ma chérie, amuse-toi bien, fit Mrs Lacey.

Elle la suivit des yeux jusqu'à la voiture, puis se souvint de son invité étranger et retourna à la bibliothèque. Elle y trouva Poirot en train de s'octroyer une sieste de bienheureux. Un sourire amusé sur les lèvres, elle traversa le hall et rejoignit la cuisine pour conférer avec Mrs Ross.

— Eh bien, beauté, lança Desmond à Sarah, tu te fais enguirlander parce que tu vas au pub ? On retarde d'un siècle, dans ta famille !

— Il ne manquerait plus que ça, qu'on me fasse des remontrances, répliqua-t-elle, piquée.

— Et cet étranger, là, qu'est-ce qu'il fabrique chez toi ? C'est un flic, hein ? Un détective ? Il y a quelque chose à détecter, ici ?

— Oh ! il n'est pas venu à titre professionnel, expliqua-t-elle. C'est Edwina Morecombe, mon autre grand-mère, qui nous a demandé de l'accueillir. Question police, ça fait des lustres qu'il est rangé des voitures.

— A t'entendre, on dirait un vieux cheval de fiacre, fit Desmond.

— Je crois qu'il voulait voir un Noël anglais à l'ancienne, fit-elle avec un geste vague.

Desmond eut un ricanement de mépris :

— Rien de plus tarte que ce genre de truc. Ce que

je me demande même, c'est par quel miracle tu arrives à supporter ça.

Elle rejeta en arrière sa chevelure rousse et pointa un menton agressif.

— Parce que ça me plaît, répondit-elle sur un ton de défi.

— Tu parles ! Allez, ma puce, on arrête les frais : demain, on se tire à Scarborough ou ailleurs.

— Je ne pourrais jamais faire ça.

— Non ? Et pourquoi donc ?

— Ça leur ferait trop de peine.

— Et puis quoi, encore ? Tu n'en es plus à ces mômeries à l'eau de rose !

— Non, bien sûr, mais...

Elle s'interrompit, réalisant avec un sentiment de culpabilité qu'elle attendait toujours le réveillon de Noël avec impatience. Elle adorait ça, en fait, mais avait honte de l'avouer à Desmond. C'était passé de mode, d'aimer Noël et la vie de famille. L'espace d'un instant, elle regretta que Desmond soit venu précisément à ce moment-là. Elle aurait même préféré qu'il ne vienne pas du tout. C'était bien plus amusant de le voir à Londres que chez les grands-parents.

Pendant ce temps, Bridget et les garçons, toujours en pleine discussion sur les problèmes de patinage, revenaient de leur promenade au lac. Quelques flocons avaient fait leur apparition et l'aspect du ciel laissait présager l'imminence d'une forte chute de neige.

— Ça va tomber toute la nuit, prophétisa Colin. Je parie qu'au matin de Noël, il y en aura au moins cinquante centimètres.

Difficile d'envisager plus joyeuse perspective.

— Si on faisait un bonhomme ? proposa Michael.

— Seigneur ! s'émut Colin, je n'en ai plus fait depuis, euh... depuis que j'ai eu mes quatre ans.

— Ça ne doit pas être facile, s'inquiéta Bridget. Il faut la technique.

— On pourrait lui donner la tête de M. Poirot, suggéra Colin. En lui collant une grosse moustache noire. Il y en a une dans le coffre aux déguisements.

— Moi, vous savez, fit Michael d'un air songeur,

je me demande comment il peut avoir été détective privé. Ça ne peut pas se déguiser, un gars qui a cette dégaine-là.

— C'est vrai, acquiesça Bridget. Et je ne l'imagine pas non plus en train de chercher des indices avec une grosse loupe ou de mesurer des traces de pas.

— J'ai une idée, reprit Colin. Si on lui montait un bateau ?

— Comment ça, un bateau ? demanda Bridget.

— Eh bien, lui organiser un faux crime.

— Du tonnerre ! Tu veux dire avec un faux mort dans la neige, ce genre de truc ?

— Absolument. Pour qu'il se sente dans son élément.

Bridget gloussa :

— C'est peut-être charrier un peu.

— La neige fera un décor parfait, poursuivit Colin. Le cadavre, les traces de pas... il va falloir étudier tout ça de près, piquer un des poignards de grand-père, fabriquer du sang.

Ils s'arrêtèrent et, sans plus prêter attention à la neige qui s'intensifiait rapidement, se lancèrent dans une discussion animée.

— Il y a une vieille boîte de peinture dans l'ancienne salle d'étude. On pourrait s'en servir pour le sang — avec du carmin, par exemple.

— Moi, je trouve ça trop vif, le carmin, jugea Bridget. Il faut quelque chose d'un peu plus marron.

— Et qui est-ce qui fera le mort ? demanda Michael.

— Moi ! s'empressa de répondre Bridget.

— Eh ! minute, c'est moi qu'ai eu l'idée, protesta Colin.

— Non, non, il faut que ce soit une fille, insista Bridget. C'est plus poignant, une jolie fille étendue dans la neige.

— Jolie fille, ha, ha ! s'esclaffa Michael, sarcastique.

— Et puis j'ai les cheveux noirs.

— Qu'est-ce que ça peut faire ?

— Ça tranche mieux, sur la neige. Et puis je porterai mon pyjama rouge.

— Si tu portes un pyjama rouge, on ne verra même pas les taches de sang, observa Michael, esprit pratique de la bande.

— Oui, mais ça ferait de l'effet, sur la neige. D'ailleurs il a des parements blancs, on n'aura qu'à mettre les taches dessus. Ça serait chouette, non ? Vous croyez qu'il va vraiment se faire avoir ?

— Si on se débrouille bien, oui, affirma Michael. Il faudra qu'il n'y ait rien que tes traces de pas, dans la neige, et puis celles de quelqu'un d'autre qui s'approchent et qui s'éloignent du cadavre. Des empreintes d'homme, bien sûr. Comme il ne voudra pas les brouiller avec les siennes, il ne s'apercevra même pas que tu n'es pas vraiment morte.

» Euh, dites…, s'interrompit-il, frappé par une pensée soudaine tandis que les autres le regardaient, il va pas prendre ça mal, au moins ?

— Oh ! non, je crois pas, estima Bridget, résolument optimiste. Il comprendra bien qu'on a juste fait ça pour le distraire. Une sorte de jeu de Noël, quoi.

— Moi, je trouve qu'on devrait éviter le jour de Noël. Grand-père risque de ne pas tellement apprécier.

— Le lendemain, alors ?

— Va pour le lendemain, trancha Michael.

— Et puis ça nous laissera plus de temps, poursuivit Bridget. On a des tas de trucs à préparer. Rentrons voir si on trouve tous les accessoires.

Et ils se précipitèrent dans la maison.

*

Ce fut le soir de tous les préparatifs. Du houx et du gui avaient été rapportés en grande quantité, le sapin avait trouvé sa place à une extrémité du salon. Tout le monde donna un coup de main pour le décorer, pour fixer les branches de houx autour des tableaux et pour suspendre le gui à bonne place dans le hall.

— Je ne croyais pas que des coutumes aussi archaïques se pratiquaient encore, ricana Desmond à l'oreille de Sarah.

— On a toujours fait comme ça chez nous, se défendit-elle.

— Tu parles d'une raison !

— Allons, ne sois pas si rabat-joie, Desmond. Je trouve que c'est assez chouette, moi.

— Ma petite chatte, tu ne vas pas me dire que tu aimes *ça* !

— Non, pas vraiment, mais... un petit peu quand même.

— Qui se sent d'attaque pour braver la neige et aller à la messe de minuit ? demanda Mrs Lacey à minuit moins 20.

— Pas moi, en tout cas, grommela Desmond. Viens par ici, Sarah.

La main posée sur son bras, il lui fit prendre la direction de la bibliothèque et s'approcha du casier à disques.

— Il y a des limites, chérie, dit-il. La messe de minuit !

— Oui, voulut bien admettre Sarah. Là, vraiment...

Avec force éclats de rire et piétinements, la plupart des autres enfilèrent leur manteau et sortirent. Les deux garçons, Bridget, David et Diana entamèrent sous la neige les dix minutes de marche qui les séparaient de l'église. Les joyeux échos de leurs plaisanteries s'estompèrent au loin.

— La messe de minuit ! grogna le colonel Lacey. Jamais mis les pieds là-dedans quand j'étais gamin. Je vous en ficherais, des *messes* ! Encore une invention de ces fichus papistes. Oh ! je vous demande bien pardon, monsieur Poirot.

— Je vous en prie, fit celui-ci avec un geste de la main. Ne vous mettez pas martel en tête pour moi.

— L'office du matin est bien suffisant pour tout un chacun, à mon avis, continua de ronchonner le colonel. L'office du dimanche dans les règles. Avec « Les anges dans nos campagnes ont entonné l'hymne des cieux » et tous les bons vieux cantiques. Et puis retour à la maison pour le déjeuner de Noël. J'ai raison, pas vrai, Em ?

— Oui, mon ami, répondit Mrs Lacey. C'est ce que *nous*, nous faisons. Mais les jeunes aiment l'office de minuit. D'ailleurs je trouve ça très bien, qu'ils *veuillent* y aller.

— Sarah et ce type ne veulent pas, eux.

— Là, mon cher, je crois que tu fais erreur. Sarah en *mourait* d'envie. Mais elle n'a pas osé le lui dire.

— Qu'elle s'attache à l'opinion d'un gugusse pareil, ça me dépasse.

— Elle est très jeune, tu sais, fit posément Mrs Lacey. Vous allez au lit, monsieur Poirot ? Bonne nuit. J'espère que vous dormirez bien.

— Et vous, madame ? Vous n'allez pas encore vous coucher ?

— Pas tout de suite. J'ai encore les bas de Noël des enfants à remplir. Oh ! je sais, ils commencent à être grands, maintenant, mais ils *adorent* leurs bas de Noël. On ne leur met dedans que des babioles, des bricoles saugrenues. Mais cela amuse tout le monde.

— Vous ne ménagez vraiment pas votre peine pour faire entrer chez vous la joie de Noël, madame, salua Poirot. Honneur à vous.

Il lui prit la main et la monta avec raffinement à ses lèvres.

— Hum ! grogna le colonel Lacey alors que Poirot quittait la pièce. Quel phraseur que ce type ! Mais... j'ai quand même l'impression que tu as fait sa conquête.

Mrs Lacey leva les yeux sur lui. De petites fossettes se creusèrent dans ses joues.

— Tu n'as pas remarqué, Horace, que je suis juste sous le gui ? demanda-t-elle avec la candeur d'une ingénue enamourée.

Hercule Poirot pénétra dans sa chambre — vaste pièce amplement pourvue en radiateurs. Il se dirigeait vers le lit à colonnes lorsqu'il remarqua une enveloppe posée sur l'oreiller. Il l'ouvrit, en sortit un morceau de papier poisseux. Dessus, une main peu sûre d'elle avait tracé un message en lettres capitales :

MANGEZ PAS UNE MIETTE DU PLUM-PUDDING. QUELQU'UN QUI VOUS VEUT DU BIEN.

Hercule Poirot considéra le message, les yeux écarquillés. Et ses sourcils se haussèrent.

— Plutôt sibyllin, murmura-t-il. Et tout à fait inattendu.

*

Le déjeuner de Noël, véritable festin, avait débuté à 2 heures de l'après-midi. De véritables troncs d'arbres brûlaient dans la grande cheminée et leur crépitement n'était recouvert que par le brouhaha des conversations animées. A la soupe aux huîtres avaient succédé deux énormes dindes dont il n'était reparti que les carcasses. A présent, c'était le moment suprême du pudding qu'on apportait en grande pompe. Le vieux Peverell, les mains et les genoux tremblant de la faiblesse de ses quatre-vingts ans, n'avait laissé ce soin à personne. Mrs Lacey était figée sur son siège, les mains crispées d'appréhension. Un Noël ou l'autre, c'était sûr, il tomberait raide mort. Entre deux risques, celui de le voir tomber raide mort ou celui de le vexer à mort, elle avait jusqu'à ce jour toujours choisi le premier. Sur un plat d'argent, le pudding trônait dans toute sa splendeur. Un pudding gros comme un ballon de football, un rameau de houx planté triomphalement en son sommet comme un étendard et entouré de superbes flammes bleues et rouges. Il fut accueilli par des applaudissements, des oh ! et des ah ! d'admiration.

Mrs Lacey avait demandé à Peverell de lui apporter le pudding afin qu'elle puisse le couper, plutôt que de le faire présenter à chacun à tour de rôle autour de la table. Elle poussa un soupir de soulagement quand il arriva en sécurité devant elle. En un rien de temps, les assiettes circulèrent, porteuses de parts encore léchées par les flammes.

— Il faut faire un vœu, monsieur Poirot ! s'écria Bridget. Un vœu avant que ça s'éteigne. Vite, grand-mère chérie, vite.

Mrs Lacey put se détendre sur sa chaise avec un soupir de satisfaction. L'Opération Pudding était réussie. Une portion encore flambante se trouvait devant tous les convives. Un bref silence régna sur la table au moment où chacun formula son vœu.

Personne ne remarqua l'expression un peu étrange

que prit M. Poirot lorsqu'il contempla le morceau qu'il avait dans son assiette. *Mangez pas une miette du plum-pudding*. Que diable signifiait ce sinistre avertissement ? Cette part ne pouvait être différente de celle des autres ! Vexé de ne pouvoir percer ce mystère — Hercule Poirot avait horreur qu'un mystère lui résiste —, il s'empara de sa cuiller et de sa fourchette.

— On l'arrose un peu, monsieur Poirot ?

Poirot se servit à satiété de l'odorante sauce alcoolisée.

— On m'a encore chapardé mon meilleur brandy, pas vrai, Em ? s'écria gaiement le colonel à l'autre bout de la table.

Mrs Lacey lui adressa un petit clin d'œil :

— Mrs Ross est intraitable sur la qualité, très cher. Elle dit que ça fait toute la différence.

— Bon, bon, se résigna le colonel, Noël ne vient qu'une fois dans l'année, et puis Mrs Ross est une femme formidable. Une femme formidable et une formidable cuisinière.

— Ah ! ça oui, renchérit Colin. Il est vachement bon, ce plum-pudding. Mmmm.

Et il s'emplit la bouche avec délice.

Doucement, presque précautionneusement, Hercule Poirot s'attaqua à sa part. Il en grignota une bouchée. Délicieux ! Puis une autre. Il allait passer à la troisième quand un tintement léger, au fond de son assiette, lui fit suspendre son geste. Il chercha avec sa fourchette. Bridget, qui était à sa gauche, vint à son aide :

— Vous avez trouvé quelque chose, monsieur Poirot ?

Ce dernier décolla un petit objet en argent des raisins secs dans lesquels il était pris.

— Oooh ! s'écria Bridget, c'est le bouton du célibataire ! M. Poirot a récolté le bouton du célibataire !

Hercule Poirot le trempa dans l'eau du rince-doigts qui se trouvait à côté de son assiette et le débarrassa de ses miettes.

— Il est très joli, observa-t-il.

— Ça veut dire que vous allez rester célibataire, monsieur Poirot, expliqua utilement Colin.

— Pour ça, il y a de grandes chances, répondit-il gravement. Je suis célibataire depuis de longues et nombreuses années, et il est peu probable que ma situation de famille change maintenant.

— Il ne faut jamais dire fontaine, je ne boirai pas de ton eau, intervint Michael. J'ai lu l'autre jour dans le journal qu'un homme de 95 ans avait épousé une jeune fille de 22.

— Voilà qui est encourageant, admit Poirot.

Le colonel Lacey poussa soudain un cri. Il devint cramoisi et porta la main à sa bouche.

— Cré nom d'une pipe, Emmeline ! fulmina-t-il. Pourquoi diable laisses-tu la cuisinière mettre du verre dans le pudding ?

— Du verre ! répéta-t-elle, ahurie.

Le colonel extirpa de sa bouche le corps intrus.

— J'aurais pu me casser une dent, ronchonna-t-il, ou avaler cette saleté et me coller une appendicite.

Il trempa le morceau de verre dans le rince-doigts, le nettoya et le leva à hauteur de ses yeux :

— Bon Dieu de bois ! C'est une de ces pierres en toc qu'on trouve montées en broche dans les papillotes et les diablotins !

Et il la brandit pour que tous la voient.

— Vous permettez ?

Très prestement, Poirot tendit la main par-devant sa voisine, prit l'objet des doigts du colonel et l'examina attentivement. Comme l'avait dit le maître des lieux, c'était une pierre énorme de la couleur d'un rubis. La lumière scintillait sur ses facettes tandis qu'il la retournait dans sa paume. Quelque part à la table, une chaise fut bruyamment reculée puis remise en place.

— Mince alors, s'écria Colin, ça serait rudement chouette si c'était une *vraie* !

— Peut-être qu'elle l'est, fit Bridget avec espoir.

— Ah ! ne sois pas bête, Bridget. Un rubis de cette taille-là, ça vaudrait des milliers et des milliers de livres. Pas vrai, monsieur Poirot ?

— Absolument, confirma ce dernier.

— Ce que je n'arrive pas à comprendre, moi, fit Mrs Lacey, c'est comment elle a fait pour atterrir dans le pudding.

— Oooh ! s'étrangla à son tour Colin, tout à sa dernière bouchée, j'ai récolté le cochon. C'est pas juste.

— C'est Colin qu'a l'cochon ! C'est Colin qu'a l'cochon ! chantonna immédiatement Bridget. Ça lui apprendra à manger comme un cochon !

— Et moi, j'ai la bague ! claironna Diana.

— C'est toi qui te marieras la première, veinarde !

— J'ai le dé à coudre..., gémit Bridget.

— Bridget restera vieille fille ! Bridget restera vieille fille ! entonnèrent les garçons.

— Qui est-ce qui a la pièce ? s'enquit David. Il y a une vraie pièce de dix shillings en or dans ce pudding. Je le sais, c'est Mrs Ross qui me l'a dit.

— Je crois avoir cette chance, constata Desmond Lee-Wortley.

— M'étonne pas, grommela le colonel Lacey qui ne fut entendu que par ses deux voisins immédiats.

— Moi aussi, j'ai une bague, annonça David en lorgnant du côté de Diana. Drôle de coïncidence, hein ?

Les rires continuèrent. Personne ne remarqua que Poirot avait négligemment, comme s'il pensait à autre chose, laissé tomber la pierre rouge dans sa poche.

Des tartelettes aux fruits secs et autres desserts traditionnels de Noël suivirent le pudding. Les plus âgés des convives s'étaient retirés pour une sieste réparatrice avant le cérémonial, à l'heure du thé, de l'illumination du sapin. Hercule Poirot ne fit pas la sieste. Au lieu de cela, il se rendit jusqu'à l'immense et antique cuisine.

— M'est-il permis, demanda-t-il en regardant à la ronde avec un large sourire, de féliciter la cuisinière pour ce merveilleux repas que je viens de faire ?

Il y eut un instant de silence, puis Mrs Ross s'avança vers lui d'un pas majestueux. C'était une grande et forte personne au port noble, digne comme une duchesse de théâtre. Deux autres femmes, maigres et grisonnantes, s'activaient à la vaisselle dans la souillarde tandis qu'une fille aux cheveux filasse faisait la navette. Mais celles-là n'étaient de toute évidence que des secondes mains. Mrs Ross régnait en maître sur les cuisines.

— Ravie que vous ayez aimé, monsieur, condescendit-elle à articuler.

— Aimé ! s'écria-t-il avec le geste extravagant et si peu anglais de porter sa main à ses lèvres, d'y déposer un baiser et de l'envoyer voleter vers le plafond. Mais vous êtes un génic, Mrs Ross, un véritable génie ! Je n'ai *jamais* rien mangé d'aussi délicieux. Cette soupe aux huîtres — il émit un petit bruit de gourmet avec sa bouche — et cette farce ! Cette farce aux marrons, dans la dinde, a été pour moi une véritable révélation.

— Ah ! c'est drôle que vous disiez cela, répondit-elle, parce qu'il s'agit justement d'une recette spéciale. Elle me vient d'un chef autrichien avec qui j'ai travaillé il y a des années. Mais tout le reste, c'est de la bonne cuisine purement anglaise.

— Existe-t-il rien de meilleur ? risqua Hercule Poirot.

— Vous êtes bien aimable, monsieur. Evidemment, étant étranger, vous auriez peut-être préféré un style de plats plus continental. Ce n'est pas que je ne sache pas les préparer, notez.

— Je suis certain que vous savez tout faire, Mrs Ross ! D'ailleurs vous n'ignorez sûrement pas que la cuisine anglaise — la *bonne*, j'entends, pas celle qu'on sert dans les hôtels ou les restaurants de second ordre — est très appréciée des gourmets du continent. Je ne pense pas me tromper en vous signalant qu'au cours d'une mission spéciale effectuée à Londres au début des années 1800, un rapport a été rédigé et envoyé en France sur l'excellence des puddings anglais. « Nous n'avons rien d'équivalent chez nous, était-il écrit. Leur variété et leur excellence valent à elles seules le déplacement. » Et le roi de tous les puddings, poursuivit Poirot à présent lancé dans une sorte de dithyrambe, c'est le plum-pudding de Noël comme celui que nous avons dégusté aujourd'hui — c'est-à-dire fait à la maison, pas acheté dans le commerce. Parce que c'est bien le cas, n'est-ce pas ?

— Ah ! ça oui, monsieur. C'est ma fabrication et ma recette à moi, la même depuis des années. Quand je suis arrivée, Mrs Lacey m'a dit qu'elle en avait commandé un dans un magasin de Londres pour m'épargner la peine de le confectionner. Pas question, madame, que j'ai répondu. C'est gentil à vous, mais les puddings qu'on achète, ça ne vaut jamais ceux qu'on fait soi-même. Remarquez, poursuivit-elle en véritable artiste passionnée par son sujet, il était un peu trop jeune. Un bon plum pudding devrait être fait plusieurs semaines à l'avance et laissé à reposer. Plus il attend — dans les limites du raisonnable, bien sûr — meilleur il est. Je me rappelle que quand j'étais gamine, on allait à l'église tous les dimanches et on attendait la collecte qui commence par « Lève-toi ô Seigneur, nous t'en supplions » parce que c'était le signal, en quelque sorte, que les puddings devaient être faits dans la semaine. Et ils l'étaient toujours. Le dimanche où venait la fameuse oraison, on pouvait être sûrs de voir ma mère s'attaquer aux puddings de Noël. On aurait dû faire pareil ici cette année, mais celui-ci n'a été préparé qu'il y a trois jours, la veille de votre arrivée. J'ai quand même respecté la tradition : chacun dans la maison a dû passer par la cuisine, donner un tour de cuiller à la pâte et faire un vœu. C'est une vieille coutume, voyez-vous, et je l'ai toujours respectée.

— Très intéressant, fit Poirot, très intéressant. Ainsi, tout le monde est passé par la cuisine ?

— Oui. Les jeunes messieurs, Bridget, le monsieur de Londres qu'est ici en ce moment, sa sœur, Mr David, miss Diana — Mrs Middleton, je devrais dire. Tous ils ont donné leur tour de cuiller, tous.

— Combien de puddings avez-vous faits ? Celui-ci était-il le seul ?

— Non, j'en ai fait quatre. Deux grands et deux plus petits. Le second des grands était prévu pour le Jour de l'An, les deux petits pour le colonel et Mrs Lacey quand ils seront seuls, quoi, quand il y aura moins de monde dans la famille.

— Je vois, je vois, dit Poirot.

— En fait, monsieur, poursuivit Mrs Ross, ce n'est pas le bon pudding que vous avez eu au déjeuner, aujourd'hui.

— Pas le bon pudding ? répéta Poirot en fronçant le sourcil. Comment cela ?

— Voilà. Nous avons un grand moule spécial pour Noël, un moule en porcelaine décoré sur son bord d'une frise de houx et de gui et dans lequel nous mettons le pudding au bain-marie. Or, on a eu un petit malheur, ce matin. Annie a voulu le descendre de l'étagère du garde-manger, il lui a échappé, il est tombé et s'est cassé. Evidemment, je ne pouvais plus servir ce pudding, il aurait pu y avoir des éclats dedans. Il a donc fallu prendre l'autre, celui du Jour de l'An qui était dans un moule ordinaire. Il fait une jolie boule mais ne présente pas aussi bien que celui de Noël. Je me demande d'ailleurs si nous pourrons en retrouver un pareil. On n'en fabrique plus d'aussi grands de nos jours — rien que des petits trucs microscopiques. Quand on pense qu'il est déjà impossible de dégoter fût-ce un plat qui contienne huit ou dix œufs et le bacon pour le petit déjeuner, vous imaginez un moule à pudding ! Ah ! les choses ne sont plus ce qu'elles étaient.

— Non, c'est sûr. Sauf aujourd'hui. Aujourd'hui, nous avons eu un vrai Noël comme dans le bon vieux temps.

Mrs Ross poussa un soupir :

— Je suis bien aise que vous disiez ça, monsieur, seulement vous voyez, je ne suis plus secondée comme avant. Je ne parle pas des gens qualifiés. Les domestiques, de nos jours...

Elle baissa quelque peu la voix :

— Elles sont braves comme tout et pleines de bonne volonté, mais on ne les a pas *formées*, si vous voyez ce que je veux dire.

— Les temps changent, oui, convint Hercule Poirot. Moi aussi, cela me désole parfois.

— Cette maison, je vais vous dire, elle est trop grande pour Madame et le colonel. Madame le sait, d'ailleurs. En occuper juste un petit coin comme ils font, ce n'est pas une solution. La maison ne vit, en quelque sorte, qu'au moment de Noël quand toute la famille vient.

— C'est la première fois, si je ne me trompe, que Mr Lee-Wortley et sa sœur sont présents ?

— Oui, monsieur.

Une légère réserve pointa dans sa voix :

— Il est bien gentil, mais... nous, ici, on trouve que ce n'est pas vraiment quelqu'un pour miss Sarah. C'est vrai qu'à Londres, on ne voit pas les choses de la même manière. Et sa sœur, pauvrette, une si petite santé ! Une opération, qu'elle a eue. Elle paraissait bien, le jour qu'elle est arrivée, et puis l'autre fois, juste après avoir tourné les puddings, elle s'est trouvée de nouveau mal et elle n'a plus bougé de son lit depuis. Moi, je crois qu'on a dû la lever trop tôt, à l'hôpital. Ah ! ces docteurs de maintenant, ils vous renvoient chez vous avant même que vous puissiez mettre un pied devant l'autre. Tenez, c'est comme la femme à mon propre neveu...

Sur quoi Mrs Ross se lança dans un long récit plein de verve des traitements hospitaliers subis par des membres de sa famille, sans comparaison avec les soins attentifs qu'on prodiguait dans l'ancien temps.

Poirot lui exprima la compassion de circonstance.

— En tout cas, ajouta-t-il, il me reste à vous remercier pour ce délicieux et somptueux repas. Me permettrez-vous ce petit hommage destiné à exprimer ma reconnaissance ?

Un billet de cinq livres tout craquant de neuf passa de sa main dans celle de Mrs Ross.

— Voyons, il ne faut pas faire de telles folies, monsieur, balbutia-t-elle sans trop de conviction.

— Si, si, j'insiste.

— C'est vraiment très aimable à vous, fit-elle en acceptant la gratification comme rien d'autre que son dû. Je vous souhaite un Joyeux Noël et une excellente Nouvelle Année.

*

Cette journée s'acheva comme doit s'achever tout

jour de Noël qui se respecte. L'arbre fut illuminé et, à l'heure du thé, on apporta un magnifique gâteau qui fut ovationné mais ne fut consommé qu'avec modération. Enfin, il y eut un dîner froid.

Poirot, tout comme son hôte et son hôtesse, alla se coucher tôt.

— Bonne nuit, monsieur Poirot, dit Mrs Lacey. J'espère que notre petite fête vous aura plu.

— Une journée merveilleuse, madame. Merveilleuse.

— Vous paraissez bien songeur, observa-t-elle.

— C'est à cause de ce pudding.

— Ah ! vous l'avez trouvé un peu lourd, peut-être ? demanda-t-elle gentiment.

— Oh ! non, rien à voir avec la gastronomie. Je réfléchissais à sa signification.

— C'est un mets traditionnel, bien sûr. Allez, dormez bien, monsieur Poirot, et ne rêvez pas trop de pudding et de tartelettes aux fruits secs.

— Pas de doute, se murmura Poirot à lui-même tandis qu'il se déshabillait, c'est un vrai mystère que ce pudding. Il y a là quelque chose à quoi je ne comprends goutte.

Il secoua la tête, contrarié :

— Enfin, nous verrons bien.

Après avoir réglé certains préparatifs, il se mit au lit. Mais pas pour dormir.

Ce fut au bout de deux heures environ que sa patience se trouva récompensée. La porte de sa chambre s'ouvrit très doucement. Il sourit intérieurement. Les choses se déroulaient telles qu'il les avait prévues. Il revit de façon fugace la tasse de café que Desmond Lee-Wortley lui avait si obligeamment tendue après dîner. Un peu plus tard, alors que ce même Desmond lui tournait le dos, il l'avait posée quelques instants sur un guéridon, puis avait fait mine de la reprendre sous les yeux du jeune homme afin de donner à ce dernier la satisfaction — si satisfaction il y avait — de la lui voir boire jusqu'à la dernière goutte. Un petit sourire souleva la moustache de Poirot à la pensée que ce n'était pas lui, mais quelqu'un d'autre qui dormait comme un loir en ce moment.

« Ce brave petit David, songea-t-il, il est tourmenté et malheureux. Une bonne nuit de sommeil ne lui fera pas de mal. Et maintenant, voyons ce qui va se passer. »

Il ne bougea pas d'un cil et maintint une respiration régulière entrecoupée de temps à autre d'un soupçon, à peine exhalé, de ronflement.

Quelqu'un s'approcha du lit et se pencha sur lui. Apparemment rassuré, le visiteur se dirigea vers la table de toilette puis, à la lumière d'une mini-torche, se mit à examiner les affaires de Poirot soigneusement rangées sur le plateau. Des doigts palpèrent le portefeuille, ouvrirent doucement les tiroirs du meuble, puis étendirent la fouille aux poches des vêtements de Poirot. Finalement, il s'approcha de nouveau du lit et, avec les plus grandes précautions, glissa sa main sous l'oreiller. Quand il l'eut retirée, il resta un moment figé sur place comme s'il se demandait où chercher à présent. Il fit le tour de la chambre, inspecta tous les bibelots, puis entra dans la salle de bains dont il ressortit presque aussitôt. Enfin, après une petite exclamation de dépit, il quitta la chambre.

— Tiens donc ! murmura Poirot entre ses dents, tu n'es pas content, hein ? Pas content du tout ? Non mais, t'imaginer un seul instant qu'Hercule Poirot allait cacher quelque chose là où tu pourrais le trouver !

Il se tourna sur l'autre côté et s'endormit paisiblement.

Il fut réveillé le lendemain matin par des coups frappés à sa porte — des coups aussi furtifs que comminatoires.

— Qui est là ? Entrez, entrez.

La porte s'ouvrit. Le souffle court, rouge comme une pivoine, Colin se tenait sur le seuil, Michael derrière lui.

— Monsieur Poirot, monsieur Poirot...

— Euh... oui ? fit ce dernier en s'asseyant sur son lit. C'est la tasse de thé du matin ? Non ? Ah ! c'est vous, Colin ? Il s'est passé quelque chose ?

Comme sous le coup d'une émotion trop forte,

Colin resta un moment sans voix. En réalité, c'était la vue du bonnet de nuit de Poirot qui avait provoqué chez lui cette paralysie temporaire des cordes vocales. Il parvint bientôt à se reprendre.

— Je crois... Monsieur Poirot, aidez-nous, articula-t-il. Il est arrivé quelque chose d'affreux.

— Quelque chose d'affreux ? Quoi donc ?

— C'est... Bridget. Elle est là-bas, dans la neige. J'ai l'impression... elle ne bouge pas, ne parle pas et... oh ! je crois que vous feriez mieux de venir voir par vous-même. J'ai très peur que... je suis persuadé qu'elle est *morte*.

— Hein ? s'écria Poirot en rejetant ses couvertures de côté. Mlle Bridget ? Morte ?

— On dirait... je crois qu'elle a été tuée. Il... il y a du sang et... oh ! venez, je vous en supplie !

— Mais bien sûr, bien sûr. J'arrive tout de suite.

Esprit pratique, Poirot enfila ses bottines de marche et enfila une pèlerine fourrée par-dessus son pyjama :

— Me voilà, je suis prêt. Vous avez réveillé tout le monde dans la maison ?

— Non, non, je n'ai pour l'instant prévenu personne que vous. Grand-père et grand-mère ne sont pas encore levés. On prépare le petit déjeuner, en bas, mais je n'ai rien dit à Peverell. Elle... Bridget... se trouve de l'autre côté de la maison, près de la terrasse et de la fenêtre de la bibliothèque.

— Je vois. Ouvrez la marche, je vous suis.

Se détournant pour masquer son sourire ravi, Colin le précéda et descendit les escaliers. Ils sortirent par la porte latérale. La matinée était claire, le soleil encore bas sur l'horizon. La neige avait cessé, mais elle était tombée en abondance pendant la nuit et couvrait tout d'un épais manteau immaculé. Le monde entier ne semblait que pureté, blancheur et beauté.

— Là ! haleta Colin dans un souffle. Je... c'est... là !

Et il pointa l'index en un geste dramatique.

Dramatique, la scène l'était on ne peut plus. A quelques mètres d'eux, Bridget gisait dans la neige, vêtue d'un pyjama rouge et d'un châle de laine blanc jeté autour des épaules. Un châle blanc maculé d'une tache écarlate. Sa tête tournée de côté était cachée par la masse éparse de ses cheveux noirs. Elle avait un bras replié sous le corps, l'autre projeté sur la neige, les doigts crispés. Au milieu de la tache écarlate se dressait le manche incurvé d'un grand couteau kurde que le colonel Lacey avait justement montré à ses invités la veille au soir.

— Mon Dieu ! s'écria Poirot. On se croirait au théâtre !

Michael faillit s'étrangler de rire. Colin intervint aussitôt :

— Je sais. C'est bizarre, ça... ça n'a presque pas l'*air* vrai. Vous voyez ces traces de pas... je suppose qu'il ne faut pas les brouiller ?

— Ah ! oui, les traces. Effectivement, il ne faut pas les brouiller.

— C'est bien ce que je pensais, se rengorgea Colin. Et c'est pour ça que je n'ai laissé personne approcher jusqu'à ce qu'on vous amène sur les lieux. Je me suis dit que vous sauriez quoi faire, vous.

— Quand même, releva Poirot, la première chose, c'est de voir si elle vit encore, vous ne croyez pas ?

— Oui, euh... évidemment, balbutia Michael, pas trop sûr de lui, mais vous savez, on a pensé que... enfin, on ne voulait pas...

— Ah ! prudents, hein ? Vous avez dû lire des romans policiers ! Surtout, ne toucher à rien et laisser le cadavre dans l'état où il est. Seulement on n'est pas encore *sûrs* que ce soit un cadavre, n'est-ce pas ? Alors la prudence, c'est bien beau, mais le simple devoir d'assistance à personne en danger passe avant. Il faut penser médecin avant de penser police, vous n'êtes pas de mon avis ?

— Oh ! si, bien sûr, admit Colin, un peu désarçonné.

— On s'est juste dit... enfin, on a cru qu'il valait mieux aller vous chercher avant de faire quoi que ce soit, s'empressa d'expliquer Michael.

— Bon, restez ici tous les deux, ordonna Poirot. Je vais m'approcher par l'autre côté afin de ne pas effacer les traces. Superbes, ces traces, n'est-ce pas ?

Si nettes ! Les pas d'un homme et d'une femme qui sortent côte à côte jusqu'à l'endroit où se trouve le corps, puis celles de l'homme font demi-tour et pas celles de la fille.

— Ça doit être les empreintes de pieds de l'assassin, chuchota presque Colin.

— Absolument, fit Poirot. Les empreintes de l'assassin. Un pied long et étroit avec des chaussures d'un genre bien particulier. Très intéressant. Faciles à reconnaître, je crois. Oui, ces empreintes vont avoir une grande importance.

A ce moment, Desmond Lee-Wortley sortit de la maison en compagnie de Sarah et vint les rejoindre.

— Qu'est-ce que vous fabriquez tous les trois ici ? demanda-t-il d'une voix un peu forcée. Je vous ai vus depuis la fenêtre de ma chambre. Il se passe quelque chose ? Bon Dieu, qu'est-ce que c'est que ça ? On... on dirait...

— Exactement, fit Poirot. On dirait un meurtre, n'est-ce pas ?

Sarah eut un haut-le-corps, puis lança un bref regard soupçonneux en direction des deux garçons.

— Vous voulez dire que quelqu'un a tué cette petite — comment s'appelle-t-elle, déjà — Bridget ? fit Desmond, ébahi. Qui donc aurait pu faire ça ? C'est incroyable !

— Il y a beaucoup de choses incroyables, dit Poirot. Surtout avant le petit déjeuner, n'est-ce pas ? C'est ce que prétend l'un de vos classiques, Lewis Carroll, si je ne m'abuse : « Il m'est arrivé, avant d'avoir pris mon petit déjeuner, de croire jusqu'à six choses impossibles. » Attendez ici, vous tous, ajouta-t-il.

Par un détour précautionneux, il s'approcha de Bridget et se pencha un instant sur le corps. Colin et Michael étaient à présent secoués d'un fou rire mal réprimé. Sarah les rejoignit.

— Qu'est-ce que vous avez encore manigancé, vous deux ? murmura-t-elle.

— Cette vieille Bridget, chuchota Colin, elle est sensas, non ? Elle ne bouge pas d'un poil !

— Je n'ai jamais vu quelqu'un faire aussi bien le mort, chuchota à son tour Michael.

Hercule Poirot se redressa.

— C'est horrible, fit-il d'une voix chargée d'une émotion qu'elle n'avait pas auparavant.

Incapables de contenir leur hilarité, Colin et Michael se détournèrent.

— Bon... qu'est-ce qu'il faut faire ? parvint néanmoins à s'enquérir ce dernier d'une voix étranglée.

— Il n'y a pas le choix, répondit Poirot. Il faut appeler la police. L'un d'entre vous veut-il s'en charger ou préférez-vous que ce soit moi ?

— Ben, je crois..., commença Colin. Qu'est-ce que t'en penses, Michael ?

— Oui, répondit l'adolescent. Je crois moi aussi qu'il vaudrait mieux ne pas pousser le bouchon trop loin.

Il se dirigea vers Poirot, son assurance apparemment un peu prise en défaut :

— Nous sommes désolés, j'espère que vous n'allez pas vous fâcher. C'était... euh... juste une de ces farces qu'on fait à Noël, vous savez. On voulait vous... vous faire le coup du meurtre pour rire.

— Du meurtre pour rire ? Mais... mais alors... ceci ?

— Rien qu'une mise en scène, expliqua Colin. Pour... pour que vous vous sentiez dans votre élément, quoi !

— Ah ! fit Poirot, je comprends. Vous vouliez me faire un poisson d'avril ? Mais on n'est pas le 1er du mois des fous, on est le 26 décembre.

— Bon, d'accord, on n'aurait pas dû, reconnut Colin. Mais vous n'êtes pas trop fâché, hein, monsieur Poirot ? Allons, relève-toi, Bridget, cria-t-il. Tu dois être aux trois quarts morte de froid, maintenant.

Dans la neige, cependant, la silhouette allongée n'esquissa pas le moindre geste.

— C'est curieux, observa Poirot, elle n'a pas l'air de vous entendre.

Il fronça le sourcil :

— C'était une farce, disiez-vous ? Vous en êtes sûrs ?

— Ben, évidemment ! articula Colin, mal à l'aise. Ce n'était pas pour de vrai.

— Alors pourquoi Mlle Bridget ne se relève-t-elle pas ?

— Je comprends pas, fit Colin.

— Allez, Bridget, s'impatienta Sarah, arrête de faire l'andouille là par terre !

— On est désolés, monsieur Poirot, balbutia Colin, plein d'appréhension. On s'excuse vraiment.

— Vous n'avez plus besoin de vous excuser, répondit Poirot sur un ton étrange.

— Comment ça, plus besoin ?

Il écarquilla les yeux, puis se tourna de nouveau :

— Bridget ! Bridget ! Mais qu'est-ce qu'elle a ? Pourquoi est-ce qu'elle ne se lève pas ? Pourquoi est-ce qu'elle reste allongée comme ça ?

Poirot fit un signe à Desmond :

— *Vous*, Mr Lee-Wortley, venez ici...

Desmond s'approcha.

— Prenez son pouls, intima Poirot.

Desmond Lee-Wortley se pencha, saisit le bras, puis le poignet.

— Pas de pouls, répondit-il, les yeux hagards. Le bras est inerte. Mon Dieu, elle est *vraiment* morte !

Poirot hocha la tête :

— Eh oui, vraiment morte. Quelqu'un a transformé la comédie en tragédie.

— Quelqu'un... qui ça ?

— Il y a deux traces de pas parallèles qui font l'aller et le retour. Des traces qui ressemblent diablement à celles que *vous* venez de laisser en venant de l'allée jusqu'ici, Mr Lee-Wortley.

Lequel pivota sur lui-même.

— Eh là... vous m'accusez ? *MOI* ? Vous êtes tombé sur la tête ! Pourquoi diable aurais-je voulu tuer cette gamine ?

— Ah ! pourquoi ? Je me demande... Voyons un peu...

Il s'accroupit et, tout doucement, desserra les doigts crispés de la fille.

Desmond eut une brève inspiration. Il baissa un

regard incrédule. Dans la paume de la main de la morte se trouvait ce qui ressemblait à un gros rubis.

— C'est ce truc qu'il y avait dans le pudding ! s'écria-t-il.

— Ah bon ? fit Poirot. Vous êtes sûr ?

— Absolument.

D'un geste vif, Desmond se baissa et saisit la pierre de la main de Bridget.

— Vous n'auriez pas dû faire cela, dit Poirot sur un ton de reproche. Rien n'aurait dû être dérangé.

— Je n'ai pas dérangé le cadavre, pas vrai ? Alors que ce machin pourrait... pourrait se perdre, et c'est une pièce à conviction. Ce qu'il faut, c'est faire venir la police le plus vite possible. Je vais téléphoner tout de suite.

Il pirouetta sur lui-même et partit au pas de course vers la maison. Sarah s'approcha immédiatement de Poirot.

— Je ne comprends pas, fit-elle, le visage livide. Je ne *comprends* pas.

Elle agrippa le bras de Poirot :

— Ces traces de pas... que vouliez-vous dire ?

— Voyez par vous-même, mademoiselle.

Le premier aller et retour d'empreintes jusqu'au corps était identique à celui que venait de laisser Lee-Wortley après avoir accompagné Poirot.

— Mais alors vous... Desmond ? C'est ridicule !

Un bruit de moteur déchira l'air cristallin. Tous se retournèrent. Ils virent distinctement une voiture descendre l'allée à fond de train, et Sarah la reconnut.

— C'est lui, fit-elle. C'est sa voiture. Il... il doit être allé chercher la police au lieu de téléphoner.

Diana se précipita à ce moment hors de la maison et vint les rejoindre.

— Qu'est-ce qui se passe ? haleta-t-elle, tout essoufflée. Je viens de voir Desmond rentrer en trombe à la maison. Il a bafouillé quelque chose au sujet de Bridget qui se serait fait tuer et il s'est énervé sur le téléphone qui ne marchait pas. Il a dit que les fils avaient dû être coupés et que la seule chose à faire, c'était d'aller chercher la police en voiture. Pourquoi la police ?

Poirot lui montra le corps dans la neige.

— Bridget ? fit Diana en le regardant fixement. C'est sûrement une blague, voyons. Hier soir, j'ai entendu quelque chose, et j'ai cru comprendre qu'ils voulaient vous faire une farce, monsieur Poirot.

— Oui, au départ, c'était une farce. Mais rentrons tous à la maison. Nous allons attraper la mort, ici, et nous ne pouvons rien faire avant le retour de Mr Lee-Wortley avec la police.

— Dites, fit Colin, on ne peut pas... laisser Bridget comme ça toute seule.

— Le fait que nous restions là ne l'aidera pas non plus, fit doucement Poirot. Venez. C'est triste, c'est une tragédie, mais il n'y a plus rien à faire pour Mlle Bridget. Rentrons donc au chaud et prenons peut-être une tasse de thé ou de café.

Tous le suivirent docilement jusqu'à la maison. Et ils s'engouffrèrent dans le hall au moment précis où Peverell allait sonner le gong pour le petit déjeuner. Si ce dernier trouva extraordinaire que presque toute la maisonnée vienne du dehors et que Poirot apparaisse en pyjama sous son manteau, il n'en laissa rien paraître. Malgré son grand âge, Peverell était toujours un majordome stylé. Il ne remarquait jamais ce qu'il n'était pas censé remarquer. Ils entrèrent dans la salle à manger et s'installèrent. Quand chacun eut devant soi une tasse de café à siroter, Poirot prit la parole :

— J'ai une petite histoire à vous raconter. Je ne pourrai pas vous la narrer en détail, mais je vous la donnerai à tout le moins dans ses grandes lignes. C'est celle d'un jeune prince qui est venu dans ce pays. Il a apporté avec lui un joyau très connu qu'il devait faire remonter pour la dame qu'il allait épouser. Entre-temps, hélas ! il a fait la connaissance d'une très jolie jeune personne. Laquelle jeune personne s'intéressait bien davantage à la pierre qu'à l'homme — à tel point qu'un beau jour, elle a filé avec ce bijou chargé d'histoire qui appartenait à la famille depuis des générations. Voilà donc notre jeune homme dans un bel embarras. Avant tout, il ne peut pas se permettre un scandale. Impossible de s'en remettre à la police. Alors il vient me trouver moi, Hercule Poirot. « Récupérez-moi mon rubis, joyau historique », me demande-t-il. Or, la jeune femme en question a un ami, et l'ami a monté plusieurs opérations fort douteuses. Il s'est livré à des affaires de chantage et de trafic de pierres précieuses. Toujours avec beaucoup d'habileté : suspect, oui, mais jamais pris. Et voilà que j'apprends que ce jeune gentleman si malin vient passer Noël dans cette maison. Car il est important que la jolie dame, une fois le joyau en sa possession, disparaisse quelque temps de la circulation afin de se faire oublier et d'éviter les questions. On s'arrange donc pour la cacher à Kings Lacey, en la faisant passer pour la sœur du jeune gentleman si malin...

Sarah prit une brève inspiration.

— Oh ! non, non, protesta-t-elle. Pas *ici* ! Pas ici avec moi !

— Il en est pourtant allé ainsi, poursuivit Poirot. Sur quoi, grâce à une petite manœuvre, me voilà à mon tour invité ici à Noël. La jeune dame est censée sortir tout juste de l'hôpital. Elle se sent beaucoup mieux quand elle arrive, mais survient la nouvelle que moi aussi, un détective — un détective réputé —, j'arrive. Alors elle a ce que vous appelez la frousse. Elle cache le rubis dans le premier endroit qui lui passe par l'esprit, prétexte immédiatement une rechute et se remet au lit. Elle ne veut pas que je la voie, car elle est sûre que j'ai une photo d'elle et que je vais la reconnaître. Elle s'ennuie ferme, mais elle est bloquée dans sa chambre et son frère lui monte ses plateaux.

— Et le rubis ? demanda Michael.

— Je crois, répondit Poirot, qu'au moment où elle a appris mon arrivée, la jeune femme se trouvait dans la cuisine avec vous, tous réunis à rire et plaisanter pour tourner la pâte des puddings. Les puddings sont dans des moules et c'est là que la jeune femme cache le rubis : elle l'enfonce dans un des récipients. Pas celui qui est destiné à la soirée de

Noël, oh ! non, elle sait que celui-là se trouve dans un moule spécial. Elle le met dans l'autre, celui qui doit être mangé au Jour de l'An. D'ici là, elle sera prête à partir, et nul doute que le pudding partira avec elle. Mais voilà, la fatalité s'en mêle. Au matin de Noël, un petit malheur se produit : le pudding tombe par terre dans son moule fantaisie, lequel se brise en mille morceaux. La brave Mrs Ross ne fait ni une ni deux, elle prend l'autre pudding et le sert.

— Bon sang ! s'étrangla Colin, vous voulez dire qu'à Noël, quand grand-père mangeait son pudding, c'est sur un *vrai* rubis qu'il a failli se casser une dent ?

— Exactement, sourit Poirot, et vous pouvez imaginer l'émoi de Mr Desmond Lee-Wortley à cette vue. Alors ensuite ? Eh bien le rubis passe de main en main. Je l'examine et parviens mine de rien à le glisser dans ma poche. Négligemment, comme si je ne lui accordais aucun intérêt. Une personne pourtant observe mon manège. Et quand je m'endors, le soir, cette personne vient fouiller ma chambre et me fouiller moi-même. Elle ne trouve pas le rubis. Pourquoi ?

— Parce que, murmura Michael en retenant son souffle, vous l'aviez entre-temps donné à Bridget. C'est ça, hein ? Et c'est pour ça que... mais je ne comprends pas très bien... Allez, dites-nous vite ce qui s'est passé ensuite.

Poirot lui sourit :

— Venez avec moi dans la bibliothèque, et je vous montrerai quelque chose qui expliquera peut-être le mystère.

Il passa devant et tous le suivirent.

— Observez une nouvelle fois les lieux du crime, fit Poirot en montrant la fenêtre.

Il y eut un halètement de stupéfaction général. Il n'y avait plus de cadavre dans la neige, plus trace de la tragédie à l'exception d'une surface de neige piétinée.

— On n'a quand même pas rêvé ? fit Colin d'une voix anéantie. Quelqu'un a enlevé le corps ?

— Ah ! vous voyez ? Le Mystère du Cadavre

Envolé, fit Poirot avec un hochement de tête et une petite étincelle de malice dans les yeux.

— Mais nom d'une pipe, monsieur Poirot, s'écria Michael, vous êtes... vous n'avez pas... dites, il nous a tous menés en bateau depuis le début !

Les yeux de Poirot pétillèrent plus que jamais :

— C'est vrai, mes enfants, moi aussi je vous ai joué un tour. J'étais au courant de votre petite conspiration, voyez vous, alors j'ai monté un plan de contre-attaque. Ah ! voici Mlle Bridget. Bien remise de votre séjour prolongé dans la neige, j'espère ? Je ne me pardonnerais jamais que vous attrapiez une fluxion de poitrine.

Bridget venait d'entrer dans la pièce, chaudement vêtue d'une chemise épaisse et d'un pull de laine. Elle riait.

— J'ai fait monter une tisane dans votre chambre, dit Poirot en fronçant le sourcil. Vous l'avez bien bue, au moins ?

— Oh ! une seule gorgée a suffi ! Je suis en pleine forme, moi ! Est-ce que j'ai bien joué mon rôle, monsieur Poirot ? Bon sang ! j'ai encore mal au bras avec ce garrot que vous m'avez fait mettre !

— Vous avez été magnifique, mon enfant, la félicita Poirot. Magnifique. Mais vous voyez, tous les autres sont dans le brouillard complet. Hier soir, donc j'ai approché Mlle Bridget. Je lui ai expliqué que j'étais au courant de votre petit complot et lui ai demandé si elle accepterait de jouer un rôle pour moi. Elle s'est débrouillée à merveille. Elle a fait les empreintes avec une paire de chaussures de Mr Lee-Wortley

— Mais à quoi rime tout cela, monsieur Poirot ? demanda Sarah d'une voix aigre. Quel est l'intérêt d'envoyer Desmond chercher la police ? Ils seront hors d'eux quand ils s'apercevront que ce n'était qu'un coup monté !

Poirot secoua doucement la tête :

— Ma foi, je ne crois pas un seul instant que Mr Lee-Wortley soit allé chercher la police, mademoiselle. Il ne veut surtout pas être mêlé à une histoire de meurtre. Ses nerfs l'ont trahi. Tout ce qu'il a vu, c'est la possibilité de récupérer le rubis. Il s'est jeté dessus, a prétendu que le téléphone était détraqué et s'est précipité dans sa voiture sous prétexte d'aller chercher la police. Je pense pour ma part que vous ne le reverrez pas de sitôt. Il peut, à ce que je sais, quitter l'Angleterre par ses propres moyens. Il a son avion personnel, n'est-ce pas, mademoiselle ?

Elle acquiesça de la tête :

— Oui. Nous avions l'intention de...

Elle s'interrompit.

— Il voulait que vous vous enfuyiez avec lui de cette façon, n'est-ce pas ? Pardi ! C'est un merveilleux stratagème pour passer en douce un joyau hors du pays. Quand vous enlevez une jeune fille de bonne famille, avec tout ce que cela comporte de battage dans les journaux, on ne va pas vous soupçonner une seconde d'en avoir profité pour sortir en fraude un joyau historique. Ah ! oui, vous auriez constitué une couverture de premier ordre, mademoiselle !

— Ce n'est pas possible, balbutia Sarah. Je ne crois pas un mot de tout ça.

— Pour en avoir le cœur net, interrogez donc sa sœur, fit Poirot en désignant du menton, par-dessus son épaule, quelqu'un derrière elle.

La tête de Sarah pivota instantanément.

Drapée dans un manteau de fourrure, une blonde platinée se tenait immobile sur le seuil. Elle semblait d'humeur exécrable.

— Sa sœur, mes fesses ! jeta-t-elle avec un ricanement mauvais. Il n'a jamais été mon frère, ce salopard ! Si je comprends bien, il s'est fait la malle, et il me laisse dans le pétrin ? Alors que c'est *lui* qui a monté la combine et qui m'a mouillée jusqu'au cou ! Du tout cuit, d'après lui, ça devait être ! Ils ne nous poursuivraient pas, par frousse du scandale : j'aurais toujours pu menacer de dire qu'Ali m'en avait bel et bien fait cadeau, du fameux rubis. Desmond et moi, on devait se partager le gros lot à Paris et voilà qu'il se tire sans moi, ce fumier ! Ah ! ce que j'aimerais le retrouver histoire de lui faire la peau ! Plus vite je filerai d'ici...

Elle changea brusquement de ton :

— Est-ce que quelqu'un pourrait avoir la gentillesse de m'appeler un taxi ?

— Une voiture vous attend devant la grande porte pour vous conduire à la gare, mademoiselle, dit Poirot.

— Vous pensez à tout, pas vrai ?

— La plupart du temps, répondit-il non sans quelque suffisance.

Mais Poirot ne devait pas s'en tirer aussi facilement. Quand il revint au salon après avoir accompagné la fausse miss Lee-Wortley à la voiture, Colin l'attendait de pied ferme, visage renfrogné :

— Dites donc, monsieur Poirot, *et le rubis* ? Vous avez laissé ce type filer avec ?

Le visage de Poirot s'allongea. Il tortilla sa moustache d'un air embarrassé.

— Je peux encore le récupérer, dit-il faiblement. Il y a d'autres moyens. Je vais essayer de...

— C'est inimaginable ! fulmina Michael. Laisser ce saligaud partir avec le rubis !

Bridget fut plus finaude.

— Il nous fait encore marcher ! s'écria-t-elle. Hein que vous nous faites marcher, monsieur Poirot ?

— Je vous propose un dernier tour de passe-passe, mademoiselle. Cherchez dans ma poche gauche.

Bridget plongea la main. Elle la ressortit avec un cri de triomphe et brandit un énorme rubis qui brillait de tous ses feux incarnats.

— Vous comprenez ? expliqua Poirot. Celui que vous teniez dans vos doigts crispés n'était qu'un faux en verre coloré. Je l'ai apporté de Londres pour le cas où il serait possible d'opérer une substitution. Nous ne voulons pas de scandale. M. Desmond va essayer de se débarrasser du rubis à Paris, en Belgique ou en quelque autre endroit où il possède des contacts, et là, on s'apercevra que la pierre est fausse ! C'est l'idéal, pour nous, non ? La fin rêvée. Le scandale est évité, mon jeune prince retrouve son rubis, il rentre dans son pays et fait un mariage raisonnable, et, nous l'espérons, heureux. Tout est bien qui finit bien.

— Sauf pour moi, murmura Sarah entre ses dents.

Elle avait parlé si bas que Poirot fut le seul à l'entendre.

— Vous faites erreur, mademoiselle Sarah, en disant cela. Vous avez acquis de l'expérience. Toute expérience est bonne à prendre. Je peux prédire que devant vous se profile le bonheur.

— C'est vous qui le dites.

— Mais au fait, monsieur Poirot, intervint Colin en fronçant le sourcil, comment avez-vous su que nous vous montions un coup ?

— C'est mon métier que de tout savoir, répondit Hercule Poirot en frisant sa moustache.

— Peut-être bien, mais je ne vois pas ce qui vous a mis la puce à l'oreille. Quelqu'un est venu cafarder... vous trouver pour vous prévenir ?

— Non, non, ce n'est pas ça.

— Quoi, alors ? Dites-nous.

— Oui, dites-nous ! firent-ils tous en chœur.

— Ah ! non, protesta Poirot. Si je vous avoue comment j'ai fait pour y arriver, ça perdra tout son charme. C'est comme un prestidigitateur qui montrerait ses tours !

— Dites-nous la vérité, monsieur Poirot, allez ! Dites-la-nous, dites-la-nous !

— Je ne peux pas. Vous seriez trop déçus.

— S'il vous plaît, monsieur Poirot, expliquez-nous. *Comment avez-vous su ?*

— Bon, alors voilà. Je me reposais dans un fauteuil à côté de la fenêtre de la bibliothèque, l'autre jour après le thé. Le sommeil m'a pris, et quand je me suis réveillé, vous étiez en train de discuter vos petits plans juste sous la fenêtre près de laquelle je me trouvais — et le vantail du haut était ouvert.

— C'est tout ? lâcha Colin d'un air dépité. C'est bête comme chou !

— N'est-ce pas ? fit Poirot tout sourire. Vous voyez que vous êtes déçus !

— Peut-être, fit Michael, n'empêche qu'on sait rigoureusement tout, maintenant.

« Voire, murmura la petite voix intérieure de Poirot. *Moi*, je ne sais pas tout. *Moi*, dont c'est le métier de tout savoir... »

Il sortit dans le hall en dodelinant de la tête. Pour la vingtième fois peut-être, il tira de sa poche un morceau de papier tout poisseux : MANGEZ PAS UNE MIETTE DU PLUM-PUDDING. QUELQU'UN QUI VOUS VEUT DU BIEN.

Hercule Poirot continua à secouer la tête d'un air songeur. Etre tenu en échec par ça ! Lui qui pouvait toujours tout expliquer ! Humiliant ! Qui avait écrit ce message ? Et *pourquoi* ? Il ne connaîtrait pas de repos tant qu'il n'arriverait pas à donner la réponse. Il fut soudain tiré de sa rêverie par une sorte de halètement singulier. Intrigué, il baissa les yeux. A quatre pattes au beau milieu du parquet, une jeune créature aux cheveux d'étoupe et vêtue d'une robe-tablier à fleurs s'activait avec une balayette et un ramasse-poussière. Elle regardait fixement, de ses yeux ronds comme des billes, le papier qu'il tenait à la main.

— Oh ! m'sieur, fit cette apparition, *m'sieur, s'il vous plaît.*

— Qui êtes-vous donc, mon enfant ? demanda Poirot avec affabilité.

— Annie Bates, m'sieur, pour vous servir. J'viens ici aider Mrs Ross. J'voulais pas... faire quéqu'chose de défendu, vous savez. C'était dans une bonne intention. Pour vot'bien à vous, j'veux dire.

— C'est vous qui avez écrit ça, Annie ?

— J'pensais pas à mal, m'sieur. J'vous assure.

— J'en suis convaincu.

Il lui sourit :

— Mais expliquez-moi. Pourquoi l'avez-vous écrit ?

— A cause de ces gens, Mr Lee-Wortley et sa sœur. Sa sœur moi, ça m'ferait mal ! Personne y croyait, aux cuisines. Et puis elle était pas plus malade que moi, c'était clair. Toutes, on se disait qu'il se passait quéqu'chose de bizarroïde. J'vais vous espliquer franchement, m'sieur. Un moment que j'étais dans la salle de bains à changer les serviettes, j'ai écouté à la porte. Il était dans sa chambre à elle et ils causaient. J'ai entendu c'qu'ils se racontaient aussi clair que j'vous entends. « Ce privée, qu'il disait, ce Hercule Poirot qu'arrive ici, va falloir utiliser les grands moyens. En débarrasser le plancher le plus vite possible. » Et puis un peu plus tard, il lui a demandé comme ça d'un ton sinistre : « Dans quoi tu l'as mis ? — *Dans le pudding* », qu'elle lui a répondu. Oh ! m'sieur, ça a été un tel choc que j'ai cru qu'mon cœur y s'arrêtait d'battre dans ma poitrine. J'me suis dit comme ça qu'ils voulaient vous empoisonner, moi. J'savais pas quoi faire ! Mrs Ross, elle aurait pas écouté une souillon comme moi. Alors il m'est venu à l'idée d'vous écrire un mot d'avertissement. J'l'ai fait et j'l'ai mis sur vot'oreiller pour que vous l'trouviez en allant au lit.

Annie s'interrompit pour reprendre son souffle. Poirot la considéra gravement pendant quelques minutes.

— Vous regardez trop de films à sensation, Annie, dit-il enfin. A moins qu'il ne s'agisse de la télévision ? Mais ce que je retiens, c'est que vous avez bon cœur et une certaine dose d'ingéniosité. Quand je serai rentré à Londres, je vous enverrai un cadeau.

— Oh ! merci, m'sieur, merci beaucoup.

— Voyons, qu'est-ce qui vous ferait plaisir ?

— Vrai ? J'peux demander c'que je veux ?

— Dans les limites du raisonnable, corrigea Poirot, prudent.

— Dites, j'pourrais avoir une trousse de maquillage ? Une chouette trousse de maquillage ultra-chic comme celle qu'avait la sœur à Mr Lee-Wortley qu'était pas sa sœur ?

— D'accord, acquiesça Poirot, grand seigneur. Je crois que cela devrait pouvoir se faire.

» C'est intéressant, poursuivit-il en un murmure songeur. Dans un musée, l'autre jour, je contemplais des antiquités de Babylone, ou de je ne sais plus quel site plusieurs fois millénaire de ce genre. Parmi elles, se trouvaient des coffrets à cosmétiques. Le cœur de la femme ne change donc jamais.

— J'vous demande pardon ? fit Annie.

— Rien, répondit Poirot, je réfléchissais tout haut. Vous aurez votre trousse de maquillage, mon enfant.

— Oh ! merci beaucoup, m'sieur. Oh ! merci infiniment.

Elle s'en fut comme sur un nuage, extasiée. Poirot

la regarda s'éloigner et afficha une mine d'absolue satisfaction.

« Bon, se dit-il. Partons, maintenant. Je n'ai plus rien à faire ici. »

Au moment où il s'y attendait le moins, deux bras lui entourèrent les épaules.

— Vous voulez bien rester sous le gui un instant ? demanda Bridget.

Et elle lui déposa un baiser sur la joue.

Hercule Poirot ne le regretta pas. Pas du tout. Et se dit qu'il avait réellement passé un bon, un très bon Noël.

LE MYSTÈRE DU BAHUT ESPAGNOL

(*The Mystery of the Spanish Chest*)

Ponctuel à la seconde près comme toujours, Hercule Poirot entra dans la petite pièce où miss Lemon, sa très efficace secrétaire, attendait ses instructions de la journée.

A première vue, miss Lemon paraissait tout en angles, ce qui satisfaisait le goût de Poirot pour la symétrie.

Non pas qu'il étendît son amour de la précision géométrique au domaine féminin. Hercule Poirot n'allait pas jusque-là. Il était au contraire de la vieille école. Il avait une préférence bien continentale pour les rondeurs — les rondeurs voluptueuses, pourrait-on dire. Il aimait que les femmes *soient* des femmes, luxuriantes, hautes en couleur, exotiques. Il y avait eu, ainsi, certaine comtesse russe qui... allons, c'était loin, tout cela. Une folie de jeunesse.

Mais il n'avait jamais considéré miss Lemon comme une femme. C'était une machine humaine, un instrument de précision d'une terrifiante effica-

cité. Elle avait quarante-huit ans, et la chance de ne
posséder aucune imagination.

— Bonjour, miss Lemon.

— Bonjour, monsieur Poirot.

Ce dernier s'installa et miss Lemon déposa devant
lui le courrier du matin soigneusement sérié par
catégories. Puis elle retourna à son siège et s'assit,
crayon et bloc prêts à l'action.

Ce matin-là, pourtant, il allait y avoir un léger
changement dans la routine. Poirot avait apporté le
journal du matin et ses yeux le parcouraient avec
intérêt. Un titre s'étalait en caractères gros et gras :

LE MYSTÈRE DU BAHUT ESPAGNOL.
DERNIERS DÉVELOPPEMENTS.

— Vous avez lu le journal, je présume,
miss Lemon ?

— Oui, monsieur Poirot. Les nouvelles de Genève
ne sont pas très bonnes.

D'un revers significatif du bras, Poirot envoya promener les nouvelles de Genève.

— Un bahut espagnol, fit-il d'un air songeur. Pourriez-vous m'expliquer ce qu'est au juste un bahut
espagnol, miss Lemon ?

— Un bahut qui vient d'Espagne, je suppose,
monsieur.

— Supposition logique. Vous n'avez pas de description plus précise ?

— Ils datent en général de l'époque élisabéthaine,
je crois. Ce sont des coffres avec beaucoup d'orne-
ments en cuivre. Ils sont très beaux, une fois entrete-
nus et astiqués. Ma sœur en a acheté un lors d'une
vente. Elle y range du linge de maison. Ça fait très chic.

— Je ne doute pas que, chez quelqu'un qui est
votre sœur, tout le mobilier soit bien entretenu, fit
Poirot en inclinant courtoisement la tête.

Miss Lemon répondit avec nostalgie que les
domestiques d'aujourd'hui ne paraissaient pas savoir
ce qu'était l'huile de coude. Poirot sembla un peu
déconcerté mais décida de ne pas s'informer plus

avant sur le sens profond de cette mystérieuse expression.

Il baissa de nouveau les yeux sur son journal et éplucha les noms : le major Rich, Mr et Mrs Clayton, le commandant McLaren, Mr et Mrs Spence. Des noms, rien que des noms, pour lui. Tous pourvus d'une personnalité humaine, cependant, avec ses haines, ses amours, ses peurs. Affaire dramatique que celle-là, dans laquelle Poirot ne jouait aucun rôle. Il le regrettait bien, d'ailleurs ! Six personnes présentes à une soirée dans une pièce où se trouve un grand bahut espagnol adossé au mur. Six personnes. Cinq qui discutent, se restaurent au buffet, mettent des disques sur le phono, dansent. La sixième *morte dans le coffre...*

Ah ! songea Poirot, que mon cher Hastings aurait aimé cela ! Les envolées romantiques auxquelles son imagination se serait livrée ! Les inepties qu'il aurait émises ! Ce cher Hastings... aujourd'hui, là tout de suite, il me manque... Et à sa place...

Il poussa un soupir et regarda du côté de miss Lemon. Laquelle, sentant intelligemment que Poirot n'était pas d'humeur à dicter du courrier, avait ôté la housse de sa machine à écrire pour rattraper certains travaux en retard. Rien n'aurait pu moins l'intéresser que de sinistres histoires de bahuts espagnols contenant des cadavres.

Après un nouveau soupir, Poirot baissa les yeux sur la photographie d'un visage. Les clichés d'un journal ne donnaient jamais rien de très bon, et celui-ci était particulièrement mauvais, mais quel visage ! *Mrs Clayton, l'épouse de la victime...*

D'un geste soudain, il lança le journal en direction de miss Lemon.

— Regardez, ordonna-t-il. Regardez ce visage.

Elle obéit sans montrer d'émotion.

— Qu'en pensez-vous, miss Lemon ? C'est Mrs Clayton.

Elle approcha le journal et jeta dessus un œil désinvolte.

— On dirait la femme de notre banquier quand nous habitions à Croyden Heath, observa-t-elle.

— Intéressant, fit Poirot. Racontez-moi l'histoire de la femme de votre banquier.

— Elle n'a rien de très gai, monsieur Poirot.

— Je ne m'attendais guère à ce qu'elle le soit. Allez-y.

— On a beaucoup jasé au sujet de Mrs Adams et d'un jeune peintre. Et puis Mr Adams s'est tiré une balle dans la tête. Mais Mrs Adams n'a pas voulu épouser son peintre, qui a avalé une sorte de poison. On a quand même réussi à le sauver. Finalement, Mrs Adams a convolé avec un jeune avoué. Je crois que les problèmes ne se sont pas arrêtés là, mais comme c'est le moment où nous avons quitté Croyden Heath, j'ai un peu perdu le fil.

Hercule Poirot hocha la tête d'un air pénétré :

— C'était une belle femme ?

— Eh bien... pas vraiment ce qu'on appelle belle, mais... il semblait y avoir quelque chose en elle qui...

— Exactement. Quel est ce quelque chose que possèdent les sirènes de ce monde — les Hélène de Troie, les Cléopâtre... ?

Miss Lemon glissa vigoureusement une feuille dans le rouleau de sa machine à écrire :

— Vraiment, monsieur Poirot, je ne me suis jamais posé la question. Tout cela me paraît tellement dérisoire. Si les gens s'occupaient de leur travail au lieu de penser à ce genre de futilités, tout irait beaucoup mieux.

Ayant ainsi rivé leur clou aux faiblesses et aux passions humaines, miss Lemon positionna ses doigts au-dessus du clavier, attendant ardemment l'autorisation de commencer son travail.

— C'est votre opinion, fit Poirot. Et en ce moment, vous piaffez d'impatience que je vous permette de continuer *votre* travail. Mais votre travail, miss Lemon, ne consiste pas seulement à prendre mon courrier, classer mes papiers, répondre au téléphone ou taper mes lettres — toutes choses que vous faites d'ailleurs admirablement bien. Moi, voyez-vous, en plus des paperasses, j'ai affaire à des êtres humains. Et dans ce domaine aussi, j'ai besoin d'aide.

— Certainement, monsieur Poirot, fit patiemment miss Lemon. Que voulez-vous que je fasse ?

— Cette affaire m'intéresse. J'aimerais que vous examiniez le compte rendu qu'en fait la presse du matin, ainsi que tout complément d'information des journaux du soir. Etablissez-moi un résumé des faits.

— Très bien, monsieur Poirot.

Celui-ci se retira dans son salon, un sourire triste sur les lèvres.

« C'est vraiment une ironie du sort, songeait-il, qu'après mon cher Hastings, j'aie hérité miss Lemon. Qui pourrait imaginer plus grand contraste entre les deux ? *Ce cher Hastings...* comme il se serait amusé ! Il aurait fait les cent pas, échafaudé les plus folles hypothèses pour expliquer chaque péripétie, pris tout ce que disaient les journaux pour parole d'Evangile. Alors que ma pauvre miss Lemon ne va pas tirer le moindre plaisir de la tâche que je lui ai confiée ! »

Laquelle miss Lemon, le moment venu, lui apporta une feuille dactylographiée :

— J'ai rassemblé les renseignements que vous désiriez, monsieur Poirot. Je crains pourtant qu'on ne puisse trop se fier à tout cela tant les journaux diffèrent dans leurs récits. Je ne garantirais pas à plus de soixante pour cent l'exactitude de leur relation des faits.

— Et encore, murmura Poirot. Merci, miss Lemon, de la peine que vous avez prise.

Les faits étaient extraordinaires mais bien établis. Le major Charles Rich, célibataire fortuné, avait donné chez lui une soirée pour un groupe d'amis. Ce groupe se composait de Mr et Mrs Clayton, Mr et Mrs Spence et un certain commandant McLaren. Le commandant McLaren était un très vieil ami à la fois de Rich et des Clayton, alors que Mr et Mrs Spence, un couple plus jeune, étaient des relations assez récentes. Arnold Clayton travaillait au ministère des Finances, Jeremy Spence dans l'administration. Le major Rich avait 48 ans, Arnold Clayton 55, le commandant McLaren 46, Jeremy Spence 37. De Mrs Clayton, on disait qu'elle était « de quelques années plus jeune que son mari ». L'un d'entre eux avait dû se décommander : au dernier moment, Mr Clayton avait été appelé en Ecosse pour une affaire urgente et était censé avoir quitté King's Cross par le train de 20 h 15.

La soirée s'était déroulée de façon tout à fait habituelle pour ce genre de réunion. Chacun avait semblé passer un bon moment. Il n'y avait eu ni excentricités ni beuverie. Elle s'était terminée vers 23 h 45. Les quatre invités étaient partis ensemble et avaient partagé un taxi. Le commandant McLaren avait été déposé en premier à son club, puis Margharita Clayton à Cardigan Gardens juste à hauteur de Sloane Street, et les Spence avaient poursuivi seuls jusqu'à leur maison de Chelsea.

La macabre découverte avait été faite le lendemain matin par le valet de chambre du major Rich, William Burgess. Ce dernier ne logeait pas sur place. Il était arrivé tôt afin de remettre le salon en ordre avant de réveiller son maître et de lui apporter son thé du matin. C'est pendant qu'il effectuait ce rangement que Burgess avait été intrigué par une grosse tache qui décolorait le tapis clair sur lequel était posé le bahut espagnol. Quelque chose semblait avoir suinté de l'intérieur et le valet avait immédiatement soulevé le couvercle pour regarder à l'intérieur. Il avait été horrifié d'y trouver le corps de Mr Clayton, le cou lardé de coups de couteau.

Obéissant à son premier réflexe, Burgess s'était précipité dans la rue et avait couru chercher le policier le plus proche.

Tels étaient les faits bruts. Mais il y avait d'autres détails. La police avait tout de suite prévenu Mrs Clayton qui en était restée « complètement anéantie ». Elle avait vu son mari pour la dernière fois un peu après 6 heures la veille au soir. Il était rentré fâché d'être obligé de monter en Ecosse pour des affaires urgentes concernant une propriété qu'il possédait là-haut. Il avait insisté pour que sa femme aille à la soirée sans lui, puis s'était rendu à son club, le même que celui du commandant McLaren, et avait pris un verre avec ce dernier pour lui exposer la situation. Il avait alors consulté sa montre et dit qu'il lui restait juste le temps, sur le chemin de King's Cross, de s'arrêter chez le major Rich et de la lui expliquer également. Il avait déjà essayé de lui téléphoner, mais la ligne paraissait en dérangement.

Aux dires de William Burgess, Mr Clayton était arrivé à l'appartement vers 19 h 55. Le major était sorti mais devait revenir d'une minute à l'autre, aussi Burgess avait-il proposé à Mr Clayton d'entrer l'attendre. Celui-ci avait répondu qu'il n'en avait pas le temps car il avait un train à prendre, mais qu'il laisserait volontiers un petit mot. Le valet l'avait alors accompagné au salon puis avait réintégré sa cuisine où il était occupé à préparer des canapés pour la soirée. Il n'avait pas entendu son maître rentrer, mais, une dizaine de minutes plus tard, le major était passé par la cuisine pour demander à Burgess de se hâter d'aller chercher les cigarettes turques que Mrs Spence aimait tant. Le valet avait obéi et les avait apportées à son maître dans le salon. Mr Clayton ne s'y trouvait pas, mais Burgess avait tout bonnement pensé qu'il était déjà parti prendre son train.

Le récit du major Rich avait été bref et net. Mr Clayton n'était pas dans l'appartement quand lui-même y était arrivé, et il ignorait totalement qu'il y fût passé. Aucun message ne lui avait été laissé et il n'avait appris le déplacement de Mr Clayton en Ecosse que lorsque sa femme et les autres étaient arrivés.

Deux nouvelles étaient données par les journaux du soir. Mrs Clayton, « terrassée par le choc », avait quitté son appartement de Cardigan Gardens pour, estimait-on, se réfugier chez des amis.

Le second communiqué était une dernière minute. Le major Charles Rich était inculpé du meurtre d'Arnold Clayton et placé en garde à vue.

— Et voilà, fit Poirot en levant les yeux sur miss Lemon. L'arrestation du major Rich était à prévoir. Mais cette affaire est extraordinaire, *tout à fait* extraordinaire. Vous ne trouvez pas ?

— Je suppose que ce sont là des choses qui arrivent, monsieur Poirot, répondit miss Lemon sans montrer le moindre intérêt.

— Oh ! cela va de soi ! Il s'en produit tous les jours. Ou presque. Mais d'habitude — et si affligeantes soient-elles —, on parvient à les comprendre.

— C'est en tout cas une bien fâcheuse histoire.

— Se faire poignarder et tasser dans un bahut espagnol est certainement très fâcheux pour la victime — suprêmement, même. Mais quand je dis que c'est une affaire extraordinaire, c'est du comportement du major Rich que je parle.

— On semble avoir imaginé, fit-elle avec un soupçon de dégoût, que le major Rich et Mrs Clayton pouvaient être... intimes. Mais comme cela ne reposait sur aucun fait concret, je ne l'ai pas marqué.

— Vous avez fort bien fait. Mais c'est une hypothèse qui saute tout de suite à l'esprit. Vous n'avez rien d'autre à ajouter ?

Devant l'expression vide de miss Lemon, Poirot poussa un soupir et regretta l'imagination pittoresque de son ami Hastings. Discuter d'une affaire avec miss Lemon n'était pas une sinécure.

— Considérez un instant ce major Rich. Il est amoureux de Mrs Clayton — d'accord... Il veut se débarrasser du mari d'icelle — d'accord là aussi, encore que si Mrs Clayton était amoureuse de lui et qu'ils aient effectivement une liaison, quelle urgence y avait-il ? Peut-être que Mr Clayton refusait le divorce à sa femme ? Mais ce n'est pas de cela que je veux parler. Le major Rich est un militaire à la retraite et je sais qu'on dit parfois que les soldats n'ont pas inventé la poudre. Tout de même, ce major est-il, peut-il être, un complet imbécile ?

Miss Lemon ne répondit pas. Elle crut à une question de pure rhétorique.

— Eh bien, fit Poirot. Que pensez-vous de tout cela ?

— Ce que j'en pense, *moi* ?

— Oui, vous !

Miss Lemon ajusta son esprit à l'effort auquel on le soumettait. Elle n'était pas naturellement portée aux exercices mentaux de quelque ordre que ce soit à moins qu'on ne le lui demande. Dans le temps libre dont elle disposait, son cerveau ne s'intéressait qu'aux mille détails d'une méthode de classement d'une perfection absolue. C'était sa seule récréation intellectuelle.

— Ma foi..., commença-t-elle pour s'arrêter aussitôt.

— Dites-moi juste ce qui s'est passé — enfin, ce que vous pensez qui s'est passé ce soir-là. Mr Clayton est dans le salon en train d'écrire un mot, le major Rich arrive... et puis quoi, ensuite ?

— Il trouve Mr Clayton. Ils... j'imagine qu'ils se disputent. Le major Rich le poignarde. Alors quand il se rend compte de ce qu'il a fait, il... il met le cadavre dans le bahut. Parce que les invités, je suppose, peuvent arriver d'une minute à l'autre.

— Oui, oui. Les invités arrivent ! Le cadavre est dans le bahut. La soirée se passe comme si de rien n'était. Les invités repartent. Et alors...

— Eh bien alors le major va se coucher et... Oh !

— Exactement, triompha Poirot. Vous comprenez, maintenant. Vous venez de tuer un homme. Vous avez caché son cadavre dans un coffre. Et puis... vous allez vous coucher bien tranquillement, pas le moins du monde perturbé par le fait que votre valet de chambre va découvrir le crime le lendemain matin.

— Le valet de chambre aurait aussi bien pu ne jamais soulever le couvercle...

— Avec une énorme mare de sang sur le tapis en dessous ?

— Peut-être le major ne s'est-il pas rendu compte que le sang coulait ?

— Grosse négligence de sa part de ne pas s'en assurer, vous ne trouvez pas ?

— Sans doute parce qu'il était sous le coup de l'émotion, dit-elle.

De désespoir, Poirot leva les mains au ciel.

Miss Lemon en profita pour filer.

*

Le mystère du bahut espagnol ne faisait pas partie, à strictement parler, des affaires de Poirot. Il se trouvait à ce moment précis engagé dans une délicate mission pour une grande compagnie pétrolière dont l'un des gros bonnets était peut-être impliqué dans un tripatouillage pas trop clair. Une mission ultra-secrète, importante et extrêmement lucrative. Suffisamment complexe pour réclamer l'attention de Poirot, avec cet avantage qu'elle n'impliquait qu'un minimum d'activité physique. Hautement intellectuelle et sans effusion de sang. La criminalité à son plus haut niveau.

Le mystère du bahut espagnol avait des dimensions dramatiques et émotionnelles, deux caractéristiques auxquelles on accordait facilement trop d'importance — Poirot l'avait maintes fois affirmé à Hastings dont c'était souvent la manie. Il avait été sévère avec *ce cher Hastings* sur ce point, et voilà que lui-même, aujourd'hui, se comportait comme son ami aurait pu le faire, l'esprit obsédé par tout ce qui — jolies femmes, passion, jalousie, haine — constituait les causes romanesques du crime ! Il voulait ne plus rien ignorer sur le sujet, savoir à quoi ressemblaient le major Rich et son valet de chambre Burgess, comment était Margharita Clayton — même si là, il pensait avoir sa petite idée —, comment le défunt Arnold Clayton avait été puisqu'il tenait pour essentielle la personnalité de la victime dans une affaire de meurtre, et même quelle tête pouvait bien avoir le commandant McLaren, l'ami fidèle, ainsi que Mr et Mrs Spence, les nouvelles relations.

Seulement il ne voyait pas très bien comment il allait pouvoir satisfaire sa curiosité !

Il y songea plus tard dans la journée.

Pourquoi cette affaire l'intéressait-elle tant ? Sans doute, décida-t-il après mûre réflexion, parce que, tels que les faits étaient rapportés, leur déroulement lui paraissait plus ou moins impossible. Oui, il y avait là un petit côté euclidien.

Partant de ce qui était plausible, il y avait eu une querelle entre deux hommes. Cause probable, une femme. L'un des deux hommes, au comble de la fureur, tue l'autre — encore qu'il eût été plus logique que ce soit le mari qui tue l'amant. Bref, c'est l'amant qui tue le mari à coups de poignard, arme quelque peu inattendue. Peut-être le major Rich avait-il eu une mère italienne ? Il devait sûrement y avoir quelque part une explication à ce choix du poignard comme arme. En tout cas, poignard il y avait eu — certains journaux parlaient d'un stylet ! Il se trouvait à portée de main et avait été utilisé. Que le corps soit caché dans le bahut tombait sous le sens et était inévitable. Le crime n'avait pas été prémédité. Comme le valet de chambre pouvait revenir d'un instant à l'autre et que l'arrivée des quatre invités était imminente, cela semblait la seule issue possible.

La soirée se passe, les invités s'en vont, le domestique est déjà parti, et... le major Rich se met benoîtement au lit !

Pour comprendre pareille attitude, il convenait de voir le major Rich et de déterminer quel genre d'homme peut agir de la sorte.

Se pouvait-il que, terrassé par l'horreur de ce qu'il avait fait et par le long effort de toute une soirée à essayer de se montrer normal, il ait pris un somnifère ou un tranquillisant quelconque qui l'aurait plongé dans une profonde léthargie et l'aurait fait se réveiller bien plus tard qu'à l'accoutumée ? Possible. Ou alors — et le cas intéresserait un psychologue — un sentiment inconscient de culpabilité aurait-il fait *vouloir* au major Rich que le crime soit découvert ? Pour pouvoir se déterminer sur ce point, il fallait voir le major Rich. On en revenait toujours à...

Le téléphone sonna. Poirot laissa faire jusqu'à ce qu'il réalise, au bout de quelques instants, que miss Lemon était rentrée chez elle après lui avoir apporté son courrier à signer et que George était sans doute sorti.

Il décrocha.

— Monsieur Poirot ?

— Lui-même.

— Ah ! divin !

Poirot cligna légèrement des paupières devant l'enthousiasme de cette charmante voix féminine.

— Abbie Chatterton à l'appareil.

— Bonsoir, lady Chatterton. En quoi puis-je vous être utile ?

— En venant séance tenante, aussi vite que possible, à un cocktail tout bonnement affreux que je suis en train de donner. Pas seulement pour le cocktail, il s'agit de bien autre chose, en fait. J'ai *besoin* de vous. C'est absolument *vital*. Je vous en prie, *je vous en supplie, je vous en conjure*, ne me faites pas défaut ! Ne me dites surtout pas que vous n'êtes pas libre.

Poirot n'avait aucune intention de formuler une telle réponse. Lord Chatterton, outre le fait d'être pair du royaume et de prononcer de temps à autre un discours fort ennuyeux à la Chambre des Lords, n'avait rien que de très ordinaire. Lady Chatterton, en revanche, était l'une des plus belles pierres précieuses de cet écrin que Poirot appelait *le beau monde*. Tout ce qu'elle faisait ou disait passait dans la presse. Elle possédait esprit, beauté, originalité et suffisamment d'énergie pour expédier une fusée sur la lune.

— J'ai *besoin* de vous, répéta-t-elle. Imprimez juste une arabesque conquérante à votre sublissime moustache et *accourez* !

Ce ne fut pas tout à fait aussi rapide. Poirot devait d'abord se livrer à une toilette complète. L'arabesque à la moustache paracheva dignement l'ensemble, et il partit.

La porte de la délicieuse résidence de lady Chatterton était entrouverte et il en sortait un bruit d'animaux en révolte dans un zoo. Lady Chatterton, qui tenait en haleine deux ambassadeurs, un international de rugby et un évangéliste américain, les laissa proprement choir pour se retrouver en moins de temps qu'il ne faut pour le dire au côté de Poirot :

— Monsieur Poirot, quelle extase de vous voir ! Non, non, ne prenez pas ce mauvais cocktail au vermouth. J'ai quelque chose de spécial pour vous, une sorte de sirop que boivent les cheiks au Maroc. C'est dans ma petite chambre sous les toits.

Elle lui montra le chemin et Poirot suivit. Elle

s'arrêta un instant pour lui glisser par-dessus son épaule :

— Je n'ai pas décommandé tous ces gens parce qu'il est absolument essentiel que personne ne sache qu'il se passe ici quelque chose d'anormal, et j'ai promis de grosses primes aux domestiques s'ils tenaient leur langue. On n'a pas envie de voir sa maison assiégée par les journalistes, n'est-ce pas ? Et puis la pauvre chérie, elle a déjà suffisamment « dégusté » comme ça.

Lady Chatterton ne s'arrêta pas au palier du premier. Elle fila au contraire jusqu'à l'étage du dessus.

Essoufflé et quelque peu ahuri, Hercule Poirot suivit.

Lady Chatterton fit halte, jeta un rapide coup d'œil en contrebas par-dessus les balustres puis ouvrit une porte à la volée en s'écriant :

— Je l'ai, Margharita ! Je l'ai amené ! Le voilà !

Elle s'effaça de côté d'un air triomphant pour laisser entrer Poirot, puis fit de rapides présentations :

— Voici Margharita Clayton. C'est une très, très chère amie à moi. Vous allez l'aider, n'est-ce pas ? Margharita, voici le merveilleux Hercule Poirot. Il fera tout ce que tu voudras. Vous êtes d'accord, n'est-ce pas, monsieur Poirot ?

Et sans attendre la réponse qu'elle tenait de toute évidence pour acquise — lady Chatterton n'avait pas pour rien été toute sa vie une beauté trop gâtée —, elle s'élança hors de la pièce et redescendit l'escalier en se retournant pour lâcher, sans se soucier de discrétion :

— Il faut que je retourne m'occuper de tous ces enquiquineurs...

La femme qui était installée dans un fauteuil à côté de la fenêtre se leva et s'approcha. Il l'aurait reconnue même si lady Chatterton n'avait pas prononcé son nom. Ce front large, très large, ces cheveux noirs qui s'en échappaient comme deux ailes, ces yeux gris écartés ne pouvaient appartenir à personne d'autre. Elle portait une robe ajustée à col montant et d'un noir mat qui faisait ressortir la pureté de ses lignes et la blancheur de magnolia de sa peau. C'était un visage plus surprenant que beau, un de ces visages aux proportions insolites qu'on trouve parfois chez les primitifs italiens. Il émanait d'elle une sorte de simplicité médiévale, une étrange innocence qui pouvait se montrer plus dévastatrice, aux yeux de Poirot, que tous les raffinements de la volupté. Quand elle se mit à parler, ce fut avec une forme de candeur enfantine :

— Abbie m'a dit que vous alliez m'aider...

Elle levait sur lui des yeux graves et interrogateurs.

Il resta un moment immobile à la détailler d'un regard pénétrant. Sans inconvenance aucune : de la même manière qu'un spécialiste réputé examine un nouveau patient.

— Etes-vous sûre, madame, interrogea-t-il enfin, que je *puisse* vous aider ?

Un peu de rouge monta aux joues de Mrs Clayton :

— Je ne saisis pas très bien.

— Que voulez-vous que je fasse, madame ?

Elle parut étonnée :

— Oh ! mais... je croyais que... que vous saviez qui j'étais ?

— Je sais qui vous êtes. Votre mari a été tué — poignardé — et un certain major Rich arrêté et accusé du meurtre.

Le rouge de ses joues s'accentua :

— Le major Rich n'a *pas* tué mon mari.

Vif comme l'éclair, Poirot demanda :

— Qu'est-ce qui vous fait dire ça ?

Elle écarquilla les yeux, ahurie :

— Je... euh... je vous demande pardon ?

— Ah ! ce qui vous déroute, c'est... que je n'ai pas posé la question que tout le monde — la police, la justice — pose : « Pourquoi le major Rich aurait-il tué Arnold Clayton ? » Tandis que moi, je demande le contraire : « Comment pouvez-vous être sûre, madame, qu'il ne l'a *pas* tué ? »

— Pour la simple raison que...

Elle marqua un temps, puis :

— Pour la simple raison que je connais très bien le major Rich.

— Vous connaissez très bien le major Rich, répéta Poirot d'une voix neutre.

Il s'interrompit puis demanda brusquement :

— Je vous demande pardon, mais « très bien » cela veut dire quoi, au juste ?

Qu'elle ait ou non compris le sens de sa question, il ne sut le déceler. « Cette femme est soit d'une grande simplicité, soit d'une grande habileté..., songea Poirot. Beaucoup de gens ont dû hésiter, au sujet de Margharita Clayton... »

— Ce que cela veut dire ?

Elle le regardait d'un air indécis :

— Bah ! Cinq ans... non, presque six.

— Ce n'est pas précisément ce que je vous demandais... Vous devez comprendre, madame, que je serai amené à vous poser des questions indiscrètes. Peut-être me direz-vous la vérité, peut-être mentirez-vous. Les femmes sont parfois confrontées à l'impérieuse nécessité de mentir. Lorsqu'elles doivent se défendre, le mensonge peut se révéler leur arme la plus efficace. Mais il est trois personnes auxquelles une femme se devrait de toujours dire la vérité : son confesseur, son coiffeur et son détective privé — à condition qu'elle lui fasse confiance. Me faites-vous confiance, madame ?

Margharita Clayton prit une profonde inspiration.

— Oui, dit-elle. Je vous fais confiance.

Et elle ajouta, un ton plus bas :

— Il le faut bien.

— Parfait. Qu'attendez-vous de moi ? Que je découvre qui a tué votre mari ?

— Euh, sans doute... oui.

— Mais ce n'est pas essentiel ? Souhaiteriez-vous plutôt que je disculpe le major Rich ?

Elle fit vivement oui de la tête — avec gratitude.

— Cela — et seulement cela ?

La question, il le comprit, était inutile. Margharita Clayton était une femme qui ne voyait qu'une chose à la fois.

— Et maintenant, fit-il, les indiscrétions. Le major Rich et vous êtes amants, n'est-ce pas ?

— Vous demandez si nous avions une liaison ? Non.

— Mais il était amoureux de vous ?

— Oui.

— Et vous... l'étiez-vous de lui ?

— Je crois.

— Vous ne semblez pas absolument sûre ?

— Je le *suis*... maintenant.

— Ah ! Vous n'aimiez donc pas votre mari ?

— Non.

— Vous répondez avec une admirable simplicité. La plupart des femmes se croiraient obligées d'expliquer en long et en large la nature exacte de leurs sentiments. Depuis combien de temps étiez-vous mariés ?

— Onze ans.

— Pouvez-vous me parler un peu de votre mari ? Quel genre d'homme était-ce ?

Elle fronça le sourcil :

— C'est difficile. Je ne sais pas vraiment quel genre d'homme était Arnold. Très discret, très réservé. On ne savait pas ce qu'il pensait. Il était intelligent, bien sûr. Tout le monde le trouvait brillant... dans son travail, veux-je dire... Dans la vie quotidienne, il ne — comment exprimer cela ? — il ne se dévoilait jamais...

— Il vous aimait ?

— Oh ! oui, certainement. Sinon il ne se serait pas autant rongé les sangs...

Elle s'interrompit net.

— A propos des autres hommes ? fit Poirot. C'est cela que vous voulez dire ? Il était jaloux ?

Une fois encore, elle répondit :

— Certainement.

Puis, comme si elle sentait que la réponse avait besoin d'une explication, elle poursuivit :

— Parfois, pendant des jours, il n'ouvrait pas la bouche...

Poirot hocha la tête, songeur :

— Cette violence... que vous venez de connaître, est-ce la première qui ait marqué votre vie ?

— De la violence ?

74

Elle fronça le sourcil, puis rougit :

— C'est... vous voulez dire... ce pauvre garçon qui s'est tiré une balle dans la tête ?

— Par exemple, oui.

— J'étais à mille lieues d'imaginer qu'il éprouvait ce genre de sentiment... Il me faisait pitié, avec ses airs de chien battu. Il devait être complètement névrosé, à mon avis. Et puis il y a eu ces deux Italiens... Un duel... Quelle idiotie ! Enfin, Dieu merci, personne n'a été tué... Je vous assure pourtant qu'ils me laissaient *l'un comme l'autre* complètement indifférente ! Et que mon comportement envers eux n'a jamais rien eu d'ambigu.

— Non, vous vous êtes juste... trouvée là ! Et là où vous vous trouvez, il se passe des choses ! J'ai déjà vu cela dans ma vie. C'est *précisément* votre indifférence qui rend les hommes fous. Le major Rich, en revanche, lui ne vous laisse pas indifférente. Nous allons donc voir ce que nous pouvons faire...

Il resta quelques instants silencieux.

Elle le considérait gravement, dans l'expectative.

— Passons des caractères, qui ont souvent une importance capitale, aux faits purs et simples, reprit-il enfin. Je n'en sais que ce qui a paru dans les journaux. De cela, je retire que seules deux personnes ont été en mesure de tuer votre mari, *matériellement* en mesure : le major Rich, et son valet de chambre.

— Je *sais* que Charles ne l'a pas tué, répéta-t-elle avec obstination.

— Ce sera forcément son valet de chambre, alors ? Vous êtes bien d'accord ?

— Je comprends, oui..., fit-elle d'un ton hésitant.

— Mais vous n'êtes pas convaincue ?

— Ça paraît tellement... extravagant !

— La *possibilité* existe pourtant. Votre mari est sans conteste venu à l'appartement puisque son corps y a été retrouvé. Si la version du valet de chambre est exacte, c'est le major Rich l'assassin. Si elle est fausse, c'est le domestique qui l'a tué et qui a caché le cadavre dans le bahut avant le retour de son maître. Une excellente façon de se débarrasser du corps, de son point de vue : il n'a qu'à « remar-

quer la tache de sang », le lendemain matin, et
« découvrir » le mort. Les soupçons retomberont
immédiatement sur Rich.

— Mais pourquoi aurait-il tué Arnold ?

— Ah ! la voilà, la question. Le mobile ne peut
qu'être obscur, sinon la police aurait déjà suivi cette
piste. Il est possible que votre mari ait su quelque
chose de compromettant sur son compte et ait été
sur le point de prévenir le major. Mr Clayton vous
a-t-il jamais raconté quoi que ce soit au sujet de ce
Burgess ?

Elle secoua la tête.

— Croyez-vous qu'il l'aurait fait... s'il avait effectivement su quelque chose ?

Elle réfléchit, puis :

— Difficile de répondre. Peut-être pas. Arnold ne
parlait jamais beaucoup des gens. Je vous ai dit qu'il
était réservé. Bavarder n'a jamais été son genre.

— Pas un homme à confidences, donc... Bon.
Maintenant, quelle est votre opinion personnelle sur
Burgess ?

— Ce n'est pas le type d'homme qu'on remarque
beaucoup. Un très bon domestique. Compétent mais
pas stylé.

— Quel âge ?

— Trente-sept, trente-huit ans, à vue de nez. Il a
été ordonnance dans l'armée pendant la guerre, mais
n'a jamais servi dans l'active.

— Depuis combien de temps est-il au service du
major ?

— Depuis peu. Un an et demi, peut-être.

— Vous n'avez rien remarqué d'étrange dans son
comportement envers votre mari ?

— Nous n'allions quand même pas là-bas si souvent. Non, je n'ai rien remarqué du tout.

— Parlez-moi de cette fameuse soirée, à présent.
A quelle heure étiez-vous conviés ?

— A 8 heures et quart pour 8 heures et demie.

— Quel genre de soirée était-ce censé être, au
juste ?

— Ma foi, comme d'habitude : bar et buffet dînatoire — c'était toujours excellent. Foie gras et toasts

chauds, saumon fumé... Il arrivait qu'il y ait un plat épicé accompagné de riz — une recette spéciale que Charles avait rapportée du Proche-Orient — mais cela, c'était plutôt l'hiver. Et puis on avait de la musique : Charles a un très bon tourne-disque stéréo. Mon mari et Jock McLaren étaient tous deux grands amateurs de disques classiques. Nous dansions, aussi — la spécialité des Spence. Voilà le genre de soirée, tranquille et sans cérémonie. Charles savait fort bien recevoir.

— Et elle s'est déroulée comme toutes les autres que vous avez passées là-bas ? Vous n'avez rien remarqué d'inhabituel, rien qui aurait été changé de place ?

— Changé de place ?

Elle réfléchit un instant :

— Quand vous avez dit ça, je... non, c'est reparti. Et pourtant...

Elle secoua de nouveau la tête :

— Non. Pour répondre à votre question, il n'y a rien eu d'inhabituel lors de cette soirée. Nous avons passé un bon moment. Tout le monde paraissait détendu, heureux.

Elle frissonna :

— Dire que pendant tout ce temps, dans le coffre...

Poirot leva vivement la main :

— Ne pensez pas à ça. Cette affaire, qui a appelé votre mari en Ecosse, qu'en savez-vous au juste ?

— Pas grand-chose. Il y avait un litige au sujet des conditions de vente d'une parcelle de terrain qui appartenait à mon mari. La vente, apparemment, avait été conclue, mais un pépin de dernière minute aurait surgi.

— Que votre mari vous a-t-il dit exactement ?

— Il est arrivé un télégramme à la main. Si je me souviens bien, ses paroles ont été : « Quelle barbe, il va falloir que je file par le train de nuit pour Edimbourg et que je voie Johnston à la première heure demain matin... C'est assommant, juste au moment où on croyait que tout était enfin réglé. » Et puis il a ajouté : « Veux-tu que j'appelle Jock pour lui demander de venir te chercher ? » « C'est idiot, ai-je répondu, je n'ai qu'à prendre un taxi », à quoi il a rétorqué que soit Jock, soit les Spence me ramène-raient à la maison. Je lui ai demandé s'il voulait que je lui prépare une valise et il a dit qu'il allait juste jeter quelques affaires dans un sac de voyage et man-ger sur le pouce au club avant de prendre le train. Et puis il est parti... et c'est la dernière fois que je l'ai vu.

Sa voix se brisa un peu sur ces dernières paroles.

Poirot lui lança un regard dur :

— Vous a-t-il fait lire le télégramme ?

— Non.

— Dommage.

— Pourquoi dites-vous cela ?

Il ne répondit pas à cette question et poursuivit sur un ton brusque :

— Passons à la partie affaires, à présent. Qui sont les avocats du major Rich ?

Elle le lui dit et il nota leur adresse.

— Pourriez-vous m'écrire un petit mot d'introduc-tion ? Il faut que j'arrive à voir le major.

— Il... il est en préventive pour huit jours.

— Naturellement. C'est la procédure normale. Me ferez-vous également un mot pour le commandant McLaren et pour vos amis Spence ? J'aurai besoin de les voir tous et il est essentiel qu'ils ne me claquent pas la porte au nez.

Quand elle se leva de son secrétaire, il ajouta :

— Encore une chose. Je vais me faire mes propres impressions du commandant McLaren et de Mr et Mrs Spence, mais je veux aussi les vôtres.

— Jock est l'un de nos plus vieux amis. Je le connais depuis ma plus tendre enfance. Il paraît un peu ours au premier abord, mais il a le cœur sur la main. Toujours égal, toujours présent. Pas spéciale-ment gai ni drôle, mais solide comme un roc. Arnold et moi nous en remettions souvent à son jugement.

— Lui aussi sans doute amoureux de vous ? hasarda Poirot avec un petit regard malicieux.

— Oh ! bien sûr, fit Margharita avec un rire. Depuis toujours — mais maintenant, c'est devenu une sorte d'habitude.

— Et les Spence ?

— Ils sont amusants et de très bonne compagnie. Linda est une fille vraiment pleine d'esprit. Arnold adorait discuter avec elle. Et jolie, avec ça.

— Vous êtes amies ?

— Elle et moi ? En un sens. Mais je ne crois pas l'aimer *vraiment*. Elle est trop caustique.

— Son mari ?

— Ah ! Jeremy, lui, c'est une crème. Très tourné vers la musique. Connaisseur en peinture, aussi. Lui et moi allons souvent à des expositions ensemble...

— Bon, je vais voir tout cela.

Il prit sa main dans les siennes :

— J'espère, madame, que vous ne regretterez pas d'avoir sollicité mon aide.

— Pourquoi le regretterais-je ? demanda-t-elle en ouvrant de grands yeux.

— On ne sait jamais, répondit Poirot, sibyllin.

« On ne sait jamais, et moi, je ne sais rien de rien », songea-t-il tout en redescendant l'escalier. Le cocktail battait toujours son plein, mais il évita de se faire harponner et atteignit la rue.

« Non, se répéta-t-il, je ne sais rigoureusement rien. »

C'est à Margharita qu'il pensait. Cette apparente candeur enfantine, cette franche innocence — n'étaient-elles réellement que cela ? Ou masquaient-elles au contraire autre chose ? Il y avait eu des femmes de ce genre dans les temps médiévaux, des femmes sur lesquelles l'histoire n'avait jamais pu se prononcer. Ainsi Mary Stuart, la reine d'Ecosse. Avait-elle eu vent, en cette fameuse nuit de Kirk o'Fields, du forfait qui allait s'accomplir ? Ou bien était-elle totalement innocente ? Les conspirateurs ne lui avaient-ils rien dévoilé ? Etait-elle de ces simples femmes-enfants qui peuvent se dire à elles-mêmes « je ne suis pas au courant » et s'en convaincre ? Il était conscient du charme qui émanait de Margharita Clayton. Mais il n'était pas absolument sûr, à son sujet...

De telles femmes, théoriquement innocentes, pouvaient être la cause de bien des crimes.

De telles femmes pouvaient tuer, sinon par action, à tout le moins par calcul et intention.

Ce n'était jamais leur main qui tenait le fer...

Quant à Margharita Clayton... non... il ne pouvait jurer de rien !

*

Hercule Poirot ne trouva pas les avocats du major Rich très coopératifs. Il ne s'y était d'ailleurs pas attendu.

Ils s'ingénièrent à lui faire comprendre, à mots couverts, qu'il serait de l'intérêt supérieur de leur client que Mrs Clayton n'entreprenne rien en sa faveur.

Poirot était venu les voir « par correction ». Il avait le bras assez long au ministère de l'Intérieur et à Scotland Yard pour obtenir une entrevue avec le prisonnier.

L'inspecteur Miller, chargé de l'enquête, ne figurait pas parmi ses préférés. Il ne se montra cependant pas hostile, cette fois, juste dédaigneux.

— Je n'ai pas vraiment de temps à perdre avec ce vieux schnoque, avait-il confié à son assistant avant que Poirot n'entre. Mais bon, je vais rester poli.

Il adopta toutefois son ton le plus enjoué :

— Il vous faudra vraiment jouer les prestidigitateurs pour le tirer de là, monsieur Poirot. *Personne d'autre* que Rich ne peut l'avoir zigouillé, ce type.

— Sauf le valet de chambre.

— Bon, le valet aussi, je vous l'accorde. Mais pure hypothèse, hein ? Parce que vous ne trouverez rien de son côté. Pas l'ombre d'un mobile.

— Vous vous avancez bien. Les mobiles, c'est parfois très curieux, vous savez.

— Mais enfin, il n'avait aucun lien d'aucune sorte avec Clayton. Il a un passé irréprochable et semble tout à fait sain d'esprit. Qu'est-ce que vous voulez de plus ?

— Je veux prouver que Rich n'a pas commis ce crime.

— Pour faire plaisir à la petite dame, hein ? fit l'inspecteur Miller avec un sourire railleur. Elle a dû vous embobiner. Sacré numéro, vous ne trouvez pas ? Dès qu'il est question de vengeance, *cherchez la femme*. Si elle en avait eu la possibilité, je vous fiche mon billet qu'elle aurait été capable de le faire elle-même.

— Ça, *non* !

— Vous seriez surpris. J'ai déjà eu affaire un jour à une bonne femme comme ça. Elle s'était débarrassée d'une collection de maris sans un battement de cils sur ses grands yeux bleus innocents. Le cœur brisé à chaque fois, comme de bien entendu. Les jurés l'auraient acquittée s'ils en avaient eu l'ombre d'une possibilité — manque de chance, ils n'en avaient pas, les preuves étaient en béton.

— Bien, mon bon ami, n'allons pas nous disputer là-dessus. Ce que j'ai pris la liberté de venir vous demander, c'est tout au plus quelques détails dignes de foi sur le déroulement des faits. Les journaux publient du sensationnel — mais pas toujours la vérité !

— Il faut bien qu'ils s'amusent un peu ! Qu'est-ce que vous voulez savoir ?

— L'heure de la mort, avec autant de précision que possible.

— De précision, pas tellement, parce que le corps n'a pu être examiné avant le lendemain matin. Mais on estime que la mort est survenue de dix à treize heures plus tôt, c'est-à-dire entre 19 et 22 heures la veille au soir... Il a été poignardé en pleine jugulaire — ç'a été l'affaire de quelques instants.

— Et l'arme ?

— Une sorte de stylet italien, tout petit, effilé comme un rasoir. Personne ne l'a jamais vu ni ne sait d'où il provient. Mais, tôt ou tard, nous saurons... Simple question de temps et de patience.

— Il ne peut donc pas avoir été empoigné fortuitement au cours d'une éventuelle bagarre.

— Non. Le valet de chambre affirme qu'il n'y avait rien de ce genre dans l'appartement.

— Ce qui m'intéresse aussi, c'est le télégramme, signala Poirot. Le télégramme qui appelait Arnold Clayton en Ecosse... Etait-il authentique ?

— Non. Il n'y a pas eu la moindre anicroche, là-haut. La cession de terrain, ou quoi que ç'ait été, s'est faite normalement.

— Qui a envoyé ce télégramme, alors ? Parce qu'il y a bien eu télégramme, n'est-ce pas ?

— Certainement... Non pas qu'il faille forcément croire ce que raconte Mrs Clayton, mais Arnold Clayton lui-même a dit au valet de chambre qu'il avait été appelé par câble en Ecosse. Et au commandant McLaren, également.

— A quelle heure a-t-il vu le commandant McLaren ?

— Ils ont cassé la croûte ensemble à leur club — l'Interarmes — vers 7 heures et quart. Puis Clayton a pris un taxi jusqu'à l'appartement de Rich où il est arrivé juste avant 8 heures. Après cela...

De ses mains ouvertes, Miller fit un geste évasif.

— Quelqu'un a-t-il remarqué quoi que ce soit d'étrange dans le comportement de Rich ce soir-là ?

— Bah ! vous connaissez les gens : une fois qu'un événement s'est produit, ils s'imaginent toujours avoir remarqué des tas de trucs et de machins qu'ils n'ont en fait jamais vus. Mrs Spence affirme maintenant l'avoir trouvé distrait toute la soirée : il répondait parfois à côté de la question, comme si « quelque chose le tarabustait ». Pas étonnant, s'il avait un cadavre dans son bahut ! Il devait quand même bien se demander comment s'en débarrasser !

— Et pourquoi ne s'en est-il pas débarrassé ?

— Ça, ça me dépasse. Il a perdu les pédales, peut-être. En tout cas, c'était cinglé de le laisser là jusqu'au lendemain. Il avait pourtant une chance unique, ce soir-là. Il n'y a pas de veilleur de nuit : il aurait pu aller chercher sa voiture, charger le corps dans le coffre arrière — il a un grand coffre arrière — filer dans la campagne et l'abandonner n'importe où. Bien sûr, on aurait pu le voir mettre le cadavre dans la voiture, mais son immeuble donne sur une rue peu passante et il y a une cour dans laquelle entrer sa voiture. A 3 heures du matin, mettons, il avait une chance raisonnable. Au lieu de cela, qu'est-ce qu'il fait ? Il va se coucher, fait la grasse matinée le lendemain matin et ne se réveille que pour trouver la police dans l'appartement !

— Il est allé se coucher et a dormi comme quelqu'un qui avait la conscience tranquille.

— Interprétez ça comme ça si ça vous chante. Mais est-ce que vous y croyez vraiment ?

— Je laisserai cette question en suspens jusqu'à ce que j'aie rencontré ce garçon moi-même.

— Vous imaginez reconnaître un innocent à sa tête ? Ce n'est pas aussi facile que ça.

— Je sais que ce n'est pas facile — et loin de moi l'idée de m'en prétendre capable. Ce que je veux déterminer, c'est si le gaillard est aussi stupide qu'il le paraît.

*

Poirot n'avait pas l'intention de rencontrer Charles Rich avant d'avoir vu tous les autres.

Il commença par le commandant McLaren. C'était un homme grand, au teint basané, peu communicatif. Son visage rude n'était pas désagréable. Sa timidité rendait la conversation difficile, mais Poirot persévéra.

Tripotant entre ses doigts le billet de Margharita, McLaren parla presque à regret :

— Bon, puisqu'elle me demande de coopérer au mieux avec vous, je le ferai, bien entendu. Je ne vois pas trop quoi dire, remarquez. Vous savez déjà tout. Mais ce que Margharita veut... Depuis ses seize ans, je me suis toujours plié à ses quatre volontés et continuerai à le faire. Elle a l'art et la manière, allez.

— Je sais, fit Poirot. D'entrée de jeu, je souhaiterais que vous répondiez très franchement à une question : croyez-vous le major Rich coupable ?

— Oui. Je n'irais pas le clamer devant Margharita si elle tient à le croire innocent, mais je ne vois simplement pas d'autre solution. Sacré bon Dieu ! c'est *obligé* que ce soit lui.

— Y avait-il de l'animosité entre Mr Clayton et le major ?

— Pas le moins du monde. Arnold et Charles

étaient les meilleurs amis du monde. C'est ça qui rend cette histoire si extraordinaire.

— Peut-être le penchant du major pour Mrs Clayton...

Il fut interrompu :

— Pouah ! Toutes ces horreurs ! Tous ces journaux qui glissent sournoisement leurs satanées insinuations ! Mrs Clayton et Rich étaient bons amis, un point c'est tout ! Margharita en a plein, des soupirants. A commencer par *moi*. Ça fait des années. Sans qu'on ait quoi que ce soit à cacher. Même chose entre Margharita et Charles.

— Vous ne concevez donc pas qu'ils aient pu avoir une liaison ?

— Certainement PAS ! s'emporta McLaren. N'allez pas écouter cette harpie de Mrs Spence, elle raconte n'importe quoi.

— Mais peut-être Mr Clayton *croyait-il* qu'il se passait quelque chose entre le major et sa femme ?

— Jamais de la vie, je vous le garantis ! Je l'aurais su. Arnold et moi étions intimes.

— Quelle sorte d'homme était-il ? Vous êtes mieux placé que quiconque pour en parler.

— Ma foi, un garçon discret. Mais intelligent — brillant même, je crois. Ce qu'on appelle un grand cerveau de la finance. Il était en haut de l'échelle au ministère, vous savez.

— C'est ce que j'ai entendu dire.

— Il lisait beaucoup. Collectionnait les timbres. Adorait la musique. Ne dansait pas et ne sortait guère.

— A votre avis, leur mariage était-il heureux ?

La réponse du commandant McLaren mit un certain temps à venir. Il semblait peser le pour et le contre :

— Ce genre de chose est très difficile à dire. Heureux, oui, je crois. Il était très amoureux de sa femme — avec sa discrétion habituelle bien entendu —, et je suis sûre qu'elle lui était très attachée. Pas du genre à se séparer, si c'est à ça que vous pensez. Peut-être manquaient-ils tout au plus de points communs.

Poirot hocha la tête. Il n'en saurait guère plus sur le sujet.

— Parlez-moi maintenant de cette dernière soirée. Mr Clayton a dîné avec vous au club. Que vous a-t-il dit ?

— Qu'il devait monter en Ecosse. Ça le faisait rouspéter, apparemment. On n'a pas dîné, d'ailleurs. Pas le temps. Juste des sandwiches et un verre. Les sandwiches pour lui, moi j'ai seulement pris un verre : un buffet dînatoire m'attendait, n'oubliez pas.

— Mr Clayton a-t-il mentionné un télégramme ?

— Oui.

— Il ne vous l'a pas montré ?

— Non.

— Vous a-t-il dit qu'il allait passer chez Rich ?

— Pas catégoriquement. En fait, il doutait d'en avoir le temps. Il a dit : « Margharita pourra lui expliquer. Ou vous. » Et il a ajouté : « Assurez-vous qu'elle n'ait pas de problème pour rentrer, voulez-vous ? » Ensuite, il est parti. Tout s'est passé normalement et sans heurt.

— Il ne s'est pas posé de question sur l'authenticité du télégramme ?

— C'était un faux ? fit le commandant McLaren, ébahi.

— Il semble que oui.

— C'est bizarre, ça...

Le commandant entra dans une sorte de coma méditatif dont il émergea soudain pour renchérir :

— *Vraiment* bizarre. Parce qu'enfin, à quoi ça rime ? Qui pouvait bien avoir intérêt à l'envoyer en Ecosse ?

— C'est une question qui demande manifestement réponse.

Hercule Poirot s'en alla, laissant le commandant plongé dans un abîme de réflexion.

*

Les Spence habitaient une minuscule maison à Chelsea.

Linda se montra absolument ravie d'accueillir Poirot :

— Ah ! ne me faites pas languir. Dites-moi *tout* sur Margharita. Où est elle ?

— Il ne m'appartient pas de le révéler, madame.

— Elle a bien su se cacher, hein ! Margharita est très douée pour ce genre de chose. Mais il faudra bien qu'elle vienne témoigner au procès : là, elle ne pourra pas se défiler.

Poirot la considéra d'un regard appréciateur. Force lui fut de reconnaître qu'elle était séduisante selon les canons modernes — qui tenaient à ce moment-là de l'orpheline sous-alimentée. Ce n'était pas un genre qu'il prisait beaucoup. Le flou artistique de ses cheveux dessinait un halo autour de sa tête. Deux yeux rusés étaient fixés sur lui au milieu d'un visage à la propreté douteuse et dépourvu de tout maquillage à l'exception de la bouche rouge cerise. Elle portait un immense tricot jaune pâle qui lui descendait presque aux genoux et un pantalon noir serré.

— Quel est votre rôle, dans tout ça ? demanda-t-elle brusquement. Tirer d'affaire l'amant de cœur ? Bon courage !

— Vous le pensez donc coupable ?

— Bien sûr. Qui voulez-vous que ce soit ?

Bonne question, songea Poirot. Il répondit par une autre :

— Comment vous est apparu le major Rich, ce soir-là ? Comme d'habitude ? Ou pas comme d'habitude ?

Linda Spence plissa les paupières :

— Non, il n'était pas lui-même. Il était... différent.

— Différent de quelle manière ?

— Quand on vient de poignarder un homme de sang-froid, il va de soi que...

— Mais vous ne le saviez pas, à ce moment-là, qu'il venait de poignarder un homme de sang-froid.

— Non, bien sûr que non.

— Alors à quoi avez-vous attribué sa « différence » ? Comment vous est-il apparu ?

— Euh... distrait. Oh ! et puis je ne sais pas. Mais en y repensant après, je me suis dit qu'il y avait effectivement *quelque chose*.

Poirot soupira.

— Qui est arrivé en premier ?

— Jim et moi. Puis Jock. Et enfin Margharita.

— A quel moment a-t-on parlé du déplacement de Mr Clayton en Ecosse ?

— Quand Margharita est arrivée. Elle a dit à Charles : « Arnold est absolument désolé. Il a dû partir d'urgence pour Edimbourg par le train de nuit. » Charles a répondu : « Ah ! quel dommage. » Jock a ajouté : « Désolé, je vous croyais au courant. » Et on est passés au bar.

— Le major Rich n'a pas fait état de la visite de Mr Clayton, sur le chemin de la gare ?

— Pas que j'aie entendu.

— C'est quand même curieux, vous ne trouvez pas, fit Poirot, cette histoire de télégramme ?

— Qu'est-ce qui est curieux ?

— C'était un faux. Personne, à Edimbourg, n'est au courant.

— Alors c'était bien ça. Je me l'étais demandé, sur le moment.

— Vous savez quelque chose sur ce télégramme ?

— Ça saute aux yeux, il me semble ?

— Que voulez-vous dire au juste ?

— Cher monsieur, fit Linda, ne jouez pas les innocents. Un mystificateur inconnu escamote le mari. Pour cette nuit-là, quoi qu'il puisse arriver, la voie est libre !

— Vous voulez dire que le major Rich et Mrs Clayton avaient prévu de passer la nuit ensemble ?

— Ce sont des choses qui se font, non ? fit Linda d'un air amusé.

— Et que le télégramme aurait été envoyé par l'un des deux ?

— Je n'en serais pas autrement surprise.

— Le major et Mrs Clayton avaient donc une liaison, à votre avis ?

— Mettons que ça ne m'étonnerait pas le moins du monde. Mais je n'en ai aucune preuve concrète.

— Mr Clayton avait-il des soupçons ?

— Arnold était un personnage extraordinaire. Complètement renfermé, si vous voyez ce que je veux dire. Je pense qu'il savait, oui. Mais c'était le genre d'homme qui n'aurait jamais pipé mot. Tout le monde le voyait comme un cœur sec sans émotions, or je suis sûre qu'il n'était pas comme ça au fond. Le plus extraordinaire est que j'aurais été beaucoup moins surprise si c'était Arnold qui avait poignardé Charles que le contraire. J'ai dans l'idée qu'Arnold était maladivement jaloux.

— Voilà qui est intéressant.

— Encore qu'il aurait été plus probable qu'il zigouille Margharita. Genre Othello, quoi. Margharita, vous le savez, a toujours eu un effet dévastateur sur les hommes.

— C'est une fort jolie femme, convint Poirot en un judicieux euphémisme.

— Plus que cela. Elle a toujours eu un je ne sais quoi. Elle a toujours mis les hommes dans tous leurs états, et une fois qu'ils étaient fous d'elle, elle tombait des nues en les regardant avec de grands yeux qui les rendaient complètement mabouls.

— *Une femme fatale.*

— C'est sans doute comme ça qu'on dit en France.

— Vous la connaissez bien ?

— Mon cher, c'est une de mes meilleures amies — et je ne lui ferais pas confiance pour deux sous.

— Ah ! bon, fit Poirot qui orienta la conversation sur le commandant McLaren.

— Jock ? C'est comme s'il était né pour être le brave toutou fidèle, l'ami de la famille. Arnold et lui étaient vraiment très proches. Je crois qu'Arnold s'est plus confié à lui qu'à quiconque. Et bien sûr, c'était le chevalier servant de Margharita. Il est son souffre-douleur depuis des années.

— Mr Clayton était-il jaloux de lui aussi ?

— Jaloux de Jock ? Quelle idée ! Margharita l'adore sincèrement, mais elle ne lui a jamais donné d'idées de ce genre. En fait, je crois que personne n'imaginerait... je ne sais pas pourquoi... c'est dommage. Il est tellement gentil.

Poirot en vint au valet de chambre. Mais à part une vague mention de son habileté à préparer les cocktails, Linda Spence ne paraissait rien avoir à dire sur

Burgess. A se demander si elle l'avait jamais remarqué.

Elle fut néanmoins rapide à saisir :

— Je suppose que vous vous dites qu'il aurait pu tuer Arnold aussi facilement que Charles, n'est-ce pas ? Pour moi, ça ne tient pas debout.

— Navré de l'entendre, madame, mais il me semble — et vous ne serez sans doute pas d'accord avec moi — que ce qui ne tient pas debout, ce n'est pas que le major Rich ait tué Arnold Clayton mais qu'il l'ait fait de cette façon.

— Au stylet ? C'est vrai, ça ne cadre pas du tout avec le personnage. Il aurait plutôt utilisé un objet contondant. Ou il l'aurait étranglé, peut-être ?

Poirot soupira :

— Et nous voilà revenus à Othello. Othello, tiens !... vous m'avez donné une petite idée...

— Moi ? Qu'est-ce que...

Il y eut un bruit de clefs et de porte qui s'ouvre dans le hall :

— Ah ! voilà Jeremy. Vous voulez lui parler à lui aussi ?

Jeremy était un homme d'une trentaine d'années, agréable à voir, bien mis et d'une discrétion presque affectée. Mrs Spence prétexta un ragoût à surveiller pour s'éclipser dans la cuisine et laisser les deux hommes ensemble.

Jeremy Spence fut loin de montrer la sémillante spontanéité de sa femme. Il était manifestement fort contrarié d'être mêlé à cette histoire et fit les réponses les plus vagues possibles. Ils connaissaient les Clayton depuis quelque temps. Rich, très peu. Le major était plutôt sympathique. Autant qu'il s'en souvienne, il lui avait semblé absolument normal le soir en question. Clayton et Rich avaient toujours paru en bons termes. Cette histoire était totalement inexplicable.

Tout au long de la conversation, Jeremy Spence manifesta clairement son désir de voir Poirot prendre congé. Il fut poli, mais tout juste.

— Je suis désolé de vous importuner avec mes questions, fit Poirot.

— Je vous avoue que nous avons déjà subi un interrogatoire en règle de la police et que je trouve vraiment que la mesure est pleine. Nous avons déclaré tout ce que nous savions, tout ce que nous avions vu. A présent... j'aimerais m'ôter cela de l'esprit.

— Je vous comprends. Il est extrêmement déplaisant d'être mêlé à une affaire comme celle-ci. D'avoir à dire non seulement ce que vous en avez vu ou entendu, mais peut-être aussi ce que vous en pensez.

— Je préfère ne pas penser.

— Peut-on l'éviter ? Croyez-vous, par exemple, que Mrs Clayton soit impliquée également ? A-t-elle prémédité avec Rich la mort de son mari ?

— Grands dieux non ! s'écria Spence, bouleversé. Comment peut-on aller jusqu'à imaginer une chose pareille ?

— Votre épouse n'a pas évoqué cette hypothèse devant vous ?

— Oh ! Linda.... Vous savez comment sont les femmes entre elles : toujours à se tirer dans les pattes. Margharita ne s'est jamais attiré les bonnes grâces féminines — elle est sacrément trop séduisante pour ça. Mais toute cette théorie d'un complot ourdi par Rich et Margharita, c'est grotesque !

— Ce genre de machination n'est pourtant pas inédit. Et puis songez à l'arme du crime, par exemple : c'est un objet qu'une femme pourrait fort bien posséder, davantage sans doute qu'un homme.

— Vous voulez dire que la police serait remontée jusqu'à elle... Ce n'est pas possible ! Parce que, enfin...

— Je ne sais rien du tout, coupa en toute bonne foi Poirot avant de filer dare-dare vers la sortie.

Au visage consterné de Spence, il comprit qu'il avait laissé à ce monsieur matière à réflexion !

*

— Pardonnez-moi, monsieur Poirot, si je vous dis que je ne vois pas du tout en quoi vous pourriez m'aider.

Poirot ne répondit pas. Il regardait d'un air pensif

l'homme qui avait été accusé du meurtre de son ami Arnold Clayton.

Un homme à la mâchoire volontaire, au visage étroit. Brun, mince, musclé et nerveux, qui avait quelque chose du lévrier en lui. Un homme impénétrable qui recevait son visiteur avec un visible manque de cordialité.

— Je suis persuadé que c'est dans les meilleures intentions que Mrs Clayton vous a envoyé me rencontrer. Mais très franchement, je crois que c'était tout à fait inconsidéré de sa part. Et pour elle, et pour moi.

— Comment cela ?

Rich jeta un coup d'œil inquiet par-dessus son épaule. Mais le gardien était à distance réglementaire. Il n'en baissa pas moins la voix :

— Il faut qu'ils trouvent un mobile pour étayer cette ridicule accusation dont je suis l'objet. Ils vont essayer d'établir qu'il y avait complicité entre Mrs Clayton et moi. Ce qui, comme je suis sûr que Mrs Clayton vous l'aura dit, est totalement faux. Nous sommes amis, rien de plus. Ne serait-il donc pas plus judicieux qu'elle n'entreprenne rien en ma faveur ?

Hercule Poirot ne répondit pas à la question, préférant revenir sur un mot du major Rich :

— Vous avez qualifié cette accusation de « ridicule ». Or, elle est loin de l'être, et vous le savez fort bien.

— Je n'ai *pas* tué Arnold Clayton.

— Dites fausse accusation, alors. Qualifiez-la de mensongère, pas de *ridicule*. Car elle est éminemment plausible, au contraire. Vous ne l'ignorez pas.

— Tout ce que je peux vous dire, c'est que je la trouve complètement aberrante.

— Avec ce genre d'argument, vous n'irez pas loin. Nous allons devoir trouver mieux.

— J'ai d'excellents avocats qui défendent mes intérêts et qui sont parfaitement au courant du dossier. Je ne puis accepter que vous disiez « nous ».

Contre toute attente, Poirot sourit.

— Autrement dit, fit-il avec son plus bel accent

étranger, vous m'envoyez promener ? Très bien, je m'en vais. Je voulais vous rencontrer, c'est fait. Je me suis déjà renseigné sur votre carrière. Vous êtes sorti brillamment de Sandhurst, avez fait l'Ecole supérieure de guerre, et ainsi de suite. J'ai pu vous juger aujourd'hui. Vous êtes loin d'être un sot.

— Qu'est-ce que ça change ?

— Tout ! Il est impossible qu'un homme ayant vos capacités commette un meurtre de la façon dont celui-ci l'a été. Parfait. Vous êtes innocent. Parlez-moi donc de votre valet de chambre Burgess, à présent.

— Burgess ?

— Oui. Si ce n'est pas vous qui avez tué Clayton, ce ne peut être que Burgess. La conclusion semble inéluctable. Mais pourquoi l'aurait-il fait ? Il y a *forcément* un « pourquoi ». Vous êtes la seule personne qui connaisse suffisamment Burgess pour tenter de l'expliquer. Pourquoi, major Rich, pourquoi ?

— Je ne vois pas. Il ne me vient vraiment aucune explication. Oh ! j'ai suivi le même raisonnement, moi aussi. Oui, Burgess en a eu la possibilité — il est le seul à l'avoir eue à part moi. Le problème, c'est que je n'arrive pas à y croire. Burgess est la dernière personne que vous pourriez imaginer en train de tuer quelqu'un.

— Qu'en pensent vos avocats ?

Les lèvres de Rich prirent un pli amer :

— Mes avocats passent leur temps à me presser de leur confier si je n'aurais pas souffert toute ma vie d'absences au cours desquelles je ne sais pas exactement ce que je fais !

— Rien que ça ! grommela Poirot. Après tout, nous trouverons peut-être que c'est Burgess qui est sujet à ces absences. C'est toujours une idée. L'arme du crime, à présent. On vous l'a montrée en vous demandant si elle était à vous ?

— Elle n'est pas à moi. Je ne l'avais jamais vue auparavant.

— Elle n'est pas à vous, soit. Mais êtes-vous sûr de ne l'avoir jamais vue auparavant ?

— Oui...

Y avait-il eu légère hésitation ?

— C'est une sorte de bibelot ornemental, en fait, poursuivit-il. On en voit des tas du même genre traîner chez les gens.

— Dans le salon d'une dame, par exemple ? Dans celui de Mrs Clayton ?

— Certainement PAS !

Ce dernier mot claqua si fort que le gardien leva les yeux.

— Très bien. Certainement pas — inutile de crier. Mais quelque part, une fois, vous avez bel et bien vu un objet très semblable. N'est-ce pas ? Je ne me trompe pas ?

— Je ne crois pas... Dans une boutique de curiosités... peut-être...

— Ah ! tout à fait possible.

Poirot se leva :

— Bon, sur ce, je vous laisse.

*

— Et maintenant, décréta Poirot, direction Burgess. Oui, Burgess. Enfin.

Il avait pu glaner des renseignements sur les protagonistes de l'affaire. Sur eux-mêmes et sur les autres. Mais personne ne lui avait dit quoi que ce soit sur Burgess. Pas le moindre indice, la moindre indication, lui permettant de le cerner.

Quand il le vit, Poirot comprit pourquoi.

Prévenu de son arrivée par un coup de téléphone du commandant McLaren, le valet de chambre l'attendait dans l'appartement du major Rich.

— Je suis Hercule Poirot.

— Oui, monsieur, vous étiez annoncé.

Burgess lui tint la porte d'une main déférente et Poirot entra. Un petit hall carré, une porte ouverte sur la gauche qui donnait sur le salon. Burgess le débarrassa de son chapeau et de son manteau, puis le suivit dans le salon.

— Ah ! fit Poirot en jetant un regard circulaire, c'est donc ici que ça s'est passé ?

— Oui, monsieur.

Pas bavard, ce lascar. Plutôt chétif. La tête rentrée

dans les épaules et le visage tout pâle. Une voix atone avec un accent provincial que Poirot ne parvenait pas à situer. De la côte est, peut-être. Et une certaine nervosité. Mais à part cela, aucun trait marquant. Difficile de l'imaginer en train de se livrer activement à quoi que ce soit. Peut-on concevoir un tueur passif ?

Il avait ces yeux bleu pâle légèrement fuyants que l'on a vite fait d'associer à la malhonnêteté. Un menteur peut pourtant fort bien vous regarder en face et vous inspirer assurance et confiance.

— Qu'advient-il de l'appartement ? s'enquit Poirot.

— Je m'en occupe, monsieur. Le major m'a versé des gages pour le tenir en ordre jusqu'à... jusqu'à...

Embarrassé, il détourna le regard.

— Oui, jusqu'à..., acquiesça Poirot. Je pense que le major sera très certainement traduit en justice, ajouta-t-il sur un ton tout à fait neutre. L'affaire devrait passer d'ici trois mois.

Burgess secoua la tête. Non dans un esprit de dénégation, mais par incrédulité :

— Ça semble vraiment impossible, monsieur.

— Que le major Rich soit un assassin ?

— Tout. Ce bahut...

Son regard traversa la pièce.

— Ah ! le voilà donc, ce fameux bahut ?

C'était un coffre monumental en bois ciré très sombre, avec clous, fermoir et cadenas à l'ancienne en cuivre.

— Sacré morceau, apprécia Poirot en s'approchant.

Le bahut était adossé au mur, près de la fenêtre et d'une armoire à disques moderne. De l'autre côté, une porte entrouverte, laquelle était à demi masquée par un grand paravent de cuir peint.

— L'entrée de la chambre du major Rich, expliqua Burgess.

Poirot enregistra. Son regard se porta à l'autre extrémité du salon. Il y avait un tourne-disque et ses deux haut-parleurs, chacun sur une table basse, avec leurs fils qui serpentaient à terre, des bergères, une grande table. Au mur, une série d'estampes japonaises. Une pièce agréable, confortable mais non luxueuse.

Il revint à William Burgess.

— Cette découverte doit vous avoir causé un grand choc, fit-il avec douceur.

— Oh ! oui, monsieur. Je ne pourrai jamais oublier.

Le valet de chambre se lança dans un long récit. Un flot de paroles sortit de sa bouche. Il se disait peut-être qu'en racontant suffisamment souvent son histoire, il parviendrait à l'extirper de son esprit :

— Je venais de ranger la pièce, monsieur. Les verres, tout. Et en me baissant pour ramasser deux olives, qu'est-ce que je vois ? Sur le tapis, une tache brun rouge. Non, il n'est plus là, le tapis, on l'a donné à nettoyer quand la police en a eu fini avec. Je me suis demandé ce que c'était et j'ai presque pris ça en plaisantant : « Tu vas voir que c'est du sang ! Mais d'où ça vient ? Qu'est-ce qu'ils m'ont renversé là ? » Et je me suis alors aperçu que ça coulait du bahut — par le côté, ici, où il y a cette fente. Toujours à mille lieues de me douter, j'ai soulevé le couvercle comme ça (il joignit le geste à la parole) et je me suis retrouvé devant le corps d'un homme couché en chien de fusil, comme s'il dormait. Et ce vilain couteau, ou cette espèce de poignard, qui lui sortait du cou... Je n'oublierai jamais ça ! Jamais ! Jusqu'à ma mort ! Ça vous secoue, comprenez-vous, quand on ne s'y attend pas...

Il reprit son souffle, puis :

— J'ai laissé retomber le couvercle et j'ai couru jusque dans la rue pour chercher un policier. Par chance, il y en avait un juste à l'angle de la maison.

Poirot le considéra d'un air songeur. La comédie, si comédie il y avait, était excellente. Il commençait même à craindre que ce n'en soit pas une, que les choses se soient effectivement déroulées ainsi.

— Vous n'avez pas pensé à réveiller d'abord le major Rich ? demanda-t-il.

— Ça ne m'est pas venu à l'idée. Le choc, comme je vous ai dit... Je n'avais qu'une hâte, filer d'ici...

Il déglutit :

— Filer d'ici et... trouver de l'aide.

Poirot hocha la tête :

— Vous êtes-vous tout de suite rendu compte qu'il s'agissait de Mr Clayton ?

— J'aurais dû, monsieur, j'aurais dû. Mais je ne crois pas, non. Bien sûr, dès que je suis revenu avec l'agent de police, je me suis écrié : « Mais c'est Mr Clayton ! » Alors il m'a demandé : « Qui est ce Mr Clayton ? » et je lui ai répondu : « Quelqu'un qu'est venu ici hier soir. »

— A ce propos, fit Poirot, vous rappelez-vous l'heure exacte à laquelle il était arrivé ici ?

— A la minute près, non. Mais pas loin de 8 heures moins le quart, il me semble...

— Vous le connaissiez bien ?

— Mrs Clayton et lui sont venus assez fréquemment pendant les 18 mois où j'ai été employé ici.

— Avait-il l'air comme d'habitude ?

— Oui, j'ai l'impression. Juste un peu essoufflé, mais j'ai pensé qu'il s'était dépêché. Il avait un train à prendre, d'après ce que j'ai compris.

— Il avait un sac de voyage avec lui, je suppose, puisqu'il partait pour l'Ecosse ?

— Non, monsieur. J'imagine qu'un taxi devait l'attendre en bas.

— S'est-il montré déçu que le major soit sorti ?

— Pas que j'aie remarqué. Il a juste dit qu'il allait lui laisser un mot. Il est entré ici, a été vers le secrétaire, et moi, je suis retourné dans ma cuisine — j'avais des œufs aux anchois en train. La cuisine se trouve au fond du couloir et on est un peu loin de tout, là-bas. Je ne l'ai pas entendu sortir — pas plus que je n'ai entendu Monsieur rentrer, d'ailleurs. Mais je n'écoutais pas non plus.

— Et ensuite ?

— Le major m'a appelé. Il se tenait juste à la porte, ici, et il m'a dit qu'il avait oublié les cigarettes turques de Mrs Spence, que je sorte vite en chercher. Ce que j'ai fait. Je les ai rapportées et posées sur cette table-ci. Moi, bien sûr, j'ai cru que Mr Clayton était déjà reparti pour attraper son train.

— Personne d'autre n'est venu dans l'appartement

pendant que le major était sorti et que vous vous trouviez à la cuisine ?

— Non. Personne.

— Vous êtes sûr ?

— Qui aurait pu ? Il faut sonner à la porte.

Poirot secoua la tête. Qui, en effet ? Les Spence, McLaren, Mrs Clayton pouvaient, il le savait déjà, justifier de la moindre minute de leur emploi du temps. McLaren était avec des connaissances à lui, à son club. Les Spence avaient reçu quelques intimes chez eux juste avant de sortir. Margharita Clayton était au téléphone avec une amie à ce moment précis. Non pas qu'il songeât à aucun d'entre eux comme coupable possible : ils auraient eu de meilleures occasions de tuer Arnold Clayton que de le suivre dans un appartement où se trouvait le valet de chambre et où le maître des lieux pouvait rentrer à tout moment. Non, il avait eu l'espoir d'un « mystérieux inconnu » ! Quelqu'un resurgi du passé apparemment sans tache de Clayton, qui l'aurait reconnu dans la rue et suivi jusqu'ici puis, l'ayant attaqué au stylet, aurait dissimulé le cadavre dans le bahut avant de prendre ses jambes à son cou. Du pur mélodrame, dénué de toute raison et de toute vraisemblance ! Relevant d'un goût pour la fiction historico-romanesque bien en accord avec le style du bahut espagnol.

Il traversa de nouveau la pièce pour s'approcher du meuble. Il en souleva le couvercle qui s'ouvrit aisément, sans bruit.

— Il a été tout nettoyé, monsieur, fit Burgess d'une voix blanche. J'y ai veillé personnellement.

Poirot se pencha. Poussa une légère exclamation, se pencha davantage, passa ses doigts sur l'intérieur :

— Ces petits trous, là sur l'arrière et un côté, on dirait qu'ils ont été faits il n'y a pas longtemps.

— Des petits trous ?

Le valet de chambre se pencha à son tour :

— Ma foi, je ne saurais dire. Je ne les avais jamais remarqués.

— Ils ne sont pas très visibles mais ils sont là. Qui les a faits, à votre avis ?

— Je n'en ai pas la moindre idée, monsieur. Une bête, un parasite quelconque, peut-être ?

— Une bête ? Hum ! je me demande...

Poirot s'éloigna.

— Quand vous êtes revenu ici avec les cigarettes, avez-vous remarqué quoi que ce soit de changé dans cette pièce ? Un détail, des fauteuils ou une table déplacés, par exemple ?

— C'est drôle que vous parliez de ça, monsieur... parce que, maintenant que vous le dites, oui, j'ai remarqué quelque chose. Ce paravent qui protège l'entrée de la chambre des courants d'air, il avait été un peu bougé sur la gauche.

— Comme ça ? demanda Poirot en joignant le geste à la parole.

— Encore un peu... voilà.

Le paravent, qui masquait déjà la moitié du bahut, en dissimulait maintenant la quasi-totalité.

— Qu'avez-vous pensé, quand vous l'avez constaté ?

— Rien, monsieur.

(Une autre miss Lemon !)

Puis Burgess ajouta, d'un ton hésitant :

— C'était peut-être pour dégager l'entrée de la chambre, que les dames puissent y déposer leurs manteaux.

— Peut-être. Mais il pouvait y avoir une autre raison.

Burgess leva sur lui un regard interrogateur.

— Le paravent maintenant cache le bahut, lui expliqua Poirot, de même que le tapis qui est devant. Si le major Rich avait poignardé Mr Clayton, le sang n'allait pas tarder à couler par les interstices de la base du meuble et quelqu'un aurait pu le voir — comme vous le lendemain matin. Alors on a déplacé le paravent.

— Je n'ai jamais pensé à ça, monsieur.

— Comment est l'éclairage, ici ? Fort ou tamisé ?

— Je vais vous montrer.

Le valet de chambre tira rapidement les rideaux et alluma quelques lampes. Elles diffusèrent une lumière douce et moelleuse, à peine suffisante pour lire, même juste à côté. Poirot leva les yeux vers un lustre, au plafond.

— Il n'était pas allumé, monsieur. On ne s'en sert presque jamais.

Poirot regarda alors autour de lui dans cet éclairage velouté.

— Je ne crois pas qu'on pourrait voir des taches de sang, dit le domestique. Il fait trop sombre.

— Vous avez probablement raison. Alors pourquoi ce paravent a-t-il été bougé ?

Burgess frissonna :

C'est affreux de penser que... qu'un monsieur aussi bien que le major Rich ait pu faire une chose pareille.

— Vous ne doutez donc plus que ce soit lui qui ait fait le coup ? Pourquoi aurait-il commis ce crime, à votre avis ?

— Vous savez, il a fait la guerre, alors une blessure à la tête, peut-être ? Il paraît que ça peut vous reprendre sans crier gare des années après. Les gens perdent la boule tout d'un coup et ils ne savent plus ce qu'ils font. Et en général, c'est à leurs plus proches et à leurs plus chers qu'ils s'en prennent. Vous croyez que ça pourrait être quelque chose comme ça ?

Poirot le regarda. Soupira. Se détourna.

— Non, fit-il. Ce n'était pas quelque chose comme ça.

Et, avec des airs de conspirateur, il glissa un petit morceau de papier tout craquant dans la main de Burgess.

— Oh ! merci, monsieur. Mais vraiment, il ne...

— Vous m'avez aidé, fit Poirot, en me montrant ce salon, en me montrant ce qu'il y a dedans, en me montrant ce qui s'est passé ce soir-là. L'impossible n'est jamais impossible ! Rappelez-vous bien cela. J'ai dit qu'il n'y avait que deux possibilités : j'avais tort. Il y en a une troisième.

Il regarda autour de lui en réprimant un léger frisson :

— Ouvrez les rideaux. Laissez entrer l'air et la lumière. Cette pièce en a besoin. Elle a besoin d'être purifiée. Purifiée — il faudra du temps, je crois — de la tenace atmosphère de haine qui la hante.

Bouche bée, Burgess tendit à Poirot son manteau et son chapeau. Il semblait abasourdi. Poirot, qui adorait les déclarations impénétrables, gagna la rue d'un pas alerte.

*

Quand il arriva chez lui, il appela l'inspecteur Miller :

— Qu'est devenu le sac de voyage de Clayton, au fait ? Sa femme m'a dit qu'il en avait préparé un.

— Il était au club. Il l'a confié au concierge. Il a dû l'oublier et partir sans.

— Qu'y avait-il dedans ?

— Les affaires habituelles : un pyjama, une chemise de rechange, des trucs de toilette.

— Tout, quoi.

— Que vous attendiez-vous à y trouver ?

Poirot ignora la question :

— Parlons du stylet. Je vous suggère de trouver la femme de ménage qui travaille chez Mrs Spence. Tâchez de savoir si elle a jamais vu un objet de ce genre là-bas.

— Chez Mrs Spence ? répéta Miller avec un petit sifflement. C'est par là que vous vous orientez ? On a montré le stylet aux Spence. Ils ne l'ont pas reconnu.

— Demandez-leur encore.

— Vous voulez dire que...

— Et faites-moi connaître leur réponse.

— Je n'arrive pas à voir ce que vous avez en tête !

— Lisez *Othello*, Miller. Intéressez-vous bien aux personnages. Je crois que nous en avons laissé un de côté.

Il raccrocha. Puis il appela lady Chatterton. La ligne était occupée.

Il essaya de nouveau un peu plus tard. Toujours sans succès. Il appela alors George, son valet de chambre, et lui donna pour instruction de suivre le numéro jusqu'à ce qu'il obtienne une réponse. Lady

Chatterton, il le savait, était une incorrigible bavarde au téléphone.

Il s'installa dans un fauteuil, ôta à grand soin ses bottines vernies, se dégourdit les orteils et se laissa aller contre le dossier de son siège.

— Je vieillis, soliloqua-t-il, je me fatigue très vite...

Son visage se ralluma soudain :

— Mais mes petites cellules grises, elles fonctionnent encore lentement, mais elles fonctionnent... *Othello*, oui. Qui est-ce qui m'en parlait ? Ah ! Mrs Spence. Le sac de voyage... le paravent... le corps en chien de fusil comme s'il dormait. Un crime ingénieux. Prémédité, bien préparé... et, je pense, *savouré* !...

George lui annonça qu'il avait lady Chatterton en ligne :

— Ici, Hercule Poirot, madame. Puis-je parler à votre invitée ?

— Certainement ! Auriez-vous accompli des miracles, monsieur Poirot ?

— Pas encore. Mais peut-être les choses avancent-elles.

L'instant d'après, la voix de Margharita — calme, douce — s'éleva à l'autre bout du fil.

— Madame, quand je vous ai demandé si vous aviez remarqué quelque chose qui aurait été changé de place lors de cette soirée, vous avez semblé vous rappeler quelque chose, et puis cela vous a échappé. Ce ne serait pas la position du paravent, par hasard ?

— Le paravent ? Mais si, bien sûr. Il n'était pas exactement comme d'habitude.

— Avez-vous dansé, cette nuit-là ?

— Par moments.

— Avec qui, le plus souvent ?

— Jeremy Spence. C'est un danseur merveilleux. Charles est bon, lui aussi, mais moins spectaculaire. Il dansait avec Linda, et nous avons parfois changé de partenaire. Jock McLaren ne danse pas. Il a sorti les disques et sélectionné nos morceaux.

— Il a mis de la grande musique, plus tard dans la soirée ?

— Oui.

Il y eut un silence. Puis Margharita reprit :

— Monsieur Poirot, pourquoi ces questions ? Avez-vous... y a-t-il... de l'*espoir* ?

— Etes-vous jamais consciente, madame, des sentiments des gens qui vous entourent ?

— Je... je pense, oui, fit-elle d'une voix légèrement surprise.

— Eh bien je ne pense pas, moi. Je crois que cela vous échappe complètement. C'est la tragédie de votre vie. Seulement cette tragédie, c'est sur les autres qu'elle rejaillit, pas sur vous.

» Quelqu'un, aujourd'hui, m'a parlé d'Othello. Je vous ai demandé si votre mari était jaloux et vous avez répondu que oui, sans doute. Vous l'avez dit sur un ton léger, comme Desdémone aurait pu le faire, sans s'apercevoir du danger. Elle aussi savait ce qu'était la jalousie, mais sans comprendre puisqu'elle-même n'avait jamais pu et ne pourrait jamais en éprouver. Elle ne se rendait absolument pas compte de la violence d'une passion physique aiguë. Elle aimait son mari avec la ferveur romantique que l'on voue à un héros, et elle portait innocemment à son ami Cassio l'amour qui sied à un proche compagnon... Or, je crois que c'est cette inaccessibilité à la passion qui rendait les hommes fous... Me suivez-vous, madame ?

Il y eut un silence. Puis la voix de Margharita répondit. Avec son imperturbable douceur. Juste un peu étonnée :

— Je... pas vraiment, monsieur Poirot.

Il soupira.

— Bon, fit-il sur un ton pragmatique. Ce soir, je vous rendrai une petite visite.

*

L'inspecteur Miller n'était pas un homme facile à convaincre. Pas plus qu'il n'était facile d'empêcher Poirot d'aller jusqu'au bout de ses idées. L'inspecteur grogna, bougonna, mais capitula :

— D'abord, qu'est-ce qu'elle a à voir là-dedans, lady Chatterton ?

— Personnellement, rien. Elle a donné asile à une amie, c'est tout.

— A propos des Spence, comment avez-vous su ?

— Que le stylet venait de chez eux ? Simple présomption. C'est une réaction de Jeremy Spence qui m'a mis la puce à l'oreille. Quand j'ai émis l'hypothèse que le poignard ait pu appartenir à Margharita Clayton, il m'a clairement montré qu'il *savait* que non.

Il s'interrompit un instant.

— Qu'est-ce qu'ils vous ont dit, au fait ? demanda-t-il sitôt après avec une évidente curiosité.

— Ils ont reconnu qu'il ressemblait comme un frère à un poignard miniature qu'ils possédaient auparavant. Mais il avait été égaré quelques semaines plus tôt et leur était complètement sorti de l'esprit. Je suppose que c'est là que Rich l'a fauché.

— Il n'aime pas se mouiller, ce Jeremy Spence, fit Poirot. Quelques semaines..., se murmura-t-il à lui-même. Elle en a mis du temps, la préparation.

— Hein ? Quoi ?

— Nous arrivons, fit Poirot.

Le taxi s'arrêta devant la maison de lady Chatterton, à Cheriton Street. Poirot régla la course.

Margharita Clayton les attendait dans la chambre du haut. Son visage se durcit lorsqu'elle vit Miller :

— J'ignorais...

— Vous ignoriez qui était l'ami que je comptais amener ?

— L'inspecteur Miller n'est pas de mes amis.

— Tout dépend de savoir si vous voulez que justice soit faite ou non, Mrs Clayton, dit ce dernier. Votre mari a été assassiné...

— Et maintenant, il nous reste à parler de l'assassin, le coupa vivement Poirot. Pouvons-nous nous asseoir ?

Margharita s'installa lentement en face d'eux dans un fauteuil à haut dossier.

— Je vous demande, déclara Poirot à ses deux interlocuteurs, de m'écouter patiemment. Je pense savoir aujourd'hui ce qui s'est passé dans l'appartement du major Rich lors de cette soirée fatale... Nous sommes tous partis d'un postulat qui était faux : que seules deux personnes avaient eu la possibilité de mettre le corps dans le bahut, à savoir le major Rich et William Burgess. Nous avions tort. Il y en avait une troisième, ce soir-là, qui pouvait aussi bien le faire.

— Et qui donc ? demanda Miller, sceptique. Le garçon d'ascenseur ?

— Non. *Arnold Clayton.*

— Quoi ? Il aurait caché son propre cadavre ? Vous êtes fou !

— Pas son cadavre, bien sûr : son corps tout court. En termes clairs, il s'est caché dans le bahut. Cela s'est vu maintes fois au cours des âges. La mariée morte dans *Le Rameau de gui,* Iachimo qui avait des vues sur la vertu d'Imogène, et ainsi de suite. J'y ai songé dès que j'ai vu que des trous avaient été fraîchement pratiqués dans les parois du coffre. Pourquoi ? Pour laisser passer suffisamment d'air respirable. Et pourquoi le paravent a-t-il été décalé de sa position habituelle ce soir-là ? Pour cacher le bahut à la vue des occupants du salon. Et permettre à celui qui était dissimulé à l'intérieur de soulever de temps en temps le couvercle, de soulager les crampes qu'il avait dans les jambes et d'entendre un peu mieux ce qui se disait.

— Mais pourquoi ? fit Margharita, au comble de l'étonnement. Pourquoi Arnold se serait-il caché là-dedans ?

— C'est vous qui posez la question, madame ? Votre mari était un homme jaloux. Mais qui ne s'exprimait pas facilement non plus. « Complètement renfermé », pour reprendre l'expression de votre amie Mrs Spence. Sa jalousie a monté, monté. Elle l'a torturé ! Etiez-vous ou n'étiez-vous pas la maîtresse de Rich ? Il n'arrivait pas à savoir ! Il *fallait* qu'il sache ! D'où le « télégramme d'Ecosse », ce fameux télégramme qui n'est jamais parti et que personne n'a jamais vu ! Le sac de voyage est préparé et fort commodément oublié au club. Il se rend à l'appartement à une heure où il est presque certain que Rich sera sorti. Il explique au valet de chambre qu'il va laisser un petit mot. Dès qu'il est seul, il déplace le paravent, perce les trous dans le bahut et s'installe à l'intérieur. Ce soir, il connaîtra la vérité. Peut-être sa femme restera-t-elle après le départ des autres invités, peut-être partira-t-elle avec eux pour revenir ensuite. Cette nuit, cet homme désespéré, tourmenté par la jalousie, *saura*...

— Vous n'allez pas dire qu'il s'est poignardé tout seul, quand même ! refusa de croire Miller. Ce serait grotesque !

— Oh ! non, quelqu'un d'autre s'en est chargé. Quelqu'un qui savait qu'il se trouvait là. Il s'agit bien d'un meurtre. Soigneusement préparé, prémédité de longue date. Pensez aux autres personnages d'*Othello*. C'est à Iago que nous aurions dû songer. Cette subtile instillation de poison dans l'esprit d'Arnold Clayton, les allusions, les soupçons. L'honnête Iago, l'ami fidèle, l'homme que l'on croit toujours ! Arnold Clayton avait foi en lui. Arnold Clayton l'a laissé pincer la corde de sa jalousie, la tendre jusqu'au point de rupture. L'idée de se cacher dans le bahut était-elle la sienne ? Il a pu le croire — sans doute le croyait-il ! Ainsi, le décor est planté. Le stylet, adroitement subtilisé quelques semaines auparavant, est prêt. Le grand soir arrive. Les lumières sont tamisées, le tourne-disque joue, deux couples dansent, le cinquième personnage s'affaire dans l'armoire à disques, juste à côté du bahut espagnol protégé des regards derrière son paravent. Se glisser derrière ledit paravent, soulever le couvercle et frapper réclame certes de l'audace, mais ne présente pas de difficultés d'exécution.

— Mais, voyons, Clayton aurait crié !

— Pas s'il était drogué, rétorqua Poirot. D'après le valet de chambre, le corps reposait comme s'il dormait. Clayton dormait, drogué par le seul homme qui *pouvait* l'avoir drogué, celui avec lequel il avait bu au club.

— Jock ? fit Margharita d'une voix que la surprise fit monter dans les aigus comme celle d'une enfant. Pas ce cher vieux Jock ! Je le connais depuis toujours ! Pourquoi diable aurait-il...

Poirot se tourna vers elle :

— Pourquoi les deux Italiens se sont-ils battus en duel ? Pourquoi un jeune homme s'est-il envoyé une balle dans la tête ? Jock ne sait pas s'exprimer. Il s'est résigné, peut-être, à être votre ami fidèle, à vous et à votre mari, mais quand survient le major Rich, alors là, c'en est trop ! Dans les ténébreux méandres de la haine et du désir, il mijote ce qui est tout proche du crime parfait — un double crime, car Rich est pratiquement certain d'en être accusé. Rich et votre mari tous deux hors circuit, il se dit qu'*enfin* vous allez peut-être vous tourner vers *lui*. Et peut-être, madame, l'auriez-vous fait... Hein ?

Elle le regardait fixement, les yeux écarquillés d'horreur...

Presque mécaniquement, elle répondit dans un souffle :

— Peut-être... Je — je ne sais pas...

L'inspecteur Miller prit la parole avec un soudain regain d'autorité :

— Tout cela est très joli, Poirot, mais ça reste théorique, il n'y a pas l'ombre d'une preuve. Ça pourrait être faux de bout en bout.

— Mais il se trouve que c'est rigoureusement exact.

— Oui, seulement il n'y a aucune *preuve*. Rien de solide sur quoi nous puissions nous fonder.

— Vous avez tort. Si on lui expose les faits, si on lui donne à comprendre que Margharita Clayton *est au courant*, je suis convaincu que McLaren reconnaîtra sa culpabilité...

Poirot s'interrompit un bref instant avant d'ajouter :

— Parce qu'une fois qu'il saura *cela*, il saura du même coup qu'il a perdu. Que le crime parfait aura été commis en vain.

LE SOUFFRE-DOULEUR

(*The Under Dog*)

Lily Margrave lissa ses gants sur ses genoux d'un geste nerveux et darda son regard sur l'occupant du grand fauteuil qui lui faisait face.

Elle avait entendu parler d'Hercule Poirot, le détective bien connu, mais c'était la première fois qu'elle le voyait en chair et en os.

Son aspect comique, à la limite du ridicule, dérangeait la conception qu'elle s'en était faite. Avec sa tête en forme d'œuf et son énorme moustache tarabiscotée, ce drôle de petit bonhomme pouvait-il réellement effectuer les merveilles dont on le disait capable ? Son occupation du moment lui paraissait particulièrement puérile. Il empilait des petits cubes de bois colorés les uns sur les autres et semblait bien plus intéressé par ce qui en résultait que par ce qu'elle lui racontait.

Devant le silence soudain de la jeune fille, il lui lança cependant un regard aigu :

— Poursuivez, mademoiselle, je vous en conjure. Ne croyez pas que je ne fasse pas attention à ce que vous dites. Je suis tout ouïe, au contraire.

Sur quoi il recommença à empiler ses petits cubes tandis qu'elle reprenait son histoire. Une histoire épouvantable, une histoire de violence et de mort brutale, mais narrée d'une voix tellement calme, tellement dépourvue d'émotion et de façon tellement concise et ramassée que toute trace d'humanité semblait en avoir été bannie.

Elle s'arrêta enfin.

— J'espère avoir été bien claire, s'inquiéta-t-elle.

Poirot se répandit en acquiescements et hochements de tête emphatiques. Puis, d'un revers de main, il éparpilla les cubes sur la table, se rejeta en arrière contre le dossier de son fauteuil, joignit l'extrémité de ses doigts et, les yeux au plafond, entreprit de récapituler :

— Sir Reuben Astwell a été assassiné il y a dix

jours. Avant-hier mercredi, son neveu, Charles Leverson, a été arrêté par la police. Les faits qui l'incriminent sont, à votre connaissance — reprenez-moi si je fais erreur, mademoiselle —, les suivants : sir Reuben a veillé pour écrire dans son cabinet privé, la salle de la tour. Mr Leverson, qui possède la clé de la maison, est rentré tard. Le majordome, dont la chambre se trouve juste en dessous de la salle de la tour, l'entend se quereller avec son oncle. La dispute se termine par un bruit soudain, comme si une chaise était renversée, et par un cri à demi étouffé.

» Inquiet, le majordome s'apprête à se lever pour voir ce qui a bien pu se passer mais il entend presque aussitôt Mr Leverson quitter la pièce en sifflotant un petit air guilleret. Aussi ne prête-t-il plus attention à l'incident. Le lendemain matin, cependant, une femme de chambre découvre sir Reuben mort à côté de son bureau. Il avait été assommé par un objet pesant. Je suppose que le majordome n'a pas tout de suite raconté son histoire à la police. Rien d'ailleurs là que de très naturel, ne trouvez-vous pas, mademoiselle ?

Cette brusque question fit sursauter Lily Margrave :

— Je vous demande pardon ?

— C'est le facteur humain auquel on est avant tout amené à s'attacher dans ce genre d'affaire, n'est-ce pas ? répliqua le petit homme. Votre façon — remarquablement concise — de me raconter cette histoire, fait paraître les acteurs du drame comme des machines, des marionnettes. Or, moi, c'est la nature humaine qui m'intéresse toujours. Ainsi je me dis que ce majordome... comment s'appelle-t-il, déjà ?

— Parsons.

— ... Que ce Parsons, puisque Parsons il y a, va être doté de la mentalité commune aux gens de sa condition : avoir une sainte horreur de la police et de ses sbires, et se faire un malin plaisir de leur en dire le moins possible. Surtout, ne rien révéler qui puisse sembler incriminer l'un quelconque des membres de la maisonnée. Il s'accrochera avec la dernière énergie à l'idée de l'intrusion d'un étranger, d'un cambrioleur. Ah ! oui, la caste des gens de service et leur loyauté sont certes intéressantes à étudier...

Il se carra dans son fauteuil avec un grand sourire satisfait :

— Dans le même temps, continua-t-il, chacun dans la maison a donné sa version des faits, Mr Leverson comme les autres, la sienne étant qu'il est rentré tard et qu'il est monté directement se coucher sans voir son oncle.

— C'est exactement ce qu'il a affirmé.

— Et personne n'a la moindre raison de mettre sa parole en doute, fit Poirot d'un air songeur, à l'exception bien sûr de Parsons. C'est alors que se présente un inspecteur de Scotland Yard — l'inspecteur Miller, m'avez-vous dit ? Je le connais, j'ai eu affaire à lui une ou deux fois dans le passé. C'est un malin, un furet, un fouineur, comme on dit.

» Oh ! oui, je le connais... Et l'astucieux inspecteur Miller remarque ce que son collègue local n'a pas vu, que Parsons est gêné, mal à l'aise, qu'il sait quelque chose qu'il n'a pas dit. Miller en fait vite son affaire, de Parsons. Il devient alors clairement établi qu'aucun étranger n'est entré par effraction cette nuit-là, que c'est dans la maison qu'il faut chercher l'assassin et non à l'extérieur. Parsons, atterré, écrasé par le poids de son secret, éprouve un profond soulagement qu'on l'en ait déchargé.

» Il a fait de son mieux pour éviter le scandale, mais il y a des limites. L'inspecteur Miller écoute donc le récit de Parsons, lui pose une ou deux questions puis procède à ses propres investigations. Il se constitue alors un dossier d'accusation très solide... un dossier à toute épreuve.

» Des empreintes sanglantes de doigts sont relevées sur l'angle du coffre, dans la salle de la tour, et ces empreintes sont celles de Charles Leverson. La femme de chambre révèle qu'elle a vidé une cuvette d'eau rougie dans le cabinet de toilette de Mr Leverson le lendemain matin. Il lui a expliqué qu'il s'était fait une entaille au doigt. Il montre effectivement une petite coupure, c'est vrai, mais tellement minuscule ! La manche de sa chemise du soir a été lavée, mais on retrouve des taches de sang sur celle de son pardessus. Il avait de gros problèmes d'argent et devait hériter une forte somme à la mort de sir Reuben. Oh ! oui, les charges sont accablantes, mademoiselle.

Il marqua un temps, puis :

— Malgré cela, vous venez me trouver aujourd'hui.

Lily Margrave haussa ses fines épaules :

— Je vous l'ai dit, monsieur Poirot, c'est lady Astwell qui m'envoie.

— De votre propre initiative, vous ne seriez pas venue, c'est cela ?

Le petit homme la considéra d'un regard acéré. La jeune fille ne releva pas.

— Vous ne répondez pas à ma question.

Lily Margrave recommença à lisser ses gants :

— C'est assez délicat pour moi, vous savez. J'ai un devoir de loyauté envers lady Astwell. Je ne suis à proprement parler qu'une demoiselle de compagnie rétribuée, mais elle me traite davantage comme une fille ou une nièce. Elle est extrêmement gentille, et quelles que soient ses extravagances, je ne voudrais pas avoir l'air de critiquer ce qu'elle fait ou de... enfin, de paraître vous dissuader de vous occuper de l'affaire.

— Hercule Poirot ne se laisse pas dissuader comme ça ! lança-t-il gaiement. Si je comprends bien, vous trouvez que lady Astwell a un petit grain. N'est-ce pas ?

— Ma foi, euh...

— Parlez, mademoiselle.

— Toute cette histoire ne tient pas debout.

— C'est là votre opinion sur la question ?

— Je ne veux rien dire contre lady Astwell, mais...

— Je comprends, murmura Poirot avec douceur. Je comprends très bien.

Ses yeux l'invitèrent à poursuivre.

— Elle a le cœur sur la main, elle est d'une gentillesse comme on en rencontre peu, mais il lui manque... comment dire ? Elle n'a reçu ni instruction ni culture. Vous savez qu'elle était actrice quand sir Reuben l'a épousée. Elle est bourrée de préjugés et de superstitions. Quand elle décrète quelque chose, c'est comme ça et pas autrement, elle n'en démord pas. L'inspecteur n'a pas fait preuve de beaucoup de tact à son égard, alors elle s'est braquée. Elle clame à tous les échos que soupçonner Mr Leverson est une ânerie, une ânerie typique de ces abrutis de la police, et qu'il va de soi que ce n'est pas ce cher petit Charles qui a fait le coup !

— Et elle le proclame sans raison aucune ?

— Pas la moindre.

Vraiment ? Allons, allons !

— Je lui ai précisé qu'il ne servirait à rien de venir vous trouver avec des affirmations de ce genre sans rien pour les étayer.

— Vous lui avez précisé cela ? Voilà qui est intéressant.

Il couva un instant Lily Margrave du regard pour en avoir une rapide vision d'ensemble, remarqua les détails de son coquet tailleur noir, la touche blanche du col, le mignon petit chapeau noir. Il vit son élégance, la joliesse de son visage au menton légèrement pointu, le bleu profond de ses yeux, ses cils interminables. Insensiblement, il changea d'attitude. Ce n'était plus tant l'affaire qui l'intéressait, que la jeune personne assise en face de lui :

— Si je vous comprends bien, mademoiselle, lady Astwell serait un tantinet dérangée, voire hystérique ?

Lily Margrave acquiesça de la tête avec véhémence :

— C'est exactement ça. Elle est, je vous l'ai dit, très gentille mais il est impossible d'avoir avec elle une discussion logique.

— Peut-être nourrit-elle des soupçons de son côté, suggéra Poirot. Quitte à ce que lesdits soupçons soient complètement extravagants.

— Tout à fait ! s'écria Lily. Elle a pris le secrétaire de sir Reuben en grippe, le malheureux. Elle répète à qui veut l'entendre qu'elle *sait* que c'est lui l'assassin, alors qu'il a été démontré de façon concluante que cet infortuné Owen Trefusis ne pouvait matériellement pas avoir commis le crime.

— Et elle ne possède aucun élément concret ?

— Bien sûr que non. Mais, pour elle, seule compte l'intuition.

La voix de Lily Margrave s'était nuancée de mépris.

— On dirait que vous ne croyez guère à l'intuition, remarqua Poirot en souriant.

— J'estime que c'est de la blague, renchérit-elle.

— Ah ! les femmes, marmonna Poirot en se réadossant à son fauteuil. Elles se plaisent à penser que l'intuition est une arme spéciale dont le bon Dieu les a dotées et qui leur fait découvrir à tout coup la vérité, mais hélas, neuf fois sur dix, elle les fait tomber à côté.

— Je sais, convint Lily, mais je vous ai expliqué comment était lady Astwell. On ne peut tout bonnement pas discuter avec elle.

— Alors vous, demoiselle sensée et obéissante, vous êtes venue me chercher comme on vous l'avait demandé et en avez profité pour me mettre au courant de la situation.

Quelque chose dans le ton de Poirot incita miss Margrave à relever vivement les yeux.

— Bien sûr, s'excusa-t-elle, je n'ignore pas combien votre temps est précieux.

— Vous me flattez, mais c'est un fait qu'en ce moment, j'ai un tas d'affaires sur les bras.

— C'est ce que je craignais, dit-elle en se levant. Je vais expliquer à lady Astwell...

Poirot ne l'imita pas. Le regard fixé sur la jeune fille, il s'enfonça au contraire encore plus profondément dans son fauteuil :

— Vous êtes pressée de partir ? Attendez encore un petit moment, s'il vous plaît.

Il vit le rouge lui monter au visage, puis refluer. Elle se rassit lentement, à contrecœur.

— Vous êtes vive et pleine de décision, mademoiselle, mais soyez indulgente envers un vieil homme comme moi dont l'esprit réagit avec plus de lenteur. Vous m'avez mal compris. Je n'ai jamais prétendu que je ne voulais pas aller chez lady Astwell.

— Alors vous viendrez ?

Elle avait prononcé ces paroles d'une voix atone, sans regarder Poirot, les yeux baissés, et ne s'aperçut pas du minutieux examen visuel dont elle était l'objet.

— Dites à lady Astwell que je suis entièrement à son service. Je me rendrai à Mon Repos — c'est bien le nom de la propriété ? — dans l'après-midi.

Il se leva. La jeune fille l'imita :

— Je... je lui transmettrai le message. C'est très aimable à vous de vous déranger, monsieur Poirot. Je crains cependant bien que vous ne découvriez vite qu'on vous a fait courir après un leurre.

— C'est infiniment vraisemblable, mais... qui sait ?

Il la raccompagna à la porte avec une scrupuleuse courtoisie puis retourna au salon, le sourcil froncé, plongé dans ses pensées. Il hocha une ou deux fois la tête, ouvrit la porte et appela son valet de chambre :

— Mon bon George, voudriez-vous me préparer une valise, je vous prie ? Je pars cet après-midi pour la campagne.

— Très bien, monsieur, acquiesça George.

Grand, invariablement impassible et le teint cadavérique, il était l'image même de l'Anglais.

— Une jeune fille est toujours un phénomène fascinant, George, philosopha Poirot en se laissant choir une fois de plus dans son fauteuil et en allumant une minuscule cigarette. Surtout, notez-le bien, quand elle est intelligente. Demander à quelqu'un de faire quelque chose tout en l'en dissuadant est une opération délicate qui nécessite un certain doigté. Elle s'est montrée adroite — oh ! oui, très adroite — mais on ne rivalise pas avec Hercule Poirot dans ce domaine, mon bon George.

— Je l'ai déjà entendu dire à Monsieur.

— Ce n'est pas le secrétaire qui occupe ses pensées, rumina tout haut Poirot, puisqu'elle tourne en dérision l'accusation de lady Astwell contre lui. En même temps, elle ne tient manifestement pas à ce qu'on vienne réveiller le chat qui dort. Eh bien je vais le réveiller, moi, mon bon George, et il va montrer les griffes ! Il se déroule un drame à Mon Repos. Un drame humain, et c'est justement ce qui me stimule. Elle est futée, la petite masque, mais pas assez. Je me demande... je me demande bien ce que je vais trouver là-bas.

Un lourd silence suivit ces paroles — un silence dramatique que George hésita presque à troubler :

— Faut-il vous mettre des habits de soirée, monsieur ?

Poirot le considéra d'un air méditatif :

— Toujours concentré, toujours l'œil sur votre travail, hein ? Vous m'êtes infiniment précieux, George.

*

Quand le 16 h 55 fit halte à la gare d'Abbots Cross, M. Hercule Poirot en descendit, tiré à quatre épingles, élégant à l'excès, la pointe des moustaches durcie à la cire. Il donna son billet, franchit le portillon et fut accosté par un chauffeur de haute stature :

— Monsieur Poirot ?

Le petit homme s'épanouit :

— C'est bien mon nom, en effet.

— Par ici, monsieur, je vous prie.

Il lui tint ouverte la portière d'une imposante Rolls-Royce.

La propriété ne se trouvait guère à plus de trois minutes de la gare. Le chauffeur fit de nouveau le tour de la voiture pour lui tenir la portière et Poirot en descendit. Le majordome avait déjà ouvert la porte d'entrée.

Poirot jeta un bref coup d'œil appréciateur à la façade de la demeure avant d'en franchir le seuil. C'était un grand manoir de brique rouge, solidement bâti, sans prétentions esthétiques mais qui dégageait une impression de robustesse et de confort.

Poirot s'avança dans le hall. Le majordome le débarrassa prestement de son chapeau et de son pardessus puis murmura, sur ce ton plein de déférente retenue que seuls les meilleurs domestiques savent trouver :

— Madame vous attend, monsieur.

Poirot grimpa à la suite du majordome les marches recouvertes d'un tapis moelleux. Ce domestique parfaitement stylé et flegmatique comme il se doit ne pouvait être que Parsons. En haut de l'escalier, il prit un couloir à main droite, franchit une porte pour pénétrer dans une petite antichambre d'où partaient deux autres portes. Il ouvrit celle de gauche et annonça :

— M. Poirot, madame.

La pièce dans laquelle il entra n'était pas très vaste. Elle regorgeait de meubles et de bibelots. Une femme, tout de noir vêtue, assise sur un sofa, se leva pour se précipiter à sa rencontre.

— Monsieur Poirot, l'accueillit-elle en tendant la main et en détaillant sa silhouette de dandy.

Elle resta un moment sans rien dire puis, ignorant les lèvres qui lui effleuraient les doigts en murmurant « Très chère madame... », lui écrasa les siens d'une poigne vigoureuse en s'exclamant :

— Je n'ai jamais aimé que les hommes petits ! Ce sont les plus intelligents !

— L'inspecteur Miller, susurra Poirot, est je crois de taille élevée ?

— C'est par-dessus le marché un prétentieux imbécile ! jeta lady Astwell. Venez vous asseoir ici à côté de moi, voulez-vous ?

Elle lui désigna le sofa et poursuivit :

— Lily a tout fait pour me dissuader de vous envoyer chercher, mais je ne suis pas arrivée à l'âge que j'ai sans savoir également ce que j'ai en tête.

— Ce qui n'est certes pas donné à tout le monde, la complimenta Poirot en la suivant jusqu'au canapé.

Lady Astwell s'installa confortablement parmi les coussins puis se tourna de côté afin de lui faire face.

— Lily est une très brave fille, expliqua-t-elle, mais elle s'imagine tout savoir, et mon expérience me dit qu'une fois sur deux, ce genre de personne se trompe. Je ne suis pas intelligente, moi, et ne l'ai jamais été, mais j'ai raison là où beaucoup de gens encore moins intelligents que moi ont tort. Je crois que nous sommes quelque part *guidés*. Cela posé, voulez-vous que je vous dise qui est l'assassin ou préférez-vous que je m'abstienne ? Une femme *sait* toujours, monsieur Poirot.

— Miss Margrave le sait-elle ?

Lady Astwell s'empressa de lui renvoyer sa question :

— Que vous a-t-elle dit au juste ?

— Elle m'a relaté les faits.

— Les faits ? Oh ! bien évidemment, les apparences sont toutes contre Charles. Mais je vais vous rétorquer, monsieur Poirot, que ce n'est pas lui qui a fait le coup. Je *sais* que ce n'est pas lui.

Elle avait prononcé ces paroles avec une assurance presque troublante.

— Vous êtes très catégorique, lady Astwell.

— C'est Trefusis qui a tué mon mari, monsieur Poirot. J'en suis sûre.

— Pourquoi ?

— Pourquoi il l'a tué, vous voulez dire, ou pourquoi j'en suis sûre ? Je vous répète que je *sais* qu'il l'a fait ! Je suis spéciale pour ce genre de choses, vous savez. Je me fais une idée tout de suite et puis je n'en démords plus.

— Mr Trefusis a-t-il en quoi que ce soit tiré avantage de la mort de sir Reuben ?

— Mon mari ne lui a pas laissé un sou, lui répondit du tac au tac lady Astwell. Ce qui prouve bien que ce cher Reuben ne le portait pas dans son cœur.

— Travaillait-il depuis longtemps pour sir Reuben ?

— Près de neuf ans.

— Ce qui représente une longue, très longue période au service de la même personne. Mr Trefusis devait connaître son patron par cœur.

Lady Astwell écarquilla les yeux :

— Où voulez-vous en venir ? Je ne vois pas le rapport.

— Une idée à moi, éluda Poirot. Juste une petite idée, sans intérêt peut-être, mais originale, sur les effets du service de longue durée.

Lady Astwell paraissait toujours ébahie.

— Vous êtes très intelligent, je crois bien ? fit-elle

sur un ton plutôt dubitatif. C'est en tout cas ce que tout le monde prétend.

Hercule Poirot se mit à rire :

— Peut-être vous aussi me ferez-vous ce compliment un jour, madame. Mais revenons-en au mobile. Parlez-moi de la maisonnée, des gens qui se trouvaient là le jour de la tragédie.

— Il y avait Charles, bien sûr.

— C'est le neveu de votre mari, si j'ai bien compris, pas le vôtre.

— Charles est le fils unique de la sœur de Reuben. Elle avait épousé un homme relativement riche, mais il a un beau jour eu un très gros pépin — ça se produit parfois, dans le monde des affaires. Bref, il est mort, sa femme aussi. Et Charles est venu vivre avec nous. Il avait 23 ans à l'époque et devait devenir avocat. Quand ces malheurs sont arrivés, Reuben l'a fait entrer dans son entreprise.

— Il travaillait bien, ce jeune M. Charles ?

— J'aime les gens qui saisissent vite, s'épanouit lady Astwell avec un hochement de tête approbateur. Non, et c'est ça le problème. Charles ne travaillait *pas* bien. Il avait toujours des histoires avec son oncle à cause de ses bêtises. Il faut avouer aussi que ce pauvre Reuben n'était pas, loin s'en faut, du genre commode. Combien de fois n'ai-je pas été amenée à lui signaler qu'il avait oublié ce que c'était que d'être jeune. Dieu sait qu'il était bien différent en ce temps-là, je vous assure.

Lady Astwell poussa un soupir nostalgique.

— De tels changements sont inéluctables, madame. C'est la loi de la vie.

— Remarquez, il ne s'est jamais vraiment emporté ni montré grossier avec *moi*. Ou s'il s'est parfois laissé aller à le faire, il s'en est toujours montré bourrelé de remords après coup. Pauvre cher Reuben !

— Il avait somme toute sale caractère ?

— J'arrivais toujours à le tenir, précisa lady Astwell de l'air de celle qui a dompté plus d'un grand fauve, mais c'est quand il enguirlandait les domestiques que ça devenait gênant. Il y faut la manière, et celle de Reuben n'était certainement pas la bonne.

— Quelles dispositions exactes sir Reuben avait-il prises pour ses biens, madame ?

— Moitié à moi, moitié à Charles, répondit-elle tout de suite. Les hommes de loi ne le formulent pas aussi simplement, mais ça revient à ça.

— Je vois... je vois, marmonna Poirot en hochant la tête. A présent, madame, parlons des gens qui vivent sous votre toit. Outre vous-même, il y a donc le neveu de sir Reuben, Mr Charles Leverson, et puis le secrétaire, Mr Owen Trefusis, et enfin miss Lily Margrave. Que pouvez-vous me dire sur le compte de cette jeune personne ?

— Vous voulez que je vous renseigne sur Lily ?

— Oui. Est-elle à votre service depuis longtemps ?

— Environ un an. J'ai eu beaucoup de secrétaires-dames de compagnie, voyez-vous, mais elles finissaient toujours pour une raison ou une autre par me taper sur le système. Avec Lily, ç'a été différent. Elle a du tact, beaucoup de bon sens, et puis elle est tellement ravissante ! J'adore avoir un joli visage auprès de moi, monsieur Poirot. Je suis une drôle de personne, vous savez. Chez moi, les « je raffole » ou « j'exècre », c'est immédiat. Dès que j'ai vu cette fille, je me suis dit : « Elle fera l'affaire. »

— Vous a-t-elle été présentée par des amis ?

— Elle a répondu à une annonce, je crois bien... Oui, c'est ça.

— Savez-vous quelque chose sur sa famille, sur ses antécédents ?

— Il semble que son père et sa mère se trouvent aux Indes. Je ne sais pas grand-chose sur leur compte, mais on voit tout de suite qu'elle est de bonne famille, vous ne trouvez pas ?

— Si, si, certainement.

— Ce qui n'est pas mon cas, poursuivit lady Astwell. Je ne suis pas ce qu'il est convenu d'appeler une « dame ». Je le sais, les domestiques le savent. Mais je n'en fais pas de complexes et ne suis pas jalouse. J'apprécie les gens bien quand j'en vois, et personne n'aurait pu se montrer plus gentil qu'elle avec moi. Je la considère presque comme ma fille, je vous assure.

Poirot tendit la main droite pour rectifier la position de deux ou trois objets sur le guéridon à sa portée.

— Sir Reuben partageait-il ce sentiment ? demanda-t-il.

Son regard était toujours posé sur les bibelots, mais il n'en remarqua pas moins la légère hésitation de lady Astwell :

Avec un homme, c'est différent. Enfin, oui, ils... ils s'entendaient très bien.

— Je vous remercie, madame, fit Poirot avec un petit sourire intérieur. Il n'y avait donc que ces seules personnes chez vous cette nuit-là ? Sans parler, bien entendu, des domestiques.

— Ah ! il y avait aussi Victor.

— Victor ?

— Oui, le frère de mon mari. Et son associé.

— Il vivait avec vous ?

— Non, il venait d'arriver pour nous rendre visite. Il rentrait d'un séjour de plusieurs années en Afrique occidentale.

— En Afrique occidentale..., murmura Poirot.

Lady Astwell, il s'en était aperçu, démontrait une évidente propension à discourir toute seule sur le premier sujet venu pour peu qu'on lui en laisse le loisir :

— Il paraît que c'est un pays merveilleux, mais je crois qu'il a un effet particulièrement néfaste sur les hommes. Ils y boivent trop, deviennent incontrôlables. Aucun des Astwell n'a bon caractère, mais celui de Victor, depuis qu'il est rentré, est tout simplement impossible. Une ou deux fois, il m'a même fait peur à *moi*.

— Lui est-il jamais arrivé de faire peur à miss Margrave, voilà la question que je me pose, articula doucement Poirot.

— A Lily ? Oh ! je ne crois pas qu'il ait eu beaucoup d'occasions de la voir.

Poirot prit une ou deux notes sur un minuscule calepin, remit le crayon dans son fourreau puis le tout dans sa poche :

— Je vous remercie, lady Astwell. Je vais maintenant, si vous le permettez, m'entretenir avec Parsons.

— Vous voulez que je le fasse monter ici ?

La main de lady Astwell se tendit vers le cordon. Poirot l'arrêta net :

— Non, non, surtout pas. C'est moi qui vais descendre.

— Si vous trouvez que c'est mieux...

Lady Astwell était manifestement déçue de ne pouvoir assister à la scène qui allait suivre. Poirot prit son air le plus mystérieux.

— C'est absolument essentiel, fit-il d'une voix sibylline.

Et il laissa une lady Astwell dûment impressionnée.

Poirot trouva Parsons à l'office en train d'astiquer l'argenterie. Il ouvrit les débats par une de ses drôles de petites courbettes :

— Que je vous explique d'entrée de jeu : je suis détective privé.

— Oui, monsieur, acquiesça Parsons. C'est ce que nous avions cru comprendre.

Son ton était respectueux mais distant.

— C'est lady Astwell qui m'a envoyé quérir. Elle se pose des questions. Beaucoup de questions.

— J'ai entendu Madame le souligner en plusieurs occasions.

— Je ne vous apprends rien, n'est-ce pas ? Bon, en ce cas ne perdons pas de temps en palabres inutiles. Conduisez-moi à votre chambre, voulez-vous, et racontez-moi exactement ce que vous y avez entendu la nuit du meurtre.

La chambre du majordome était au rez-de-chaussée et jouxtait la salle commune des domestiques. Il y avait des barreaux aux fenêtres et, dans l'un des coins, se dressait l'armoire à argenterie. Parsons montra le lit étroit :

— Je suis allé me coucher à 11 heures, monsieur. Miss Margrave était au lit et lady Astwell en compagnie de sir Reuben dans la salle de la tour.

— Lady Astwell se trouvait avec sir Reuben ? Ah ! continuez.

— La salle en question, monsieur, est située juste

au-dessus de celle-ci. Si des gens y parlent, on entend le murmure des voix, mais bien sûr on ne peut saisir le détail de ce qui se dit. J'ai dû m'endormir vers 11 heures et demie. Il était juste minuit quand j'ai été réveillé par le claquement de la porte d'entrée : j'ai compris que Mr Leverson était de retour. Presque tout de suite, j'ai entendu des bruits de pas au-dessus de ma tête et, quelques secondes plus tard, la voix de Mr Leverson qui parlait à son oncle.

» L'impression que j'ai eue sur le moment, c'est que Mr Leverson était... je ne voudrais pas vraiment dire ivre, mais un peu bruyant et agité. Il criait contre son oncle à s'en égosiller. J'ai pu capter un mot ou deux, mais pas assez pour comprendre ce qui se passait. Puis il y a eu un cri aigu et un lourd bruit de chute.

Il s'interrompit un moment, puis répéta ses derniers mots.

— Un lourd bruit de chute, proféra-t-il, mélodramatique.

— Si je ne m'abuse, dans la majorité des romans, on dit plutôt *sourd* ou *mat* pour un bruit de chute, observa doucement Poirot.

— Peut-être, répliqua Parsons avec sévérité, mais moi, c'est un bruit *lourd* que j'ai entendu.

— Mille excuses.

— Je vous en prie, monsieur. Après ce bruit, j'ai entendu la voix de Mr Leverson aussi clairement que je vous entends. « Mon Dieu ! » a-t-il crié, « mon Dieu ! » Juste comme ça, monsieur.

D'abord réticent à raconter son histoire, Parsons semblait à présent se piquer au jeu. Il se découvrait des talents de narrateur. Poirot le poussa dans cette voie :

— Doux Jésus ! L'émotion que vous avez dû ressentir !

— Monsieur peut le dire ! Sur le moment, je n'y ai pas attaché grande importance. Mais après, je me suis quand même dit qu'il vaudrait peut-être mieux monter voir, au cas où il se serait produit du vilain. Je me suis levé pour allumer et j'ai commencé par me prendre les pieds dans une chaise.

» J'ai ouvert la porte, traversé la salle des domestiques et ouvert la porte du fond qui donne sur le couloir. L'escalier de service part de là et, tandis que j'attendais sur la première marche sans trop savoir quoi faire, la voix de Mr Leverson m'est parvenue d'en haut, enjouée, presque guillerette : « Il n'y a pas de mal, Dieu merci. Bonne nuit. » Voilà ce qu'il a dit, et puis il est sorti dans le couloir et a pris la direction de sa chambre en sifflotant.

» Bien sûr, moi, je suis retourné me coucher tout de suite. Un meuble quelconque avait été renversé, sans plus, voilà ce que je me suis dit. Comment vouliez-vous que je m'imagine un seul instant que sir Reuben avait été assassiné, alors que Mr Leverson venait de sortir de chez lui en disant bonsoir et tout ?

— Vous êtes bien certain que c'est la voix de Mr Leverson que vous aviez entendue ?

Parsons regarda le petit Belge d'un air compatissant et Poirot comprit qu'à tort ou à raison, le majordome n'avait pas le moindre doute à ce sujet.

— Y a-t-il autre chose que vous désiriez me demander, monsieur ?

— Juste ceci, fit Poirot. Vous l'aimez bien, Mr Leverson ?

— Je... je vous demande pardon ?

— C'est une question toute simple : aimez-vous bien Mr Leverson ?

La surprise initiale de Parsons se mua en embarras :

— L'opinion générale, parmi le personnel de service...

Il laissa sa phrase en suspens.

— D'accord, convint Poirot, formulez cela ainsi si vous préférez.

— Eh bien nous trouvons que Mr Leverson est un jeune monsieur très généreux, mais qu'il n'est pas, si j'ose dire, particulièrement intelligent.

— Tiens donc ! Savez-vous, Parsons, que sans même l'avoir vu, c'est exactement ce que je pense de lui ?

— J'en suis flatté, monsieur.

— Et quelle est votre opinion — pardon, l'opinion du personnel de service — sur le secrétaire de sir Reuben ?

— C'est un monsieur très calme, très patient. Très attentif à ne créer de problèmes à personne.

— Vraiment ? fit Poirot.

Le majordome toussota :

— Madame a parfois tendance à se montrer un peu hâtive dans ses jugements.

— Si bien que pour vous autres, c'est Mr Leverson qui aurait commis le crime ?

— Aucun d'entre nous ne voudrait croire ça, monsieur. Nous, euh... personne ici ne l'en aurait jamais estimé capable.

— Il a pourtant un caractère assez emporté, non ? demanda Poirot.

Parsons s'approcha de lui :

— Si vous me demandez qui a le caractère le plus emporté dans la maison...

Poirot leva vivement la main :

— Ah ! Loin de moi l'idée de vous poser pareille question. Si je vous en posais une de cet ordre, elle aurait plutôt trait à celui ou à celle qui a ici le *meilleur* caractère.

Parsons en resta bouche bée.

*

Poirot ne perdit plus de temps avec lui. Sur une courbette des plus courtoises — il savait se montrer toujours courtois —, il quitta la pièce et gagna le grand hall de Mon Repos. Il y demeura une minute ou deux, absorbé dans ses réflexions. Un léger bruit lui parvint alors. Sa tête pivota de côté comme celle d'un oiseau impertinent et il résolut tout aussitôt de se diriger à pas feutrés vers une des portes qui donnaient sur le hall.

Il s'immobilisa sur le seuil et regarda à l'intérieur : c'était une pièce meublée en bibliothèque. Au fond, assis à un grand bureau, un jeune homme mince et pâle était affairé à ses écritures. Il avait le menton rentré et portait un pince-nez.

Poirot resta quelques instants à l'observer avant de

rompre le silence par un toussotement aussi artificiel que théâtral :

— Hum !

Le jeune homme s'arrêta d'écrire et leva la tête. Il ne sembla pas surpris outre mesure mais prit un air perplexe en voyant Poirot.

Ce dernier s'avança en se fendant d'une de ses éternelles courbettes :

— C'est bien à Mr Trefusis que j'ai l'honneur de parler ? Oui ? Ah ! très bien... Je m'appelle Poirot, Hercule Poirot. Peut-être avez-vous entendu parler de moi.

— Oh ! euh... oui, certainement, balbutia le jeune homme.

Poirot le fixa attentivement du regard.

Owen Trefusis devait avoir environ trente-trois ans, et le détective comprit instantanément pourquoi personne ne paraissait prendre l'accusation de lady Astwell au sérieux. C'était un garçon très guindé, éminemment convenable, doux comme un agneau, du genre à se faire systématiquement persécuter. Et à ne jamais afficher le moindre ressentiment.

— C'est lady Astwell qui vous a fait appeler, je sais, déclara-t-il. Elle en avait manifesté l'intention. Puis-je vous aider en quoi que ce soit ?

Il était poli, mais sans exubérance. Poirot accepta le fauteuil qu'il lui désignait et s'enquit avec ménagement :

— Lady Astwell vous a-t-elle fait part de ce qu'elle croyait ? De ses soupçons ?

Owen Trefusis esquissa un sourire :

— Il est manifeste que c'est moi qu'elle vise. C'est absurde mais c'est ainsi. Elle ne m'a plus adressé la parole depuis la mort de sir Reuben et, quand elle me voit d'un côté, elle file de l'autre.

Il s'exprimait de façon tout à fait détendue, et il y avait plus d'amusement que de rancune dans sa voix. Poirot hocha la tête avec une bonhomie engageante.

— Entre nous, confia-t-il, elle m'a dit la même chose. Je n'ai pas voulu discuter — j'ai pour règle de ne jamais discuter avec les femmes qui croient avoir raison. C'est une perte de temps, comprenez-vous.

— Ah ! tout à fait.

— Je lui ai répondu : « Mais bien entendu, madame... parfaitement, madame... pré-ci-sé-ment, madame. » De ces mots qui ne signifient rien mais possèdent des vertus lénifiantes. Quoi qu'il en soit, je mène mon enquête, car même s'il semble impossible qu'un autre que Mr Leverson ait commis le crime, sait-on jamais ?... Ce ne serait pas la première fois que l'impossible se réalise.

— Je comprends tout à fait votre position, convint le secrétaire. Veuillez me considérer à votre entière disposition.

— Parfait, se dérida Poirot. Nous nous comprenons. Pourriez-vous me raconter ce qui s'est passé ce soir-là ? Commençons peut-être par le dîner.

— Leverson n'y assistait pas, comme vous le savez sans doute, préluda le secrétaire. Il avait eu une sérieuse altercation avec son oncle et était sorti dîner au club de golf. Par voie de conséquence, sir Reuben était pour sa part d'une humeur massacrante.

— Pas très aimable, ce monsieur, hein ? lança insidieusement Poirot.

Trefusis se mit à rire :

— Oh ! une véritable terreur ! Je n'ai pas travaillé avec lui pendant neuf ans sans le connaître comme ma poche. C'était un homme extrêmement difficile, monsieur Poirot. Il se mettait dans des rages de gamin et déversait sa bile sur le premier qui passait par là.

» Moi, j'avais fini par m'y faire. J'avais pris l'habitude de ne plus prêter aucune attention à ce qu'il disait. Ce n'était pas foncièrement un mauvais homme, mais avec les comportements les plus ineptes et les plus insupportables. Ce qu'il fallait surtout, c'était ne pas répondre.

— Les autres étaient-ils aussi avisés que vous pour cela ?

Owen Trefusis haussa les épaules :

— Lady Astwell ne détestait pas une bonne prise de bec de temps en temps. Il ne l'impressionnait pas le moins du monde. Elle ne s'en laissait pas compter et elle lui rendait systématiquement la monnaie de sa pièce. Ils finissaient toujours par se raccommoder ensuite. Sir Reuben lui était très profondément attaché.

— Se sont-ils querellés cette nuit-là ?

Le secrétaire lui jeta un regard oblique et hésita un instant avant de répondre :

— J'imagine. Qu'est-ce qui vous fait poser cette question ?

— Juste une idée à moi.

— Je ne peux bien évidemment pas en avoir le cœur net, mais la dispute me semblait en effet couver.

Poirot ne poursuivit pas sur ce sujet.

— Qui y avait-il d'autre au dîner ?

— Miss Margrave, Mr Victor Astwell et moi.

— Et après ?

— Nous sommes passés au salon. Sir Reuben ne nous y a pas accompagnés. Une dizaine de minutes plus tard, il est revenu et m'a fait un esclandre pour une vétille au sujet d'une lettre. Je suis monté dans la salle de la tour et j'ai corrigé la faute. A ce moment-là, Mr Victor Astwell est entré et a dit qu'il avait à discuter avec son frère, ce qui fait que je suis redescendu auprès des deux dames.

» Un quart d'heure plus tard environ, j'ai entendu sir Reuben sonner violemment, et Parsons est venu me dire qu'il fallait que je monte le rejoindre tout de suite. Comme j'entrais dans la pièce, Mr Victor Astwell en est sorti et a failli me culbuter. Il s'était manifestement produit un incident qui l'avait mis hors de lui. Il a un caractère très violent lui aussi. Je suis sûr qu'il ne m'avait même pas vu.

— Sir Reuben a-t-il fait un commentaire quelconque ?

— Il m'a dit : « Victor est fou à lier. Il serait bien capable de tuer quelqu'un, s'il se remet jamais dans un état pareil. »

— Tiens ! s'exclama Poirot. Avez-vous une idée quelconque quant à l'objet de la dispute ?

— Pas la moindre.

Poirot tourna très lentement la tête et fixa le secrétaire. Ces dernières paroles avaient été prononcées avec trop de hâte. La conviction se forma dans son esprit que Trefusis aurait pu en dire davantage s'il l'avait voulu. Mais une fois encore, Poirot n'enfonça pas le clou.

— Et ensuite ? Poursuivez, je vous prie.

— J'ai travaillé avec sir Reuben pendant une heure et demie environ. A 11 heures, lady Astwell est venue et sir Reuben m'a dit que je pouvais aller au lit.

— Vous y êtes allé ?

— Oui.

— Avez-vous une notion du temps qu'elle est restée avec lui ?

— Absolument pas. Sa chambre est au premier étage, la mienne au second, si bien que je ne pouvais pas l'entendre se retirer.

— Je vois.

Poirot hocha une ou deux fois la tête puis se leva soudain :

— Et maintenant, monsieur, menez-moi à la salle de la tour.

A la suite du secrétaire, il monta le grand escalier jusqu'au premier palier. Là, Trefusis le fit obliquer dans un corridor au bout duquel un battant capitonné donnait sur l'escalier de service, puis sur un court passage qui aboutissait à une porte. Ils l'ouvrirent et débouchèrent sur la scène du crime.

C'était une salle majestueuse, deux fois plus haute de plafond, sans doute, que toutes celles du reste de la maison, et qui devait mesurer une bonne trentaine de mètres carrés. Des épées et des sagaies ornaient les murs, et de nombreux bibelots indigènes étaient disposés sur des guéridons. Tout au fond, dans l'embrasure de la fenêtre, se trouvait un grand bureau. Poirot s'y dirigea immédiatement :

— C'est ici qu'on a trouvé sir Reuben ?

Trefusis fit un signe affirmatif de la tête.

— Il avait été frappé par-derrière, si j'ai bien compris ?

Nouveau signe de tête du secrétaire.

— Le crime a été commis avec une de ces massues

indigènes, expliqua-t-il. Elles sont incroyablement lourdes. La mort a dû être pratiquement instantanée.

— Ce qui renforce la thèse du crime non prémédité. Une vive querelle et une arme saisie presque inconsciemment.

— Oui. Ça n'arrange pas les affaires de ce pauvre Leverson.

— Le corps a été découvert affalé en avant sur le bureau ?

— Non, il avait glissé à terre sur le côté.

— Tiens ! fit Poirot. C'est curieux.

— Pourquoi, curieux ? demanda le secrétaire.

— A cause de ceci.

Poirot montra une tache irrégulière sur la surface du bureau.

— Ceci est du sang, mon bon ami.

— Il a pu gicler jusqu'ici, suggéra Trefusis. Ou s'être déposé plus tard, quand on a transporté le cadavre.

— Possible, possible, marmonna le petit détective. Il n'y a que cette issue pour accéder jusqu'ici ?

— Il y a un escalier, là.

Trefusis écarta un rideau de velours dans le coin le plus rapproché de la porte, dévoilant ainsi un petit escalier qui s'élevait en spirale :

— Cet endroit a été érigé à l'origine par un astronome. Cet escalier mène à la tourelle où le télescope était installé. Sir Reuben l'a fait aménager en chambre à coucher, et il y dormait parfois quand il lui arrivait de travailler très tard.

Poirot gravit lestement les marches. La pièce circulaire où il parvint était sobrement meublée d'un lit de camp, d'une chaise et d'une table de toilette. Poirot s'assura qu'il n'y avait pas d'autre sortie, puis redescendit dans la salle où Trefusis l'attendait.

— Avez-vous entendu Mr Leverson rentrer ? l'interrogea-t-il.

Le secrétaire fit un signe de dénégation :

— A cette heure-là, je dormais déjà profondément.

Poirot acquiesça lentement de la tête. Il jeta un regard attentif tout autour de la pièce.

— Eh bien ! conclut-il enfin, je ne crois pas pouvoir apprendre grand-chose de plus ici. A moins que... voudriez-vous être assez aimable pour tirer les rideaux ?

Docilement, Trefusis tira les lourds rideaux noirs de la fenêtre du fond de la pièce. Poirot alluma la lumière — diffusée par une grande coupe d'albâtre suspendue au plafond.

— Le bureau était éclairé ? s'enquit-il encore.

Pour toute réponse, le secrétaire alluma une puissante lampe à abat-jour vert qui se trouvait sur la table de travail. Poirot éteignit l'autre lumière, la ralluma puis l'éteignit de nouveau :

— C'est bien. J'en ai terminé, ici.

— Le dîner est à 7 heures et demie, monsieur, murmura le secrétaire.

— Je vous remercie, monsieur Trefusis, pour votre amabilité.

— Je vous en prie.

Poirot parcourut pensivement le corridor jusqu'à la chambre qui lui avait été réservée. L'impénétrable George s'y trouvait déjà, en train de ranger les affaires de son maître.

— Mon bon George, lui confia bientôt Poirot, je vais, je l'espère, rencontrer au dîner certain individu qui commence sérieusement à m'intriguer. Un homme qui rentre des tropiques et serait, paraît-il, d'un sang aussi chaud que l'est là-bas le climat. Un homme dont Parsons a essayé de me parler mais que Lily Margrave passe sous silence. Feu sir Reuben avait un caractère impossible. Alors imaginez-le au contact de quelqu'un pire encore que lui. Comment dit-on, déjà, dans votre belle langue ? Cela lancerait des étincelles ?

— « Ferait » des étincelles, monsieur, serait la formulation adéquate. Mais pour ce qui est de la chose en soi, ça n'est pas obligé, monsieur, tant s'en faut.

— Non ?

— Non, monsieur. Prenez ma tante Jemina, monsieur, une véritable harpie. Elle n'arrêtait pas de houspiller sa malheureuse sœur qui vivait avec elle — au point que c'en était même parfois choquant ! Tout juste si elle ne l'a pas fait mourir à force de tracasseries. Mais quand on ne se laissait pas faire, elle changeait du tout au tout. C'était qu'on rampe devant elle qu'elle ne pouvait pas supporter.

— Tiens ! tiens ! très intéressant, ce que vous me racontez là.

George toussota comme pour s'excuser :

— Est-il quoi que ce soit que je puisse faire pour... euh... pour aider Monsieur ?

— Oui, George, répondit immédiatement Poirot. Cherchez à savoir quelle était la couleur de la robe que portait miss Margrave à ce fameux dîner, et quelle est la domestique qui s'occupe d'elle.

George reçut ces instructions avec son flegme habituel :

— Très bien, monsieur. Je vous aurai ces renseignements demain matin.

Poirot se leva de son siège et resta debout à contempler le feu.

— Vous m'êtes décidément très utile, George, marmonna-t-il. Vous savez, je n'oublierai pas votre tante Jemina.

*

Finalement, Poirot ne vit pas Victor Astwell ce soir-là. Un message téléphonique signala en effet qu'il était retenu à Londres.

— Il s'occupe des affaires de votre défunt mari, n'est-ce pas ? demanda Poirot à lady Astwell.

— Victor et lui étaient associés, expliqua-t-elle. Il était allé en Afrique prospecter des concessions minières pour la société. Je ne dis pas de bêtises, Lily, il s'agissait bien de mines ?

— Oui, lady Astwell.

— Des mines d'or, je crois — ou bien était-ce de cuivre, ou encore d'étain ? Vous devriez le savoir, Lily, vous n'arrêtiez pas de poser des questions à sir Reuben sur le sujet. Oh ! faites attention, mon petit, vous allez renverser ce vase !

— Il fait vraiment très chaud, ici, avec ce feu, répondit la jeune fille. Je... je ne pourrais pas ouvrir un peu la fenêtre ?

— Si vous voulez, ma chérie, répondit tranquillement lady Astwell.

Poirot regarda la jeune fille aller à la fenêtre et l'ouvrir. Elle y resta quelques instants à respirer l'air frais de la nuit. Quand elle revint s'asseoir, Poirot lui demanda aimablement :

— Ainsi, vous vous intéressez aux mines, mademoiselle ?

Non, pas vraiment, tenta-t-elle d'éluder. J'ai écouté ce que disait sir Reuben, mais je n'y connais rien.

Vous avez bien fait semblant, alors, intervint lady Astwell. Ce pauvre Reuben était persuadé que vous aviez une raison cachée de poser toutes ces questions.

Les yeux du petit détective étaient toujours fixés sur le feu, mais le léger rosissement de confusion qui monta aux joues de Lily Margrave ne lui échappa pas. Avec tact, il changea de conversation.

Quand vint l'heure de se souhaiter bonne nuit, Poirot s'adressa à son hôtesse :

— Pourrions-nous échanger deux mots en particulier, madame ?

Discrète, Lily Margrave s'éclipsa. Quant à lady Astwell, elle regarda le détective d'un air interrogateur.

— Vous êtes la dernière personne à avoir vu sir Reuben vivant, cette nuit-là ? s'enquit Poirot.

Elle hocha la tête. Les larmes perlèrent à ses paupières et elle y porta précipitamment un mouchoir bordé de noir.

— Non, ne vous laissez pas gagner par l'affliction, madame. Je vous en prie, il ne faut pas.

— C'est bien joli, monsieur Poirot, mais c'est plus fort que moi.

— Je suis une triple buse de vous tourmenter ainsi.

— Non, non, poursuivez. Qu'alliez-vous dire ?

— Il était environ 11 heures, c'est bien cela, quand vous êtes arrivée dans la salle de la tour et que sir Reuben a renvoyé Mr Trefusis ?

— Environ, oui.

— Combien de temps êtes-vous restée avec lui ?

— Je suis repartie exactement à minuit moins le quart. Je me souviens d'avoir regardé la pendule.

— Lady Astwell, pourriez-vous me dire de quoi vous avez parlé avec votre mari ?

Lady Astwell se laissa choir parmi ses coussins et s'effondra complètement, le corps tout entier secoué de sanglots.

— Nous... n-nous s-sommes d-disputés, hoqueta-t-elle.

— A quel sujet ? demanda Poirot d'une voix caressante, presque tendre.

— D-de p-plein de choses. Ç-ça a commencé avec L-Lily. Reuben ne pouvait plus la voir en pein-peinture — sans raison, soi-disant parce qu'il l'avait trouvée en train de fouiller dans ses papiers. Il voulait la mettre à la porte, et moi je soutenais que c'était un ange, une fille parfaite, et que je comptais bien la garder. Alors il a commencé à me traiter de tous les noms, je ne l'ai pas supporté et je lui ai sorti ses quatre vérités.

» Tout y est passé. Des choses que je ne pensais même pas, monsieur Poirot. Il a hurlé qu'il m'avait tirée du ruisseau pour m'épouser, et moi je lui ai lancé à la figure que... — bah ! mais qu'est-ce que ça peut faire, maintenant ? Je ne me le pardonnerai jamais. Mais vous savez ce que c'est, n'est-ce pas ? J'ai toujours professé qu'un bon orage vous clarifiait l'atmosphère. Je ne pouvais pas savoir que quelqu'un allait l'assassiner cette nuit-là. Pauvre vieux Reuben.

Poirot l'avait, non sans commisération, écoutée s'épancher.

— J'ai ravivé la plaie, s'excusa-t-il. Je vous en demande pardon. Tenons-nous-en aux faits pratiques et précis, maintenant. Vous persistez dans votre conviction que c'est Mr Trefusis qui a tué votre mari ?

Lady Astwell se redressa.

— Monsieur Poirot, fit-elle avec solennité, l'instinct d'une femme ne ment jamais.

— Certes, certes. Mais quand l'aurait-il fait ?

— Quand ? Après que je suis partie, bien sûr.

— Vous avez quitté sir Reuben à minuit moins le

132

quart. A minuit moins 5, votre neveu, Mr Charles Leverson, est rentré. C'est, d'après vous, dans cet intervalle de dix minutes que le secrétaire serait monté de sa chambre pour le tuer ?

— C'est tout à fait possible.

— Tant de choses sont possibles, souligna Poirot. Il pouvait le faire en dix minutes. Oh ! oui, bien sûr. Mais l'a-t-il fait ?

— Naturellement, lui, il affirme qu'il était au fond de son lit et qu'il dormait comme un loir. Mais comment savoir s'il y était ou pas ?

— Personne ne l'a vu dans la maison à cette heure là, lui rappela Poirot.

— Pas étonnant, pardi ! clama lady Astwell d'un air de triomphe. Tout le monde était au lit et dormait à poing fermé !

« Je me le demande », songea Poirot.

Puis, après un temps de réflexion :

— Eh bien, madame, il ne me reste plus qu'à vous souhaiter une bonne nuit.

*

George déposa le plateau du café matinal à côté du lit de son maître :

— Miss Margrave, monsieur, portait une robe en mousseline de soie vert clair, le soir en question.

— Merci, George, vous êtes très efficace.

— Et c'est la troisième femme de chambre qui s'occupe de miss Margrave.

— Merci, George. Vous êtes inappréciable.

— Tout à votre service, monsieur.

— Il fait beau, ce matin, commenta Poirot en regardant par la fenêtre, et personne ne va sans doute se réveiller très tôt. Alors je crois, mon bon George, que la voie est libre pour que nous nous livrions à une petite expérience dans la salle de la tour.

— Monsieur aura besoin de moi ?

— Oh ! rien de bien méchant, rassurez-vous.

Les rideaux étaient encore tirés dans la salle quand ils y parvinrent. George s'apprêtait à les ouvrir mais Poirot l'arrêta :

— Laissons la pièce comme elle est. Allumez seulement la lampe du bureau.

Le valet de chambre obtempéra.

— Et maintenant, mon bon George, installez-vous dans ce fauteuil. Disposez-vous comme si vous écriviez. Très bien. Moi, je vais prendre une massue, me glisser en douce derrière vous, comme ça, et vous taper sur l'arrière du crâne.

— Comme Monsieur voudra.

— Ah ! mais arrêtez d'écrire quand je vous frappe, protesta Poirot. Je suis obligé de faire semblant, je ne peux pas vous taper dessus aussi fort que l'a fait l'assassin avec sir Reuben. A partir de ce moment-là, donc, il faut mimer. Je vous tape sur la tête et vous vous effondrez. Comme ça. Les bras bien lâches, le corps affaissé. Permettez-moi de vous arranger comme il faut. Relâchez vos muscles, voyons !

Il poussa un soupir d'exaspération :

— Pour repasser les pantalons, vous êtes remarquable, George, mais pour l'imagination, ce n'est pas ça. Levez-vous, je vais prendre votre place.

Poirot s'assit à son tour au bureau.

— Voilà, expliqua-t-il. J'écris. Je suis très occupé. Vous vous glissez en catimini derrière moi, vous me tapez sur la tête avec la massue. Boum ! Je lâche le stylo, je m'effondre en avant — pas trop en avant, car le siège est bas par rapport au bureau et, en plus, mes bras me soutiennent. Soyez gentil de retourner à la porte, George, et de me dire ce que vous voyez.

— Je... hum...

— Oui ? fit Poirot pour l'encourager.

— Je vous vois assis au bureau, monsieur.

— *Assis* au bureau ?

— C'est un peu difficile de bien y voir, d'aussi loin et avec un abat-jour aussi opaque. En mettant cette lumière, peut-être ?

Et il avança la main vers le commutateur.

— Non, non, arrêtez ! tempêta Poirot. On se débrouillera très bien comme ça. Moi ici, penché sur le bureau ; vous, là-bas à la porte. Avancez, George, venez et posez votre main sur mon épaule.

Le valet de chambre fit ce qu'on attendait de lui.

— Bon, maintenant, appuyez-vous un peu sur moi comme pour vous raffermir sur vos pieds, en quelque sorte. Ah ! voilà...

Et le corps flasque de Poirot glissa artistiquement sur le côté.

— Je m'écroule... comme cela ! observa-t-il. Oui, tout ceci est fort bien imaginé. Et maintenant, mon bon, il me reste une chose très importante à accomplir.

— Oui, monsieur ? s'inquiéta le valet de chambre.

— Il est essentiel que je petit-déjeune solidement.

Poirot rit de bon cœur à sa propre plaisanterie :

— L'estomac, George, ne jamais négliger son estomac.

George garda un silence réprobateur. Poirot redescendit l'escalier en riant toujours intérieurement. Il était ravi de la façon dont les choses prenaient tournure. Après le petit déjeuner, il fit la connaissance de Gladys, la troisième femme de chambre. Ce qu'elle put lui dire sur le crime l'intéressa au plus haut point. Bien qu'elle ne doutât pas de la culpabilité de Charles, elle se montra pleine de compassion pour lui :

— Ce pauvre jeune homme, m'sieur, c'est quand même dur, vu qu'il devait pas avoir toute sa tête quand c'est qu'il a fait ça.

— Etant les deux seuls jeunes gens de la maison, miss Margrave et lui devaient s'entendre comme larrons en foire, j'imagine ?

Gladys secoua la tête :

— Oh ! que non. Même qu'elle le tenait à distance, m'sieur, je vous le garantis. Elle ne voulait pas de flirt et lui avait mis les points sur les i.

— Il avait le béguin pour elle, non ?

— Oh ! comme ci comme ça, m'sieur. Ça n'allait pas chercher bien loin. Mr Victor Astwell, par contre, lui, il en est complètement toqué, gloussa-t-elle.

— Ah ! vraiment ?

Nouveau gloussement :

— Il en a été emballé sitôt qu'il l'a vue. Faut dire que miss Lily a tout pour plaire, vous ne trouvez pas, m'sieur ? Si grande, et avec ses cheveux si blonds qu'on dirait des blés d'or.

— Je la verrais bien en robe du soir verte, fit Poirot d'un air rêveur. De cette nuance de vert bien particulière qui...

— Elle en a une, m'sieur, s'épanouit Gladys. Bien sûr, elle ne peut pas la porter en cette période de deuil, mais elle l'avait mise le soir où sir Reuben a été assassiné.

— Il faudrait que ce soit un vert clair... surtout pas du vert foncé, marmotta Poirot.

— Elle est vert clair, m'sieur. Si vous avez un instant, m'sieur, je vais vous la montrer. Miss Lily vient de sortir avec les chiens.

Poirot fit signe que oui. Que Lily soit sortie, il le savait aussi bien que Gladys puisque ce n'est que lorsqu'il l'avait vue quitter la maison qu'il s'était mis en quête de la femme de chambre. Gladys s'éclipsa à petits pas rapides et revint quelques minutes plus tard avec une robe du soir verte sur un cintre.

— Exquis ! apprécia Poirot en levant les mains d'un geste admiratif. Permettez que je l'approche un instant de la lumière.

Il prit la robe des mains de Gladys, à qui il tourna le dos pour s'approcher de la fenêtre. Il se pencha et tint le vêtement à bout de bras.

— Elle est parfaite, affirma-t-il. Tout à fait ravissante. Merci mille fois de me l'avoir montrée.

— Il n'y a pas de quoi, m'sieur. Tout le monde sait que les Français apprécient les robes des dames.

— Vous êtes trop gentille.

Il la regarda se dépêcher de remporter la robe, puis baissa les yeux vers ses mains avec un petit sourire : dans sa paume droite se trouvait une minuscule paire de ciseaux à ongles, dans la gauche un petit morceau de mousseline de soie nettement découpé.

— Et maintenant, s'exhorta-t-il, soyons héroïque !

Il retourna à ses appartements et appela George :

— Sur la table de toilette, mon bon George, vous trouverez une épingle de cravate en or.

— Oui, monsieur.

— Et sur le bord du lavabo une solution de phénol. Trempez, je vous prie, la pointe de l'épingle dans le phénol.

George s'exécuta. Il avait depuis longtemps cessé de se poser des questions sur les lubies de son maître.

— C'est fait, monsieur.

— Très bien ! Approchez, maintenant. Je vous tends mon index, enfoncez-y la pointe de l'épingle.

— Que Monsieur me pardonne... Monsieur exige de moi que je le pique ?

— Vous avez bien compris. Tirez-moi quelques gouttes de sang, mais point trop n'en faut.

George attrapa le doigt de son maître. Poirot ferma les yeux et tourna la tête. Quand la pointe entra dans sa chair, il poussa un couinement aigu :

— Ouille !... Merci, George. Vous y êtes allé de bon cœur.

Extirpant alors le petit morceau de mousseline verte de sa poche, il en tamponna délicatement son doigt.

— L'opération a réussi au-delà de toute espérance, fit-il en examinant le résultat. Vous ne posez pas de questions, George ? Vous êtes vraiment admirable !

Le valet de chambre venait juste de jeter un coup d'œil discret par la fenêtre.

— Excusez-moi, chuchota-t-il tout bas, mais un monsieur vient d'arriver dans une grande voiture.

— Ah ! tiens donc ! s'exclama Poirot en se levant d'un air décidé. Voilà l'insaisissable Victor Astwell. Je descends de ce pas faire sa connaissance.

Il devait en fait l'entendre avant de le voir. Une voix tonna dans le hall d'entrée :

— Faites attention à ce que vous faites, bougre d'abruti ! Il y a du verre, là-dedans ! Quant à vous, Parsons, dégagez le passage ! Posez ça, espèce d'andouille !

Poirot dévala prestement les marches. Victor Astwell était un homme qui en imposait. Poirot plongea dans une courbette grand style.

— Qui diable êtes-vous ? tonitrua le géant.

Poirot s'inclina de nouveau :

— Je me nomme Hercule Poirot.

— Allons bon ! s'écria Victor Astwell. Il a quand même fallu que Nancy aille vous dénicher, hein ?

Il posa une main sur l'épaule de Poirot et le propulsa vers la bibliothèque.

— Alors c'est vous le type dont on fait tout un plat ? jeta-t-il en l'examinant de la tête aux pieds. Excusez mon langage de tout à l'heure, mais mon chauffeur est un débile mental et cette vieille ganache de Parsons me tape sur le système. Je ne supporte pas les imbéciles, enchaîna-t-il comme pour s'excuser. Heureusement, d'après ce qu'on raconte, vous n'êtes pas le dernier des crétins, monsieur Poirot !

Il éclata d'un rire bruyant.

— Ceux qui l'ont cru s'en sont mordu les doigts, répondit le détective, placide.

— Ah bon ? Enfin, Nancy est arrivée à vous transbahuter jusqu'ici, hein ? C'est vraiment une idée fixe, chez elle, ce secrétaire. Ça ne tient pas debout. Trefusis est doux comme un agneau à la mamelle — d'ailleurs il ne boit que ça, du lait, je crois bien, c'est un abstinent total. Vous voyez, vous perdez votre temps.

— Quand l'occasion vous est offerte d'observer l'être humain et sa nature profonde, vous ne perdez jamais votre temps, répondit sentencieusement Poirot.

— L'être humain et sa nature profonde ?

Victor Astwell le regarda fixement puis se jeta dans un fauteuil :

— Je peux faire quelque chose pour vous ?

— Oui, me dire l'objet de votre querelle, l'autre soir, avec votre frère.

Victor Astwell secoua la tête :

— Rien à voir avec l'affaire, trancha-t-il, péremptoire.

— On ne peut jamais être sûr à cent pour cent, rétorqua Poirot.

— En tout cas, ça n'avait rien à voir avec Charles Leverson.

— Et lady Astwell pense que Charles Leverson n'a rien à voir avec le crime.

— Bof ! Nancy...

— Parsons est persuadé que c'est Charles Leverson qui est venu cette nuit-là, mais il ne l'a pas vu. D'ailleurs personne ne l'a vu, n'oubliez pas.

— C'est très simple. Reuben avait passé un savon à ce cornichon de Charles — non sans raison, je dois le reconnaître. Après quoi, il a essayé de s'en prendre à moi. Je lui ai sorti quelques vérités bien senties et, rien que pour l'embêter, j'ai décidé de prendre le parti de mon cher neveu. Je comptais donc lui parler plus tard dans la nuit, au neveu, et le mettre au parfum, comme dit l'autre. Quand je suis monté dans ma chambre, je ne me suis pas couché. J'ai laissé ma porte entrebâillée et me suis installé dans un fauteuil avec mon tabac. Ma chambre est au second, monsieur Poirot, celle de Charles juste à côté.

— Pardonnez-moi de vous couper : Mr Trefusis dort-il à cet étage, lui aussi ?

Astwell confirma :

— Oui, sa chambre est après la mienne.

— Plus près de l'escalier ?

— Non, de l'autre côté.

Une lueur étrange passa sur le visage de Poirot, mais l'autre ne la remarqua pas et poursuivit :

— Donc, je veillais pour attendre Charles. Il m'a semblé entendre la porte d'entrée claquer vers minuit moins 5 mais aucun signe de sa présence pendant une dizaine de minutes. Quand il est enfin arrivé en haut des escaliers, j'ai vu que toute discussion serait impossible cette nuit-là.

Il leva le coude de façon significative.

— Je vois, murmura Poirot.

— Le pauvre diable n'arrivait même pas à marcher droit. Il avait le visage complètement défait ! Sur le moment j'ai attribué ça à son état, mais je comprends maintenant qu'il venait juste de commettre le crime.

Poirot l'interrompit pour une rapide question :

— Aucun bruit ne vous est parvenu de la salle de la tour ?

— Non, mais rappelez-vous que je me trouvais à

l'autre bout de la maison. Les murs sont épais et je ne crois même pas qu'on entendrait de ma chambre une détonation tirée là-bas.

Poirot opina du bonnet.

— Je lui ai demandé s'il voulait que je l'aide à se mettre au lit, poursuivit Astwell. Mais il a dit que ça allait et il est entré dans sa chambre en claquant la porte. Je me suis alors déshabillé et couché.

Poirot contemplait le tapis d'un air songeur.

— Mesurez-vous, monsieur Astwell, l'extraordinaire importance de votre témoignage ? fit-il enfin.

— Oui, sans doute, j'imagine... Mais qu'entendez-vous au juste par là ?

— Vous faites état d'un intervalle de dix minutes entre le moment où la porte a claqué et celui où Leverson est effectivement apparu en haut de l'escalier. Lui-même affirme, si je ne m'abuse, qu'il est allé directement se coucher dès qu'il est rentré. Et il y a plus. Les accusations de lady Astwell à l'encontre du secrétaire semblent extravagantes, je le reconnais, mais rien jusqu'à présent n'était venu démontrer leur inanité. Or, votre témoignage lui apporte un alibi.

— Comment ça ?

— Lady Astwell dit avoir quitté son mari à minuit moins le quart, alors que le secrétaire est allé se coucher à 11 heures. Le seul moment où il aurait pu commettre le crime se situe entre minuit moins le quart et le retour de Charles Leverson. Si maintenant vous affirmez avoir attendu derrière votre porte ouverte, il n'aurait pas pu sortir de sa chambre sans que vous le voyiez.

— C'est juste, admit Victor.

— Il n'y a pas d'autre escalier ?

— Non, pour descendre à la salle de la tour il doit passer devant ma porte et il ne l'a pas fait, je suis formel. Et puis, de toute façon, comme je l'ai dit, il ne ferait pas de mal à une mouche, monsieur Poirot, je vous assure.

— Sans doute, sans doute, convint Poirot, apaisant. Je comprends tout à fait.

Il s'interrompit un instant, puis :

— Mais n'allez-vous pas enfin me dire le sujet de votre dispute avec sir Reuben ?

Le visage de son interlocuteur vira au cramoisi :

— Vous ne tirerez rien de moi.

Poirot leva les yeux au plafond.

— Je sais toujours me montrer discret, susurra-t-il, dès lors qu'il s'agit d'une dame.

Victor Astwell bondit sur ses pieds :

— Bon sang de... Comment avez-vous... Que voulez-vous dire ?

— Je songeais, murmura Poirot, à miss Lily Margrave.

Victor Astwell demeura hésitant une seconde ou deux, puis il reprit sa couleur normale et se rassit :

— Vous êtes trop roublard pour moi, monsieur Poirot. Oui, c'est au sujet de Lily que nous nous sommes disputés. Reuben lui en voulait à mort pour je ne sais quelle sombre machination... une histoire de fausses références, quelque chose dans ce goût-là. Je n'en crois d'ailleurs personnellement pas un mot.

» Et puis il est allé plus loin qu'il n'en avait le droit en l'accusant d'escapades nocturnes pour retrouver un quelconque galant. Alors là, je lui en ai sorti de toutes les couleurs. Je lui ai dit que de plus costauds que lui s'étaient retrouvés au cimetière pour moins que ça. Ça lui a cloué le bec. Reuben a toujours eu tendance à avoir un peu peur de moi quand je voyais rouge.

— Le contraire m'eût étonné, fit poliment Poirot.

— Je pense le plus grand bien de Lily Margrave, poursuivit Victor sur un autre ton. Une fille sensationnelle à tous points de vue.

Poirot ne releva pas. Il regardait droit devant lui comme s'il était en pleine méditation. Il sortit de sa rêverie avec un sursaut.

— J'éprouve comme un soudain besoin de me dégourdir les jambes, décréta-t-il. Il doit bien y avoir un hôtel, dans les environs immédiats ?

— Deux, répondit Victor Astwell. L'*Hôtel du golf*, à deux pas des parcours, et le *Mitre*, près de la gare.

— Je vous remercie, fit Poirot. Oui, j'ai vraiment besoin de me dégourdir les jambes.

L'*Hôtel du golf*, comme l'indiquait son nom, se trouvait sur le terrain de golf, presque à toucher le pavillon du club. C'est dans cet établissement que Poirot se rendit tout d'abord au cours de la promenade annoncée. Le petit Belge avait sa manière à lui de faire les choses. Trois minutes après avoir poussé la porte de l'*Hôtel du golf*, il était en tête à tête avec miss Langdon, la directrice de l'établissement :

— Je m'en voudrais, mademoiselle, de vous importuner le moins du monde, mais je suis détective...

Le parler simple avait toujours sa préférence. La méthode se montra en l'occurrence tout de suite efficace.

— Détective ! s'écria miss Langdon en le regardant d'un air dubitatif.

— Je n'appartiens pas à Scotland Yard, la rassura-t-il. D'ailleurs — sans doute l'avez-vous remarqué à mon accent et ma triste élocution —, je ne suis pas anglais. Non, c'est à titre privé que j'enquête sur la mort de sir Reuben Astwell.

— Vous m'en direz tant ! s'ébaubit-elle en roulant des yeux comme des billes de loto.

— Hé oui, répondit Poirot avec un large sourire. Et ce n'est qu'à une personne discrète comme vous que je me risque à le révéler. Je crois, mademoiselle, que vous êtes en mesure de m'aider. Pourriez-vous me dire si, la nuit du meurtre, un de vos clients serait sorti toute la soirée pour ne rentrer que vers minuit et demi ?

Les yeux de miss Langdon s'arrondirent encore davantage.

— Vous ne pensez pas que..., murmura-t-elle dans un souffle.

— Que vous aviez l'assassin sous votre toit ? Non. Mais j'ai de bonnes raisons de croire qu'un de vos clients s'est promené ce soir-là en direction de Mon Repos, et qu'il pourrait avoir remarqué quelque chose d'anodin pour lui, mais de très utile pour moi.

La directrice hocha la tête d'un air entendu,

comme si les mécanismes de la logique policière n'avaient pas de secret pour elle :

— Je comprends parfaitement. Voyons un peu... Qui résidait donc chez nous à ce moment-là ?

Elle fronça le sourcil, égrenant de toute évidence dans sa mémoire les noms qu'elle comptait sur ses doigts :

— Le capitaine Swann, Mr Elkins, le major Blyunt, le vieux Mr Benson... Non vraiment, monsieur, je ne crois pas qu'aucun d'entre eux soit sorti ce soir-là.

— Vous l'auriez forcément remarqué, sinon ?

— Oh ! oui, parce que ce n'est pas très habituel, voyez-vous. C'est sûr que les messieurs sortent dîner, et tout ça, mais après, ils rentrent — où voudriez-vous qu'ils aillent ?

Les distractions, à Abbots Cross, se limitaient au golf, rien qu'au golf.

— C'est juste, reconnut Poirot. Donc, pour autant que vous vous en souveniez, mademoiselle, personne de chez vous n'était dehors cette nuit-là ?

— Le capitaine England et sa femme sont allés dîner au restaurant.

Poirot secoua la tête :

— Non, ce n'est pas le genre de sortie dont je parle. Je vais tenter ma chance à l'autre hôtel — le *Mitre*, c'est bien cela ?

— Oh ! le *Mitre*, renifla miss Langdon. Quelle autre ressource qu'en sortir au plus vite, fût-ce pour un tour à pied ?

Le dédain qui perçait dans sa voix était suffisamment manifeste pour que Poirot s'éclipse avec tact.

*

Dix minutes après, il répétait le même scénario auprès de miss Cole, la peu amène patronne du *Mitre*, établissement situé à deux pas de la gare et qui affichait moins de prétention dans son aspect et dans ses prix.

— Il y a un client qui est sorti tard, ce soir-là, si je me souviens bien, et qui est rentré vers minuit et demi. Une habitude qu'il avait, de se promener comme ça à point d'heure. Il l'avait déjà fait précédemment une ou deux fois. Comment s'appelait-il, déjà ? Je l'ai pourtant sur le bout de la langue.

Elle feuilleta les pages d'un énorme registre :

— Voyons voir... le 19, le 20, le 21, le 22. Voilà, j'y suis. Naylor, le capitaine Humphrey Naylor.

— Il était déjà descendu chez vous ? Vous le connaissez bien ?

— Une seule fois, répondit miss Cole, environ quinze jours plus tôt. Là aussi, il était sorti le soir, je me souviens.

— Il était venu pour jouer au golf ?

— Je suppose. C'est ce qui attire la plupart des messieurs ici.

— Tout à fait, dit Poirot. Eh bien, mademoiselle, je vous remercie infiniment et vous souhaite une bonne journée.

Perdu dans ses pensées, il reprit le chemin de Mon Repos. Une ou deux fois, il tira de sa poche quelque chose qu'il regarda.

— Il faut s'y résoudre, se murmura-t-il à lui-même. Et le faire sitôt que l'occasion s'en présentera.

Son premier soin, quand il réintégra la maison, fut de demander à Parsons où il pouvait trouver miss Margrave. Dans le petit bureau, lui fut-il répondu, en train de mettre à jour la correspondance de lady Astwell — information qui sembla le satisfaire pleinement.

Il trouva le petit bureau sans difficulté. Occupée à écrire, Lily Margrave était assise à sa table de travail près de la fenêtre. A part elle, la pièce était vide. Poirot referma soigneusement la porte derrière lui :

— Puis-je avoir une minute de votre temps, mademoiselle, je vous prie ?

— Bien entendu.

Lily Margrave mit de côté les papiers qu'elle avait devant elle et se tourna vers lui :

— En quoi puis-je vous être utile ?

— Le soir du drame, mademoiselle, je crois avoir compris que quand lady Astwell est allée rejoindre son mari, vous êtes montée vous coucher tout de suite. Est-ce bien exact ?

144

Lily Margrave confirma de la tête.

— Vous ne seriez pas redescendue, par hasard ?

Signe négatif.

— Vous avez affirmé n'avoir pas mis les pieds dans la salle de la tour de toute la soirée, je crois ?

— Je ne me rappelle pas l'avoir dit, mais c'est tout à fait exact. Je ne suis pas allée dans la salle de la tour ce soir-là.

Poirot arqua les sourcils.

— C'est curieux, murmura-t-il.

— Qu'entendez-vous par là ?

— Vraiment curieux. Comment, en ce cas, expliquez-vous ceci ?

Il sortit de sa poche le petit morceau de mousseline verte maculée de sang et le montra à la jeune fille.

Elle ne changea pas d'expression, mais il sentit, plutôt qu'il n'entendit, sa respiration devenir plus saccadée :

— Je ne comprends pas, monsieur Poirot.

— Si je ne m'abuse, vous portiez une robe de mousseline verte au moment des faits, mademoiselle. Et ceci...

Il tapota du doigt le petit morceau d'étoffe :

— Ceci en a été déchiré.

— Vous l'avez trouvé dans la salle de la tour ? s'étrangla la fille. Je me demande bien où.

Poirot leva les yeux vers le plafond :

— Pour l'instant, nous dirons seulement... dans la salle de la tour, si vous n'y voyez pas d'inconvénient.

Pour la première fois, une lueur d'effroi passa dans les yeux de Lily Margrave. Elle faillit parler mais se retint. Poirot vit les petites mains blanches agripper nerveusement le rebord du bureau.

— Je me demande quand même si je n'y serais pas allée au cours de la soirée, réfléchit-elle. Avant dîner, veux-je dire. Mais je ne crois pas. Je suis pratiquement sûre que non. Et si ce morceau de tissu est resté là-bas tout ce temps, je trouve extraordinaire que la police ne l'ait pas découvert plus tôt.

— La police, fit le petit homme, n'est pas aussi perspicace qu'Hercule Poirot.

— Il est possible que j'y sois passée une minute en coup de vent avant dîner, continua-t-elle à songer. Ou la veille au soir, peut-être ? Oui, je portais la même robe la veille au soir. Ça doit être ça, j'en suis presque certaine.

— Eh bien pas moi, annonça imperturbablement Poirot.

— Ah ! Pourquoi ?

Il ne répondit qu'en secouant lentement la tête.

— Que voulez-vous dire ? demanda la jeune fille dans un souffle.

Elle était penchée en avant, les yeux rivés sur lui, livide.

— Ne remarquez-vous pas, mademoiselle, que ce morceau de tissu est taché ? Taché de ce qui est à n'en pas douter du sang humain ?

— Vous insinuez que...

— J'insinue simplement que vous êtes allée dans la salle de la tour *après* que le crime a été commis, pas avant. Je crois que vous feriez mieux de me dire toute la vérité si vous ne voulez pas aggraver votre cas.

Il se dressa du haut de sa petite taille, un index accusateur pointé sur la jeune fille.

— Comment avez-vous deviné ? demanda Lily d'une voix haletante.

— Peu importe, mademoiselle. Dites-vous simplement qu'Hercule Poirot *sait*. Je sais que vous êtes descendue retrouver le capitaine Humphrey Naylor cette nuit-là.

Lily enfouit soudain sa tête dans ses bras repliés et éclata en sanglots. Poirot abandonna aussitôt toute sévérité accusatrice.

— Allons, allons, mon petit, fit-il en lui tapotant l'épaule, ne vous désolez pas. Il est impossible de tromper Hercule Poirot. Mettez-vous bien cela dans la tête, et ce sera la fin de vos soucis. Alors maintenant, vous allez me raconter toute l'histoire, n'est-ce pas ? Vous allez la raconter à ce bon vieux papa Poirot ?

— Ce n'est pas ce que vous pensez, absolument

pas. Humphrey — mon frère — n'a pas touché un seul cheveu de sa tête.

— Votre frère ? Alors c'était donc ça ? Eh bien, si vous voulez éviter que de graves soupçons pèsent sur lui, racontez-moi maintenant toute l'histoire, et sans restriction.

Lily se redressa sur son siège et chassa les cheveux de son front. Au bout d'une ou deux minutes, elle prit la parole d'une voix profonde et claire :

— Je vais vous dire la vérité, monsieur Poirot. Je comprends bien qu'il serait absurde de ne pas le faire à présent. Mon vrai nom est Lily Naylor, et Humphrey mon unique frère. Il y a quelques années, alors qu'il se trouvait en Afrique, il a découvert une mine d'or — ou plutôt, devrais-je dire, il a détecté la présence d'or sur un terrain. Je ne peux pas vraiment m'étendre sur le sujet parce que les détails techniques m'échappent, mais voici en gros de quoi il s'agissait.

» L'exploitation allait sans doute représenter une énorme entreprise, et Humphrey est rentré avec des documents à soumettre à sir Reuben Astwell dans l'espoir de l'y intéresser. Tout ça reste un peu flou, mais je crois que sir Reuben a envoyé sur place un expert chargé de lui établir un rapport à la suite duquel il a informé mon frère que l'expert était défavorable au projet et que Humphrey s'était trompé du tout au tout. Mon frère est retourné en Afrique avec une expédition qui devait s'enfoncer vers l'intérieur des terres et n'a pas tardé à être porté disparu. On a supposé que l'expédition s'était perdue corps et biens.

» Ce fut peu de temps après ces événements que se constitua la société d'exploitation des champs aurifères de Mpala. Quand mon frère a fini par réapparaître et par rentrer en Angleterre, il a été immédiatement convaincu que les champs en question étaient ceux-là mêmes qu'il avait personnellement découverts. Sir Reuben n'avait apparemment rien à voir avec la société en question, laquelle avait, apparemment là aussi, découvert ses propres gisements.

Mon frère n'en croyait pas un mot. Il était convaincu d'avoir été froidement escroqué par sir Reuben.

» Cette affaire l'a mis hors de lui, monsieur Poirot, et comme nous sommes tous les deux seuls au monde et que je devais gagner ma vie, j'ai conçu l'idée de me faire engager dans cette maison et d'essayer de voir s'il existait ou non un lien entre sir Reuben et les mines d'or de Mpala. Pour des raisons évidentes, j'ai caché mon véritable nom et je reconnais volontiers avoir produit de fausses références.

» Il y avait de nombreuses candidates pour ce poste, la plupart avec de meilleures qualifications que moi. Alors... bon, j'ai rédigé de ma main une belle lettre de la duchesse du Perthshire qui, je le savais, était partie pour l'Amérique. Je m'étais dit que la référence d'une duchesse ferait bien aux yeux de lady Astwell et j'avais raison : elle m'a engagée sur-le-champ.

» Depuis lors, j'ai rempli la détestable fonction d'espionne, et jusqu'à tout récemment sans résultat. Sir Reuben n'était pas homme à dévoiler ses secrets d'affaires. Mais avec Victor Astwell, quand il est rentré d'Afrique, ç'a été une autre paire de manches. Il savait moins tenir sa langue et j'ai commencé à me dire qu'après tout, Humphrey ne s'était pas trompé. Mon frère est descendu dans un hôtel des environs une quinzaine de jours avant le crime et je suis sortie un soir en catimini pour le rencontrer sans témoin. Je lui ai rapporté les propos de Victor Astwell, et il a sauté au plafond et m'a assuré que j'étais sur la bonne piste.

» C'est là que la situation a commencé à se gâter. Quelqu'un a dû me voir sortir en cachette de la maison et le rapporter à sir Reuben. Lequel, pris de soupçon, s'est mis à éplucher mes références et a vite compris qu'elles étaient fausses. La crise a éclaté le jour du meurtre. Il a dû s'imaginer que je visais les bijoux de sa femme. Bref, quoi qu'il ait pensé et bien qu'il ait accepté de ne pas engager de poursuites pour l'histoire des fausses références, il n'avait pas l'intention de me garder plus longtemps à Mon Repos. Lady Astwell est tout le temps restée de mon côté et a tenu bravement tête à sir Reuben.

Elle s'interrompit. Le visage de Poirot était très grave :

— Et maintenant, mademoiselle, venons-en à la nuit du meurtre.

Lily déglutit avec difficulté et hocha la tête :

— Pour commencer, monsieur Poirot, sachez que mon frère était revenu et que j'avais une fois encore prévu de sortir en secret pour le rencontrer. Je suis montée à ma chambre comme je l'ai dit, mais au lieu de me mettre au lit, j'ai attendu que tout le monde soit couché, je suis redescendue tout doucement et suis sortie par la petite porte latérale. J'ai retrouvé Humphrey et l'ai en quelques mots rapides mis au courant de ce qui s'était passé. Je lui ai dit que les papiers qu'il voulait devaient à mon avis se trouver dans le coffre de sir Reuben, dans la salle de la tour. Nous avons décidé de tenter une dernière manœuvre désespérée et de nous en emparer cette nuit même.

» Je devais rentrer en éclaireur et m'assurer que la voie était libre. Les douze coups de minuit sonnaient au clocher quand j'ai de nouveau franchi le seuil de la petite porte. J'étais à mi-chemin dans les escaliers qui mènent à la salle de la tour lorsque j'ai entendu un bruit de chute et une voix s'écrier « Mon Dieu ! ». Un instant plus tard, la porte de la salle de la tour s'est ouverte et Charles Leverson en est sorti. Je pouvais très bien distinguer ses traits au clair de lune, mais je m'étais tapie dans un coin sombre de l'escalier, en dessous de lui, et il ne m'a absolument pas vue.

» Il est resté là un moment à vaciller sur ses jambes, la mine décomposée. Il paraissait tendre l'oreille. Puis comme s'il faisait effort pour se ressaisir, il a rouvert la porte de la salle de la tour et a annoncé à l'intérieur qu'il n'y avait pas de mal, ou quelque chose d'approchant, sur un ton désinvolte que démentait totalement l'expression de son visage.

Il est resté là encore une minute, puis il a monté lentement les marches et a disparu à ma vue.

» J'ai moi-même attendu quelques instants, puis je me suis approchée tout doucement de la porte. J'avais le pressentiment qu'il s'était passé un événement tragique. La lumière du plafonnier était éteinte mais la lampe de travail allumée, et c'est à sa lumière que j'ai vu sir Reuben gisant par terre à côté du bureau. Je ne sais pas comment j'ai pu trouver en moi la force de le faire, mais je suis parvenue à aller m'agenouiller à côté de lui. J'ai vu tout de suite qu'il était mort, assommé par-derrière, et que cela venait certainement de se produire. Je lui ai touché la main : elle était encore chaude. C'était horrible, monsieur Poirot. Horrible !

Elle frissonna à ce souvenir.

— Et ensuite ? fit Poirot sans la quitter des yeux.

— Oui, murmura Lily Margrave en hochant la tête, je sais ce que vous pensez. Pourquoi n'ai-je pas donné l'alarme et réveillé la maison ? Je sais, j'aurais dû, mais j'ai réalisé en un éclair, alors que j'étais agenouillée à côté de lui, que mon différend avec sir Reuben, mes escapades nocturnes pour retrouver Humphrey, ma mise à pied le lendemain matin, constituaient un faisceau de circonstances accablant. On prétendrait que j'avais introduit mon frère dans la place et qu'il avait tué sir Reuben pour se venger. J'aurais beau affirmer avoir vu Charles Leverson quitter la pièce, personne ne me croirait.

» C'était affreux, monsieur Poirot ! A genoux à côté du mort, je réfléchissais, je réfléchissais, et plus je réfléchissais, plus je perdais courage. J'ai alors remarqué que, dans sa chute, les clés de sir Reuben étaient sorties de sa poche. Parmi elles se trouvait celle du coffre, dont je connaissais la combinaison car lady Astwell l'avait dite une fois en ma présence. Je me suis approchée, j'ai ouvert et j'ai fouillé dans les papiers qu'il contenait.

» J'ai fini par trouver ce que je cherchais. Humphrey avait vu tout à fait juste. Sir Reuben était bien derrière la Mpala Gold, et il avait délibérément escroqué mon frère. Ce qui n'arrangeait pas nos affaires, car cela donnait à Humphrey une raison tout à fait valable d'avoir commis le crime. J'ai remis les papiers dans le coffre, j'ai laissé la clé dans la serrure et je suis montée directement dans ma chambre. Le lendemain matin, j'ai fait semblant d'être abasourdie et horrifiée comme les autres quand la femme de chambre a découvert le corps.

Elle s'arrêta et regarda Poirot d'un air pitoyable :

— Vous me croyez, n'est-ce pas ? Oh ! je vous en supplie, dites que vous me croyez !

— Je vous crois, mademoiselle. Vous m'avez éclairé sur beaucoup de détails qui me turlupinaient. Votre absolue certitude de la culpabilité de Charles Leverson, par exemple, et aussi tous les efforts que vous avez déployés pour m'empêcher de venir ici.

Lily acquiesça de la tête.

— J'avais peur de vous, reconnut-elle franchement. Lady Astwell ne savait pas, comme moi je le savais, que Charles était coupable, mais je ne pouvais rien dire. J'espérais sans trop y croire que vous ne prendriez pas l'affaire en main.

— Si je ne vous avais vue aussi pressée de m'en détourner, peut-être me serais-je abstenu, ironisa Poirot.

Lily lui lança un bref regard. Ses lèvres tremblaient légèrement :

— Et maintenant, monsieur Poirot, que... qu'allez-vous faire ?

— En ce qui vous concerne, mademoiselle, rien. Je crois votre histoire, je l'accepte. L'étape suivante, pour moi, consiste à aller à Londres pour y rencontrer l'inspecteur Miller.

— Et ensuite ?

— Ensuite, nous verrons bien.

Quand il fut ressorti du bureau, il contempla une fois encore le petit carré de mousseline verte qu'il tenait au creux de sa main.

— Etonnante, se murmura-t-il avec complaisance, l'habileté d'Hercule Poirot !

*

L'inspecteur Miller ne portait pas outre mesure M. Hercule Poirot dans son cœur. Il ne faisait pas partie de ce noyau d'inspecteurs qui, au Yard, se félicitaient de la coopération du petit Belge, et ne se privait au contraire pas d'affirmer qu'on le surestimait beaucoup. Dans l'affaire présente, Miller était sûr de son fait. Il accueillit par conséquent Poirot avec beaucoup de décontraction :

— Ah ! vous travaillez pour le compte de lady Astwell ? J'ai comme qui dirait l'impression que vous avez, cette fois, enfourché le mauvais cheval.

— Il n'y aurait donc aucune place pour le doute, dans cette affaire ?

Miller lui adressa un clin d'œil appuyé :

— A ce détail près que nous n'avons pas pris l'assassin en train de commettre son crime, il ne pourrait y avoir culpabilité plus manifeste.

— Mr Leverson a fait une déposition, à ce que je crois ?

— Il ferait mieux de la boucler, rétorqua l'inspecteur. Il n'arrête pas de répéter, à jet continu, qu'il est monté directement à sa chambre et qu'il ne s'est pas approché de son oncle. Sa version de l'histoire ne tient pas debout.

— Les apparences sont certes contre lui, marmonna Poirot. Quelle impression vous a-t-il faite, ce Charles Leverson ?

— D'un jeune écervelé.

— Aucun caractère, n'est-ce pas ?

L'inspecteur confirma de la tête.

— Qui aurait jamais pu imaginer, poursuivit Poirot, qu'une chiffe molle de son espèce puisse avoir assez de... — comment dit-on ça ? — de cœur au ventre pour commettre un tel crime ?

— *A priori*, personne, je vous le concède, reconnut l'inspecteur. Mais je vous prie de croire que, des garçons dans son genre, j'en ai déjà croisé des tas. Prenez à part un être veule et sans grand bagage psychologique, faites-lui boire un verre de trop et pendant un bref moment, vous pourrez le transformer en parfait va-t-en-guerre. Dos au mur, une demi-portion peut se révéler beaucoup plus dangereuse qu'une force de la nature.

— Il y a beaucoup de vrai, dans ce que vous me dites là.

Miller poussa un peu plus loin :

— Bien sûr, c'est facile pour vous, monsieur Poirot. Vous touchez de toute façon votre chèque, alors vous essayez naturellement de voir les choses de façon à satisfaire votre employeuse. Je comprends ça très bien, remarquez.

— Vous comprenez toujours tout, marmonna encore Poirot en prenant congé.

Sa visite suivante fut pour l'avoué de Charles Leverson. Mr Mahew était un homme maigre, sec et précautionneux. Il reçut avec circonspection Poirot — lequel, cependant, n'avait pas son pareil pour inspirer confiance : dix minutes plus tard, tous deux devisaient comme de vieux amis.

— Comprenez bien, fit Poirot, que j'interviens dans cette affaire au bénéfice exclusif de Mr Leverson. Car tel est le désir de lady Astwell. Elle est convaincue qu'il n'est pas coupable.

— Oui, oui, très bien, acquiesça Mr Mahew sans enthousiasme.

Les yeux de Poirot pétillèrent :

— Vous n'attachez peut-être pas beaucoup d'importance aux opinions de lady Astwell ?

— Elle pourrait dire exactement le contraire demain, se défendit l'homme de loi.

— Ses intuitions ne sont certes pas parole d'Evangile, reconnut bien volontiers Poirot. Et, de vous à moi, cette affaire s'annonce sous les plus sombres auspices pour cet infortuné jeune homme.

— Il est regrettable qu'il ait fait ces déclarations à la police, grinça l'avoué. Il ne démord pas de son histoire, et cela ne lui apportera rien de bon.

— Il n'en démord pas avec vous non plus ?

— Il n'a pas varié d'un iota. Jamais. Il la répète comme un perroquet.

— Et cela altère votre confiance en lui, fit Poirot d'un air songeur. Ah ! ne dites pas le contraire, l'empêcha-t-il de répondre d'un geste impérieux de la main. Pour moi, c'est flagrant : en votre for intérieur, vous le croyez coupable. Alors écoutez comment moi, Hercule Poirot, je peux vous présenter l'affaire.

» Ce jeune homme rentre à la maison, il a bu cocktail sur cocktail, et aussi sans doute éclusé pas mal de whisky. Il se sent habité de — comment appeler ça ? — du courage des ivrognes, et c'est dans cet état d'esprit qu'il arrive, ouvre avec sa clé et monte en titubant jusqu'à la salle de la tour. Il jette au passage un coup d'œil à l'intérieur et voit, dans la lumière restreinte de la pièce, son oncle apparemment penché sur son bureau.

» Mr Leverson est, nous l'avons dit, habité du courage des ivrognes. Il ne se retient pas, déballe à son oncle tout ce qu'il a sur le cœur, le défie, l'insulte, et moins son oncle répond, plus il se sent de force pour continuer. Il se répète, rabâche jusqu'à plus soif les mêmes griefs, chaque fois un ton plus haut. Mais il finit par trouver anormal ce silence obstiné de son oncle. Il s'approche, lui pose la main sur l'épaule et ce simple contact fait basculer le corps qui s'effondre sur le sol comme une poupée de chiffon.

» Cela le dégrise tout de suite, notre Mr Leverson. Le fauteuil est tombé à son tour à grand fracas. Il se penche sur sir Reuben. Il voit sa main couverte d'une substance rouge et tiède, poisseuse. Et il comprend ce qui s'est passé. Pris de panique, il donnerait tout au monde pour rattraper le cri qui vient de s'échapper de sa gorge et s'est répercuté dans la maison. Machinalement, il redresse le fauteuil, se précipite hors de la pièce, tend l'oreille. Il lui semble entendre un bruit, alors immédiatement, par réflexe, il fait semblant de parler à son oncle par la porte ouverte.

» Le bruit ne se répète pas. Il se dit qu'il a dû rêver, qu'il n'a rien entendu. Un silence total règne dans la maison, il monte à sa chambre. Et là, il lui apparaît tout d'un coup que sa situation serait bien meilleure s'il jurait ses grands dieux ne pas s'être approché de son oncle de la nuit. Alors c'est ainsi qu'il raconte son histoire. D'ailleurs au début, souvenez-vous, Parsons n'a rien dit de ce qu'il avait entendu. Quand il le fait, Mr Leverson ne peut plus revenir sur ses déclarations, il est trop tard. Il n'est pas malin, il est obstiné, il s'entête. Dites-moi, cher monsieur, ne trouvez-vous pas cette version plausible ?

— Si, répondit l'homme de loi. De la façon dont vous présentez les choses, c'est plausible.

Poirot se leva :

— Vous qui avez la possibilité de voir Mr Leverson, racontez-lui l'histoire comme je vous l'ai dite et demandez-lui si elle n'est pas exacte.

Sorti de l'étude de l'avoué, Poirot héla un taxi.

— 348, Harley Street ! lança-t-il au chauffeur.

*

Le départ de Poirot pour Londres avait pris lady Astwell au dépourvu, car le petit détective ne lui avait rien dit de ses projets. A son retour après 24 heures d'absence, il fut informé par Parsons que Madame désirait le voir aussi vite que possible. Poirot la retrouva dans son boudoir particulier. Allongée sur un divan, la tête soutenue par des coussins, elle paraissait particulièrement hagarde et mal en point. Bien plus encore que le jour où Poirot était arrivé.

— Ah ! vous voilà revenu, monsieur Poirot.

— Hé ! oui, madame.

— Vous êtes allé à Londres ?

Poirot acquiesça.

— Vous ne m'aviez pas prévenue, fit-elle d'un air pincé.

— Mille excuses, madame. J'ai mal fait. J'aurais dû vous en parler. La prochaine fois...

— Ce sera exactement pareil, l'interrompit-elle avec une pointe d'humour. Faire d'abord et dire ensuite, telle me semble être votre devise.

— N'a-t-elle pas été la vôtre aussi ? répondit-il, l'œil pétillant de malice.

— Peut-être de temps à autre, reconnut-elle. Pourquoi êtes-vous allé à Londres, monsieur Poirot ? Vous pouvez me le dire maintenant, je suppose ?

— J'ai eu un entretien avec ce bon inspecteur Miller, et puis un autre avec l'excellent Mr Mahew, votre avoué.

Lady Astwell le scruta du regard.

— Et vous êtes maintenant parvenu à la conclusion que..., articula-t-elle lentement.

Poirot garda les yeux fixés sur elle.

— Qu'il existe une possibilité que Charles Leverson soit innocent, fit-il avec solennité.

— Ah ! s'écria lady Astwell qui sauta presque sur place, envoyant deux coussins rouler à terre. J'avais raison, alors, j'avais raison !

— J'ai évoqué une possibilité, madame, rien de plus.

Une nuance dans le ton de sa voix parut avoir sur elle l'effet d'un déclic. Elle se souleva sur un coude.

— Y a-t-il quoi que ce soit que je puisse faire ? demanda-t-elle, le regard perçant.

— Oui, répondit-il avec un hochement de tête. Vous pouvez me confier pourquoi vous soupçonnez Owen Trefusis.

— Je vous ai dit que je le *savais* coupable. C'est tout.

— Malheureusement, ce n'est pas assez, rétorqua sèchement Poirot. Remémorez-vous cette soirée fatale, madame. Le moindre détail, les faits les plus anodins. Qu'avez-vous noté de particulier dans le comportement du secrétaire ? Moi, Hercule Poirot, je vous dis qu'il *doit* y avoir eu quelque chose.

Lady Astwell secoua la tête :

— Je n'ai absolument pas fait attention à lui ce soir-là. J'avais bien d'autres préoccupations en tête.

— L'animosité de votre mari contre Lily Margrave, par exemple ?

— Exactement. Vous paraissez en savoir long, monsieur Poirot.

— Moi ? Je sais tout, déclara le petit homme en se rengorgeant avec une emphase qui chez tout autre eût frisé le grotesque.

— J'aime infiniment Lily, monsieur Poirot, vous avez dû vous en rendre compte par vous-même. Reuben a commencé à faire un foin de tous les diables à propos d'une histoire de références et de recommandations. Remarquez, je ne prétends pas un instant qu'elle n'avait pas triché. Elle ne s'en était pas privée. Mais, ma parole ! j'en ai fait bien d'autres dans mon jeune temps. Pour approcher les directeurs de théâtre, il faut avoir du répondant et ignorer le froid aux yeux. Il n'est rien, à l'époque, que je n'aurais fait, dit ou écrit.

» Lily voulait la place, et elle a employé tous les moyens, même ceux qui n'étaient pas les plus... orthodoxes, j'en conviens. Les hommes sont vraiment stupides dans ce genre de domaine. Lily aurait été employée de banque et aurait détourné des millions qu'il n'aurait pas fait plus de tintouin. Et cela m'a préoccupée toute la soirée parce que, même si je parvenais presque toujours à le convaincre, il pouvait se montrer têtu comme un âne, le pauvre chéri. Alors vous pensez que j'avais autre chose à faire que de me soucier d'un secrétaire. Et de Mr Trefusis, pardessus le marché : quand il est là, il est là, et c'est bien tout ce qu'on peut trouver à en dire.

— Je m'en suis aperçu, convint Poirot. La personnalité de Mr Trefusis n'est en rien fulgurante ni même marquante. Il n'est pas du genre à vous éblouir ou à vous frapper — crac-boum !

— Non. Ce n'est pas comme Victor.

— Lui, il serait d'un tempérament plus... explosif ?

— C'est le mot qui convient, sourit lady Astwell. Il explose aux quatre coins de la maison, comme ces pétards de feux d'artifice à têtes multiples.

— Un personnage éminemment soupe au lait, en somme ? résuma Poirot.

— Oh ! quand il s'y met, il est infernal. Mais je n'ai pas peur de lui, c'est moi qui vous le dis. Victor aboie plus qu'il ne mord.

— Vous ne pouvez donc rien me dire sur le secrétaire, ce soir-là ? insista doucement Poirot, les yeux levés au plafond.

— Je vous le répète, monsieur Poirot, je *sais*. L'intuition, comprenez-vous, l'intuition féminine...

— ... ne suffira pas à envoyer un homme à la potence, dit Poirot, ni, plus exactement en l'occurrence, à en sauver un de la potence. Lady Astwell, si vous êtes sincèrement convaincue de l'innocence de Mr Leverson et du bien-fondé de vos soupçons sur le secrétaire, consentiriez-vous à une petite expérience ?

— Quelle sorte d'expérience ? demanda-t-elle, méfiante.

— Accepteriez-vous d'être mise en état d'hypnose ?

— Pourquoi diable ?

Poirot se pencha en avant :

— Si je vous expliquais, madame, que votre intuition se fonde sur certains faits enregistrés par votre subconscient, vous resteriez probablement sceptique. Tout ce que je peux donc vous préciser, c'est que l'expérience que je propose peut se révéler d'une importance capitale pour cet infortuné Charles Leverson. Vous n'allez pas refuser ?

— Et qui va me faire entrer en transe ? s'enquit-elle, pas rassurée. Vous ?

— Un ami à moi, madame, qui arrive en ce moment même, si je ne me trompe : j'entends une voiture, là-dehors.

— Qui est-ce ?

— Le Dr Cazalet, de Harley Street.

— Il est... fiable ? fit-elle avec appréhension.

— Ce n'est pas un charlatan, madame, si c'est ce que vous craignez. Vous pouvez vous en remettre à lui en toute confiance.

— Bon, fit lady Astwell avec un soupir résigné. Tout cela est à mon avis de la blague, mais vous pouvez essayer si cela vous chante. On ne pourra au moins pas me reprocher de vous avoir mis les bâtons dans les roues.

— Je vous en remercie infiniment, madame.

Poirot se précipita hors de la pièce. Quelques minutes plus tard, il était de retour, accompagné d'un petit homme jovial au visage rond, portant lunettes, qui bouleversait totalement l'image que lady Astwell se faisait d'un hypnotiseur. Poirot fit les présentations.

— Bien, fit lady Astwell sur un ton enjoué, comment s'insinue-t-on dans cette bouffonnerie ?

— C'est très simple, madame, très simple, dit le petit docteur. Allongez-vous bien et laissez-vous aller... là... comme ça. N'ayez aucune crainte.

— Je n'en ai aucune, rétorqua-t-elle. Il ferait beau voir qu'on m'hypnotise contre mon gré.

— Justement, renchérit le praticien avec un vaste sourire, puisque vous êtes consentante, ce ne sera pas contre votre gré. Parfait. Eteignez cette autre lumière, voulez-vous, monsieur Poirot ? Laissez vous aller, madame.

Il changea légèrement de position. Puis :

— Il se fait tard, maintenant. Vous avez sommeil... très sommeil. Vos paupières sont lourdes, elles se ferment... se ferment... se ferment. Vous vous endormez...

Sa voix s'était faite traînante, basse, douce, monocorde. Au bout d'un instant, il se pencha en avant et souleva légèrement la paupière droite de lady Astwell. Puis il se tourna vers Poirot avec un hochement de tête satisfait.

— C'est bon, chuchota-t-il. J'y vais ?

— S'il vous plaît.

L'hypnotiseur articula sur un ton net et autoritaire :

— Vous dormez, lady Astwell, mais vous m'entendez quand même et vous pouvez répondre à mes questions.

Sur son sofa, sans un geste, sans même ouvrir un œil, la forme inerte répondit d'une voix pâteuse et monocorde :

— Je vous entends. Je peux répondre à vos questions.

— Lady Astwell, je veux que vous reveniez à cette soirée du meurtre de votre mari. Vous vous la rappelez ?

— Oui.

— Vous êtes à la table du dîner. Dites-moi ce que voyez, ce que vous ressentez.

Le corps étendu eut un frémissement nerveux :

— Je suis catastrophée. Pour Lily.

— Nous savons cela. Décrivez-nous ce que vous voyez.

— Victor engloutit toutes les amandes salées. C'est un goinfre. Demain, je dirai à Parsons de ne pas mettre la soucoupe de ce côté-là de la table.

— Poursuivez, madame.

— Reuben est de mauvaise humeur, ce soir. Pas seulement à cause de Lily, je crois. Une question d'affaires. Victor le regarde d'un drôle d'air.

— Parlez-nous de Mr Trefusis, lady Astwell.

— La manche gauche de sa chemise s'effiloche. Il se met trop de gomina dans les cheveux. J'ai horreur de cette manie qu'ont les hommes : après ça, les housses de fauteuil sont toutes grasses, dans le salon.

Cazalet regarda Poirot, lequel, de la tête, lui fit signe de continuer :

— Le dîner est fini, maintenant, lady Astwell. Vous prenez le café. Que se passe-t-il ?

— Le café est bon, ce soir. Ce n'est pas toujours le cas, la cuisinière est totalement imprévisible pour ça. Lily n'arrête pas de regarder par la fenêtre, je ne comprends pas pourquoi. Voilà Reuben qui vient dans le salon. Il est d'une humeur massacrante, ce soir, et déverse un torrent d'injures sur le pauvre Mr Trefusis. Lequel a la main crispée sur le manche du coupe-papier, le gros, celui dont la lame est aiguisée comme celle d'un couteau. Il le serre au point d'en avoir les phalanges toutes blanches, le plante si fort dans la table que la pointe casse. Il l'avait saisi comme un poignard dont on s'apprêterait à frapper quelqu'un. Bon, ils quittent la pièce ensemble, maintenant. Lily a mis sa robe du soir verte. Elle est ravissante, en vert, on jurerait une fleur sur sa tige. Et mes housses sont bonnes pour le nettoyage, la semaine prochaine.

— Un instant, lady Astwell.

Le docteur se pencha vers Poirot.

— Nous y voilà, je crois, murmura-t-il. Cette manipulation du coupe-papier, c'est ça qui l'a convaincue de la culpabilité du secrétaire.

— Passons à la salle de la tour, maintenant.

Le praticien acquiesça de la tête et recommença à questionner lady Astwell de sa voix haute et impérative :

— Il est plus tard dans la soirée. Vous êtes dans la salle de la tour avec votre mari. Il y a eu une scène terrible entre vous deux, n'est-ce pas ?

De nouveau, la forme allongée s'agita, comme en proie à un certain malaise :

— Oui... terrible... terrible. On s'est jeté des choses affreuses à la tête... l'un comme l'autre.

— Peu importe la querelle. Vous la voyez bien, cette pièce. Les rideaux sont tirés, les lumières allumées.

— Pas le plafonnier, celle du bureau, seulement.

— Vous quittez votre mari, à présent. Vous lui dites bonne nuit.

— Non. J'étais trop en colère.

— C'est la dernière fois que vous le voyez. Très bientôt, il sera assassiné. Savez-vous qui l'a tué, madame ?

— Oui, Mr Trefusis.

— Pourquoi dites-vous cela ?

— A cause du renflement dans le rideau.

— Un renflement dans le rideau ?

— Oui.

— Vous l'avez vu ?

— Oui. Je l'ai presque touché.

— Il y avait un homme caché là ? Mr Trefusis ?

— Oui.

— Comment savez-vous que c'était lui ?

Pour la première fois, la voix monotone sembla hésiter et perdre confiance :

— Je... euh... à cause du coupe-papier.

Poirot et le médecin hypnotiseur échangèrent de nouveau un rapide regard.

— Je ne vous comprends pas, lady Astwell. Il y avait un renflement dans le rideau, dites-vous ? Quelqu'un était caché là ? Vous n'avez pas vu la personne ?

— Non.

— Vous avez pensé que c'était Mr Trefusis à cause de la façon dont il avait empoigné le coupe-papier un peu plus tôt ?

— Oui.

— Mais Mr Trefusis était allé se coucher, il me semble.

— Oui... Oui, c'est exact. Il s'était retiré dans sa chambre.

— Alors il ne pouvait pas se trouver en même temps caché entre le rideau et la fenêtre.

— Non... non, bien sûr, il n'y était pas.

— Il avait dit bonsoir à votre mari un peu plus tôt, je crois ?

— Oui.

— Et vous ne l'avez pas revu ensuite ?

— Non.

Elle commençait à s'agiter et à se démener, à geindre faiblement.

— Elle revient à elle, dit le médecin. Je crois que nous avons obtenu tout ce que nous pouvions désirer, non ?

Poirot fit signe que si. Le Dr Cazalet se pencha sur lady Astwell.

— Vous vous réveillez, murmura-t-il doucement. Vous vous réveillez. Dans une minute, vous ouvrirez les yeux.

Les deux hommes attendirent. Quelques instants plus tard, lady Astwell était de nouveau assise et les regardait tour à tour d'un air inquisiteur :

— Je m'étais endormie ?

— Exactement, lady Astwell. Vous avez fait un petit somme, répondit le docteur.

Elle le foudroya du regard :

— Un de vos tours de passe-passe, hein ?

— Vous n'en ressentez nul dommage, j'espère ?

Lady Astwell bâilla :

— Je me sens vidée, lessivée.

Le Dr Cazalet se leva :

— Je vais vous faire monter du café, et nous allons vous laisser, pour l'instant.

— Est-ce que... j'ai dit quelque chose ? demanda-t-elle au moment où ils allaient franchir le seuil.

Poirot se retourna vers elle avec un sourire :

— Rien de bien essentiel, madame. Mais vous nous avez à tout le moins appris que les housses de fauteuil du salon avaient besoin d'être nettoyées.

— C'est on ne peut plus exact. Mais ce n'était pas la peine de m'endormir pour me faire décréter ça.

Elle rit de bon cœur :

— Et quoi encore ?

— Revoyez-vous Mr Trefusis saisir un coupe-papier dans le salon, ce soir-là ? demanda Poirot.

— Là, vraiment, je ne peux pas dire, répondit-elle. C'est possible.

— Et un renflement dans le rideau, ça ne vous rappelle rien ?

Elle fronça les sourcils :

— Il me semble me souvenir... Non, je ne vois plus. Et pourtant...

— Ne vous tourmentez pas, fit Poirot. Ça n'a vraiment aucune espèce d'importance. Aucune.

Le médecin accompagna Poirot dans la chambre de ce dernier.

— Bon, fit Cazalet, j'estime que tout ceci nous apporte pas mal d'éclaircissements. Il ne fait pas de doute que quand sir Reuben a passé un savon au secrétaire, celui-ci a empoigné le coupe-papier et l'a serré à s'en blanchir les phalanges dans l'effort inouï qu'il faisait sur lui-même pour ne pas riposter. La partie consciente de l'esprit de lady Astwell était tout entière absorbée par le problème de Lily Margrave, mais son subconscient a enregistré l'acte tout en se livrant à une interprétation erronée.

» Cela a ancré en elle la conviction inébranlable que Trefusis avait tué sir Reuben. Nous en arrivons maintenant à ce renflement dans le rideau. Voilà qui est intéressant. D'après votre description de la salle de la tour, le bureau se trouverait juste devant la fenêtre. Et il y a des rideaux à cette fenêtre, bien sûr ?

— Oui, mon bon ami. Des rideaux de velours noir.

— Avec suffisamment de place dans l'embrasure pour dissimuler quelqu'un ?

— Tout juste, je crois, oui.

— La possibilité existe donc que quelqu'un s'y soit caché, fit lentement le médecin. Mais si tel est bien le cas, il ne pouvait s'agir du secrétaire puisque sir Reuben et lady Astwell l'avaient tous deux vu quitter la pièce. De Victor Astwell non plus puisque Trefusis l'avait vu sortir. Et ce n'était pas Lily Margrave. Quelle que soit la personne qui s'est éventuellement cachée là, elle aura dû le faire *avant* l'arrivée de sir Reuben dans cette pièce. Vous m'avez dressé un excellent schéma de la situation. *Quid* du capitaine Naylor ? Est-ce qu'il ne pourrait pas s'agir de lui ?

— Rien n'est jamais à exclure, reconnut Poirot. Il est certain qu'il a dîné à l'hôtel, mais le moment exact où il est sorti ensuite est difficile à fixer avec précision. Il y est rentré vers minuit et demi.

— Alors ce pourrait être lui, fit le docteur. Et si oui, c'est lui qui a commis le crime. Il possédait un mobile et avait une arme à portée de la main. Vous ne paraissez cependant pas séduit par cette hypothèse ?

— Parce que j'en ai d'autres en tête, avoua Poirot. Dites-moi, docteur : imaginons un seul instant que ce soit lady Astwell elle-même qui ait commis le crime, se serait-elle obligatoirement trahie en état d'hypnose ?

Cazalet émit un petit sifflement :

— Tiens donc ! c'est là que vous voulez en venir, hein ? Lady Astwell serait l'assassin ? Bien sûr... c'est toujours envisageable. Je n'y avais pas songé jusqu'à maintenant. Elle a été la dernière à rester auprès de lui et personne ne l'a revu vivant après. Quant à votre question, je serais tenté de répondre... non. Lady Astwell serait entrée en hypnose avec un verrou mental sur son propre rôle dans le crime. Elle aurait répondu à mes questions en toute sincérité mais serait restée muette sur le rôle en question. Tout au plus est-il quasiment certain qu'elle n'aurait pas, dans cette éventualité, insisté à ce point sur la culpabilité de Mr Trefusis.

— Je comprends, commenta Poirot. Ceci posé, je n'ai jamais cru un instant que lady Astwell pouvait être coupable. Simple idée en l'air, voilà tout.

— C'est une affaire intéressante que celle-ci, réfléchit tout haut l'hypnotiseur. En partant de l'innocence supposée de Charles Leverson, il reste tant de possibilités : Humphrey Naylor, lady Astwell, et même Lily Margrave.

— Il y en a un autre que vous n'avez pas mentionné, signala Poirot d'un ton égal. Et il s'agit de Victor Astwell. Selon lui, il serait resté dans sa chambre, porte grande ouverte, à attendre le retour de Charles Leverson. Mais nous n'avons que sa parole pour le croire.

— C'est celui qui a si mauvais caractère, n'est-ce pas ? demanda le médecin. Celui dont vous m'avez tant parlé ?

— Exactement, fit Poirot.

Le Dr Cazalet se leva :

— Allons, il est grand temps que je rentre à Londres. Vous me tiendrez au courant, bien sûr ?

Après le départ du médecin, Poirot sonna George :

— Concoctez-moi une tisane, George. J'ai les nerfs en capilotade.

— Certainement, monsieur. Je vous la prépare tout de suite.

Dix minutes plus tard, il apportait à son maître une tasse bouillante. Poirot en inhala avec délice les vapeurs délétères. Tout en la sirotant, il soliloqua tout haut :

— Il est de par le monde différentes façons de traquer le gibier. Pour attraper un renard, vous le forcez à cheval, précédé de vos chiens. Vous hurlez, vous galopez, c'est une question de vitesse. Je n'ai pour ma part jamais chassé le cerf, mais je crois que pour l'acculer, il faut ramper des heures et des heures à plat ventre. Mon ami Hastings m'a décrit le processus en détail. Notre méthode ici, mon bon George, ne doit s'inspirer ni de l'une ni de l'autre. Imprégnons-nous plutôt de la tactique du chat. Pendant de longues, d'interminables heures de guet, il surveille le trou de la souris. Il ne bouge pas d'un muscle, ne manifeste pas le moindre signe de vie — mais rien ne le ferait lever le siège.

Avec un soupir, il reposa sa tasse vide sur la soucoupe :

— Je vous avais demandé de préparer des bagages pour quelques jours. Demain, mon inestimable George, vous ferez un saut à Londres et rapporterez le nécessaire pour une quinzaine.

— Très bien, monsieur, acquiesça George.

Fidèle à son habitude, le valet modèle n'avait pas manifesté la moindre émotion.

*

La présence apparemment permanente d'Hercule Poirot à Mon Repos n'était pas du goût de tout le monde. Victor Astwell en fit la remontrance à sa belle-sœur :

— Tout ça c'est bien gentil, Nancy, mais vous ne les connaissez pas, ces gaillards. Celui-ci a trouvé le bon petit nid douillet, il va s'y installer confortablement pour un mois et vous facturer plusieurs guinées d'honoraires par jour.

Ce à quoi lady Astwell rétorqua qu'elle était assez grande pour savoir ce qu'elle avait à faire.

Lily Margrave fit de son mieux pour masquer son malaise. Au début, elle avait été convaincue que Poirot croyait son histoire. Elle n'en était plus aussi sûre à présent.

Poirot ne restait pas aussi totalement inactif qu'il y paraissait. Au soir de son cinquième jour de villégiature, il descendit au dîner un petit album-souvenir d'empreintes digitales émanant d'horizons divers. Façon sans doute mal déguisée d'obtenir un relevé des empreintes de chacun, mais peut-être moins maladroite qu'il y paraissait car il était difficile de refuser. Ce ne fut qu'une fois le petit bonhomme retiré dans sa chambre que Victor Astwell dit sa façon de penser.

— Vous comprenez ce que ça signifie, hein, Nancy ? Il est après l'un d'entre nous.

— Allons, ne dites pas de bêtises, Victor.

— Quelle autre raison aurait-il eue de descendre ce maudit album ?

— M. Poirot sait ce qu'il fait, trancha lady Astwell en jetant un regard significatif en direction d'Owen Trefusis.

En une autre occasion, Poirot proposa le jeu de la plus belle trace de semelle laissée sur une feuille de papier. Le lendemain matin, il entra de son habituel pas feutré dans la bibliothèque et fit bondir Owen

Trefusis sur son siège comme s'il avait reçu une décharge.

— Ah ! excusez-moi, monsieur Poirot, fit le secrétaire de son air compassé, mais nous avons tous les nerfs à cran, avec vous.

— Tiens ! Pourquoi donc ? s'enquit innocemment le petit détective.

— Je vous avoue que je croyais accablantes les preuves rassemblées contre Charles Leverson. Tel n'est pas votre avis, apparemment.

Debout face à la fenêtre, Poirot regardait dehors. Il se tourna soudain vers son interlocuteur :

— Puis-je vous dire quelque chose, monsieur Trefusis ? Vous dire quelque chose en confidence ?

— Oui ?

Poirot ne semblait pas pressé de commencer. Il lanterna un moment, comme s'il pesait le pour et le contre. Lorsqu'il ouvrit la bouche, ses premiers mots coïncidèrent avec le bruit de la porte d'entrée qui s'ouvrait et se refermait. Pour un homme qui voulait faire une confidence, il parla plutôt fort et sa voix couvrit le bruit des pas qui s'avançaient dans le hall :

— Je vous fais seul dépositaire de ce secret, Mr Trefusis. De nouveaux éléments de preuve ont été portés à notre connaissance. Et tous tendent à prouver que quand Charles Leverson est entré dans la salle de la tour cette nuit-là, sir Reuben était déjà mort.

Le secrétaire écarquilla les yeux :

— Des éléments de preuve ? Quels éléments ? Quelle preuve ? Pourquoi tout le monde n'a-t-il pas été tenu au courant ?

— Oh ! tout le monde le *sera*, fit le petit homme d'un air mystérieux. En attendant, seuls vous et moi partageons ce secret.

Il s'esquiva prestement hors de la pièce et se cogna presque dans Victor Astwell qui remontait le hall :

— Oh ! pardon... Vous rentriez tout juste, cher monsieur ?

Astwell acquiesça de la tête.

— Quel sale temps ! haleta-t-il. Le vent est glacial.

— Ah ! s'exclama Poirot, dans ce cas, je n'irai pas

me promener aujourd'hui. Je suis comme les chats, moi, je préfère me tenir bien au chaud à côté du feu.

— *Ça marche*, George ! annonça-t-il le même soir à son fidèle valet de chambre en se frottant les mains. Ils sont sur le gril — sur des charbons ardents ! C'est harassant, George, de jouer au jeu du chat et de la souris, de miser sur la défaillance de leurs nerfs, mais cela remplit son office, oui, cela remplit merveilleusement son office. Demain, nous franchirons une étape supplémentaire.

Le lendemain, Trefusis devait aller en ville. Il partit par le même train que Victor Astwell. A peine eurent-ils tous deux quitté la maison que Poirot entra dans une activité fébrile :

— Venez, George, attelons-nous vite à la tâche ! Si la femme de chambre faisait mine de se diriger par ici, retardez-la au maximum. Débitez-lui toutes les fadaises que vous voudrez, mon tout bon, mais de grâce retenez-la dans le corridor.

Il se rendit d'abord dans la chambre du secrétaire et entreprit une fouille minutieuse. Pas un tiroir ou une étagère qui ne fût inspecté. Puis il remit tout précipitamment en place et déclara ses recherches terminées. George, qui était resté à la porte pour faire le guet, toussota avec déférence :

— Si Monsieur veut bien m'excuser...

— Oui, mon bon George ?

— Les chaussures, monsieur. Les deux paires marron se trouvaient sur la deuxième étagère, et les vernies sur celle du dessous. En les replaçant, vous les avez inversées.

— Vous êtes prodigieux ! s'écria Poirot en levant les deux mains. Mais ne nous laissons pas distraire par des détails de ce genre. Ils n'ont aucune importance, je vous l'assure, George. Mr Trefusis ne s'avisera jamais de pareille vétille.

— Si vous le dites, monsieur...

— Il faut un œil professionnel comme le vôtre pour le remarquer, le félicita Poirot en le gratifiant d'une tape sur l'épaule. C'est tout à votre honneur.

Le valet de chambre ne répondit pas, et quand, plus tard dans la journée, la même opération se répéta dans la chambre de Victor Astwell, il s'abstint de tout commentaire sur le fait que les sous-vêtements de Mr Astwell n'avaient pas été remis à leur place exacte dans le bon tiroir. Et en cette deuxième occasion au moins, les événements donnèrent raison à George et tort à Poirot : le soir même, Victor Astwell entrait comme un fou dans le salon.

— Dites donc, espèce de freluquet de Belge, vous vous permettez de fouiller ma chambre ? Qu'est-ce que vous croyez y trouver, d'abord ? Je ne vous permets pas, vous entendez ? Voilà ce que c'est, de laisser un sale petit espion fureter chez soi !

Les mains tendues en un éloquent geste de contrition, Poirot bafouilla cent, mille, un million d'excuses. Il était confus de sa maladresse, de son excès de zèle, de s'être arrogé des libertés indues. A tel point que la colère de son interlocuteur, bon gré mal gré, finit par retomber.

A maintes reprises tandis qu'il sirotait sa tisane, ce soir-là, Poirot murmura à son valet de chambre :

— Cela fait son petit bonhomme de chemin, mon bon George. Oui, cela fait son petit bonhomme de chemin.

*

— Le vendredi, fit Hercule Poirot d'un air songeur, est mon jour de chance.

— Je le souhaite à Monsieur.

— Peut-être n'êtes-vous pas superstitieux, mon bon George ?

— Je préfère qu'on ne soit pas treize à table, monsieur, et je m'interdis de passer sous les échelles. Mais le vendredi, monsieur, ne me porte à tout le moins pas malheur.

— Je m'en félicite, commenta Poirot. Celui-ci, en tout cas, sera notre jour de gloire.

— Je m'en réjouis, monsieur.

— Votre enthousiasme fait plaisir à voir, mon bon George. Mais vous ne me demandez même pas ce que je vais faire ?

— Qu'allez-vous faire, monsieur ?

— Aujourd'hui, George, je m'en vais me livrer à une fouille déterminante de la salle de la tour.

Et de fait, après le petit déjeuner et avec la permission de lady Astwell, Poirot se rendit sur les lieux du crime. Là, à différents moments de la matinée, des membres de la maison le virent à quatre pattes en train d'examiner le plancher, le nez collé contre les rideaux de velours noir pour mieux les passer au peigne fin, perché sur des chaises hautes comme pour examiner de plus près les encadrements des tableaux accrochés au mur. Pour la première fois, lady Astwell montra quelque nervosité.

— Je dois reconnaître, soupira-t-elle, qu'il commence à me taper un peu sur les nerfs. Il a une idée derrière la tête et je n'arrive pas à savoir ce que c'est. Le voir tournicoter là-haut comme un chien qui flairerait sous les meubles me donne le frisson. Qu'est-ce qu'il cherche, je me le demande. Lily, ma chérie, montez un peu voir ce qu'il fabrique maintenant. Et puis non, tout compte fait, j'aime autant que vous restiez avec moi.

— Voulez-vous que ce soit moi qui y aille, madame ? proposa le secrétaire en se levant de son bureau.

— S'il vous plaît, Mr Trefusis.

Owen Trefusis s'en fut gravir les marches qui menaient à la salle de la tour. Il crut de prime abord que la pièce était vide. Pas trace d'Hercule Poirot. Il se préparait à redescendre lorsqu'il entendit un bruit qui le fit se retourner : le petit détective se trouvait à mi-hauteur dans l'escalier en colimaçon qui menait à la chambre du dessus. A croupetons, une petite loupe dans la main gauche, il examinait de près quelque chose sur le bois d'une marche, à côté du tapis.

Alors que le secrétaire l'observait, il émit un grognement soudain, remit la loupe dans sa poche et se redressa en tenant un objet minuscule entre le pouce et l'index. C'est alors qu'il s'aperçut qu'il n'était pas seul :

— Ah ! Euh... Hum ! Monsieur Trefusis ! Je ne vous avais pas entendu entrer.

Il était transfiguré. Un air de triomphe et de jubilation inondait son visage.

— Que se passe-t-il, monsieur Poirot ? Vous paraissez tout heureux.

Le petit homme bomba le torse :

— Effectivement. Voyez-vous, j'ai enfin trouvé ce que je cherchais depuis le début. Je tiens ici, entre mon pouce et mon index, la preuve nécessaire et suffisante pour confondre le criminel.

— Alors, fit le secrétaire en arquant les sourcils, ce n'était pas Charles Leverson ?

— Ce n'était pas Charles Leverson. Jusqu'au moment présent, bien que je connaisse le criminel, je n'étais pas sûr de son nom. Mais à la fin des fins, tout est clair.

Il rejoignit le secrétaire au bas des marches et lui donna une petite tape sur l'épaule :

— Je me vois contraint de me rendre immédiatement à Londres. Pourriez-vous être mon interprète auprès de lady Astwell afin que tout le monde soit rassemblé dans la salle de la tour ce soir à 9 heures ? Je serai alors rentré et je vous révélerai à tous la vérité. Ah ! ma parole, vous me voyez fort aise.

Et il quitta la pièce en esquissant quelques extravagants pas de danse sous les yeux ébahis de Trefusis.

Quelques minutes plus tard, Poirot faisait son apparition dans la bibliothèque et demandait si quelqu'un n'aurait pas une petite boîte en carton à lui prêter.

— Je n'en ai malheureusement pas avec moi, expliqua-t-il, et j'ai un objet d'incalculable valeur à y mettre à l'abri.

Trefusis en sortit une d'un des tiroirs du bureau, et Poirot lui manifesta tous les signes de la plus vive satisfaction.

Il monta quatre à quatre dans sa chambre avec sa trouvaille. Rencontrant George sur le palier, il lui tendit la boîte :

— Il y a quelque chose de très important à l'intérieur. Mettez-la, mon bon George, dans le deuxième tiroir de ma table de toilette, à côté de la boîte de mes boutons de chemise en nacre.

— Très bien, monsieur.

— Ne la cassez pas, surtout, recommanda Poirot. Faites-y bien attention. Ce qu'il y a là-dedans enverra un criminel à la potence.

— Mon Dieu, monsieur !

Poirot redescendit l'escalier aussi vite qu'il était monté, attrapa son chapeau et quitta la maison de toute la force de ses petites jambes.

*

Son retour fut beaucoup plus discret. Le fidèle George, conformément aux instructions, le fit entrer par la porte de service.

— Ils sont tous dans la salle de la tour ? s'enquit Poirot.

— Oui, monsieur.

Ils s'échangèrent quelques mots à voix basse, puis Poirot gagna du pas triomphant du vainqueur la pièce où le meurtre avait été commis moins d'un mois auparavant. D'un regard circulaire, il vit que tout le monde était là : lady Astwell, Victor Astwell, Lily Margrave, le secrétaire et Parsons, le major-dome. Ce dernier se tenait près de la porte, hésitant.

— George m'a dit qu'il fallait que je sois présent aussi, monsieur, expliqua-t-il dès que Poirot fit son apparition. Je ne sais pas si c'est bien convenable.

— Ça l'est on ne peut davantage, lui affirma Poirot. Restez, c'est moi qui vous en prie.

Et il s'avança au centre de la pièce.

— Cette affaire s'est révélée intéressante à plus d'un titre, préluda-t-il d'une voix lente et réfléchie. Intéressante parce que n'importe qui aurait pu assassiner sir Reuben. Qui hérite de sa fortune ? Charles Leverson et lady Astwell. Quelle est la dernière personne à être restée en sa présence cette nuit-là ? Lady Astwell. Qui s'est violemment disputé avec lui ? Encore lady Astwell.

— Qu'est-ce que vous racontez là ? glapit cette dernière. Je ne comprends pas, je...

— Mais quelqu'un d'autre s'était querellé avec

sir Reuben, continua Poirot de sa voix pensive. Quelqu'un d'autre l'avait quitté vert de rage. A supposer que son mari ait été encore vivant quand lady Astwell est partie vers minuit moins le quart, une dizaine de minutes se seraient écoulées avant le retour de Mr Charles Leverson. Une dizaine de minutes pendant lesquelles il aurait été possible à un occupant du second étage de descendre sans bruit, d'accomplir son forfait et de remonter dans sa chambre.

Victor Astwell bondit sur ses pieds avec un hurlement :

— Non mais qu'est-ce que...

Il s'étrangla de fureur.

— Dans un accès de colère, Mr Astwell, vous avez un jour tué un homme en Afrique occidentale.

— Je ne vous crois pas ! s'écria Lily Margrave.

Elle se précipita, poings serrés, joues empourprées.

— Je ne vous crois pas, répéta-t-elle en venant se camper au côté de Victor.

— Si, c'est bien exact, Lily, articula ce dernier, mais il y a des éléments que cet individu ne connaît pas. Le monstre que j'ai tué était un sorcier qui venait d'exterminer quinze enfants. Je considère que mon acte était justifié.

Lily se retourna vers Poirot. Elle s'exprimait maintenant avec le calme qui naît de la conviction :

— Vous vous trompez, monsieur. Ce n'est pas parce qu'un homme a le sang chaud, parce qu'il explose de temps à autre et se laisse aller à des excès verbaux que vous pouvez vous arroger le droit de voir en lui un assassin. Je sais — je *sais*, vous dis-je — qu'il est incapable d'un tel acte.

Poirot la dévisagea, un étrange sourire aux lèvres. Puis il lui prit la main et la tapota doucement :

— Vous voyez, mademoiselle, vous aussi vous avez des intuitions. Ainsi donc vous faites confiance à Mr Astwell ?

— Mr Astwell est un homme de bien, répondit-elle d'un voix sereine. Un homme merveilleux. Il n'avait rien à voir avec les agissements de la Mpala Gold. Il est bon et généreux, et... je lui ai promis de l'épouser.

173

Victor Astwell s'approcha d'elle et lui prit l'autre main.

— Devant Dieu, monsieur Poirot, déclara-t-il, je jure que je n'ai pas tué mon frère.

— Je le sais bien, que vous ne l'avez pas tué.

Le regard de Poirot parcourut la pièce :

— Ecoutez-moi, mes amis. Sous sommeil hypnotique, lady Astwell nous a dit avoir remarqué un renflement dans le ridcau, cette nuit-là.

Tous les yeux se tournèrent vers la fenêtre.

— Vous suggérez qu'un cambrioleur se serait caché derrière ? s'exclama Victor Astwell. Ce serait la solution idéale !

— Hé oui ! soupira Poirot. Seulement il ne s'agissait pas de ce rideau-*là*.

Il pivota sur lui-même et montra la tenture qui masquait le petit escalier :

— La nuit qui a précédé le crime, sir Reuben avait dormi dans la chambre du dessus. Il avait pris son petit déjeuner au lit et fait monter Mr Trefusis pour lui donner ses instructions. J'ignore ce que Mr Trefusis a oublié à ce moment-là dans cette chambre, mais il y avait laissé quelque chose. Le soir, quand il a souhaité bonne nuit à sir Reuben et à lady Astwell, il s'en est souvenu et il est monté rechercher l'objet en question. Engagés qu'ils étaient déjà dans une violente altercation, ni le mari ni sa femme n'ont dû lui prêter attention. La querelle battait son plein lorsque Mr Trefusis est redescendu.

» Le linge sale que le couple lavait en commun était de nature tellement intime et personnelle qu'il s'est trouvé bien embarrassé. Il était clair qu'ils le croyaient parti depuis un moment déjà. Craignant de voir la colère de sir Reuben se retourner contre lui, il a décidé de ne pas bouger et de s'esquiver plus tard. Il est donc resté derrière son rideau, et c'est en sortant que lady Astwell a inconsciemment remarqué le renflement du tissu qu'il provoquait.

» Dès qu'elle eut quitté la pièce, Trefusis a essayé de filer en douce, mais sir Reuben a tourné la tête au même moment et s'est avisé de la présence du secrétaire. Déjà passablement énervé, il l'a couvert d'injures, accusé d'écouter aux portes et traité d'espion.

» J'attache le plus grand prix, mesdames et messieurs, à la psychologie. Tout au long de cette affaire, ce n'est pas sur l'homme ou la femme à mauvais caractère que j'ai fait porter mon effort, car le mauvais caractère constitue souvent sa propre soupape de sûreté. Chien qui aboie ne mord pas. Non, je me suis intéressé au personnage doux, patient, maître de lui, à celui qui pendant neuf ans avait joué le rôle de souffre-douleur. Il n'est pire oppression que celle qu'on supporte pendant des années, pire rancune que celle qui s'accumule lentement.

» Pendant neuf ans, sir Reuben a rudoyé, a mortifié son secrétaire, et, pendant ces neuf longues années, ce garçon a courbé l'échine en silence. Mais vient forcément un jour où le point de rupture est atteint. *Le bouchon doit sauter !* C'est ce qui s'est passé, cette nuit-là. Sir Reuben est retourné s'asseoir à son bureau mais le secrétaire, au lieu de prendre humblement, docilement, la direction de la porte, a saisi la lourde massue de bois et l'a abattue sur celui qui l'avait humilié une fois de trop.

Il se tourna vers Trefusis qui le regardait, pétrifié, les yeux écarquillés :

— Votre alibi était tellement simple ! Mr Astwell pensait que vous étiez dans votre chambre, *mais personne ne vous avait vu la regagner*. Après avoir frappé sir Reuben, vous vous prépariez à filer lorsque vous avez entendu du bruit, vous êtes alors reparti dare-dare vous cacher derrière le rideau. Vous y étiez encore lorsque Charles Leverson est entré dans la pièce, vous y étiez aussi quand Lily Margrave est venue à son tour. Ce n'est que longtemps après, quand plus rien ne bougeait dans la maison, que vous vous êtes glissé hors de votre cachette pour rejoindre votre chambre. Niez-vous tout cela ?

— Je... je n'ai jamais..., commença à bégayer le secrétaire.

— Ah ! finissons-en. Voilà quinze jours que je joue la comédie. Je vous ai fait voir les mailles du filet qui se resserrait lentement autour de vous. Les empreintes digitales, les traces de semelles, la fouille dans votre chambre et vos affaires remises dans un ordre qui n'était pas le vôtre. Par tous ces artifices j'ai instillé en vous la terreur. Vous avez passé des nuits d'insomnie à vous poser des questions et à trembler. N'aviez-vous pas laissé une empreinte dans la salle de la tour, une trace de pas quelque part ?

» Sans trêve ni repos, vous avez ressassé les événements de cette fameuse nuit en vous demandant ce que vous aviez bien pu faire ou omettre de faire. Je vous ai amené ainsi dans un état de nerfs tel que vous ne pouviez plus ne pas commettre une erreur. Aujourd'hui, lorsque vous m'avez vu ramasser quelque chose dans l'escalier où vous étiez caché le soir du meurtre, j'ai lu la terreur dans vos yeux. J'ai alors fait monter encore la tension et vous ai mené là où je voulais vous conduire : j'ai frénétiquement cherché une petite boîte, je l'ai confiée à George avec moult recommandations et j'ai ostensiblement clamé que je m'absentais.

Poirot se tourna vers la porte :

— George ?

— Oui, monsieur ?

Le valet de chambre s'avança.

— Pourriez-vous dire à ces messieurs-dames ce qu'ont été mes instructions ?

— Je devais rester caché dans le placard de votre chambre après avoir placé la boîte où vous aviez dit. A 3 heures et demie cet après-midi, Mr Trefusis est entré dans votre chambre, il est allé vers le tiroir en question et... il est reparti avec la boîte.

— Boîte dans laquelle se trouvait une simple épingle, poursuivit Poirot. Je dis toujours la vérité, moi. J'avais effectivement ramassé quelque chose dans l'escalier, ce matin. Il est, je crois, un adage anglais qui dit : « Epingle ramassée, chance pour la journée. » Eh bien, ma chance à moi a été d'épingler le meurtrier.

Il se tourna vers le secrétaire.

— Vous voyez ? fit-il avec douceur. *Vous vous êtes trahi vous-même.*

Brusquement, Trefusis s'effondra. Il s'enfonça dans son fauteuil en sanglotant, le visage enfoui dans ses mains.

— Un coup de folie, gémit-il, un coup de folie ! Mais, oh ! mon Dieu, il n'arrêtait pas de me persécuter, de m'humilier au-delà du supportable. Cela fait des années que je le détestais, que je le haïssais.

— Je l'avais bien dit ! jubila lady Astwell.

Elle se dressa d'un bond, le visage éclairé d'une joie sauvage :

— Je *savais* que cet homme était coupable.

— Et vous aviez raison, acquiesça Poirot. On peut bien après tout donner à n'importe quoi le nom que l'on voudra. Le fait demeure, lady Astwell, que votre « intuition » ne vous avait pas trompée. Permettez-moi de vous en congratuler.

LE MORT AVAIT LES DENTS BLANCHES

(*Four-and-Twenty Blackbirds*)

Hercule Poirot dînait avec son ami Henry Bonnington au *Gallant Endeavour*, sur King's Road, à Chelsea.

Mr Bonnington adorait le *Gallant Endeavour*, son atmosphère détendue, sa cuisine « simple, traditionnelle et sans tralala ». Il aimait montrer aux gens qui dînaient avec lui la place exacte où Augustus John avait l'habitude de s'asseoir, ainsi que les noms des artistes connus qui avaient signé le livre d'or. Mr Bonnington était lui-même le moins doué des hommes sur le chapitre des beaux-arts, mais il tirait une certaine fierté des activités artistiques d'autrui.

Molly, l'accorte serveuse, salua Mr Bonnington comme un vieil ami. Elle mettait un point d'honneur à se rappeler les goûts et dégoûts de ses clients en matière culinaire.

— Bonsoir, monsieur, sourit-elle tandis que les

deux hommes s'installaient à une table de coin. Vous avez de la chance, aujourd'hui : dinde fourrée aux marrons — votre plat préféré, n'est-ce pas ? Comme fromage, nous avons un Stilton dont vous me direz des nouvelles ! Vous commencerez par quoi ? Potage ou poisson ?

Mr Bonnington délibéra. Il prévint Poirot, qui consultait le menu :

— Pas de vos chichis à la française, ici. De la bonne cuisine anglaise bien de chez nous.

— Mais, mon cher et bon ami, fit Poirot avec un geste de la main, je ne demande que ça ! Je m'en remets à vous corps et âme.

— Ah !... hryup... euh... hum..., répondit Mr Bonnington en se penchant sérieusement sur le problème.

Ces importantes questions, et celle du vin, réglées, il se renversa en arrière avec un soupir de béatitude et déplia sa serviette cependant que Molly s'éloignait d'un pas alerte.

— Brave fille, dit-il sur un ton appréciateur. Une beauté, dans le temps jadis : les peintres la prenaient comme modèle. De surcroît, elle en connaît un rayon en cuisine, ce qui est autrement plus important. Les femmes sont en général complètement désaxées, de ce côté-là. Quand elles sortent avec un bellâtre qui leur a tapé dans l'œil, elles ne font même plus attention à ce qu'elles mangent. Elles commandent la première chose qui leur tombe sous les yeux.

— C'est effroyable, convint Poirot en opinant du bonnet.

— Les hommes ne sont pas comme ça, Dieu merci ! se rengorgea Mr Bonnington.

— Jamais ? demanda Poirot, une lueur de malice dans le regard.

— Bon, peut-être quand ils sont très jeunes, concéda l'autre. Des chiens fous ! Les jeunes d'aujourd'hui sont tous pareils, rien dans le ventre, des mollusques. Je ne peux pas les voir — et ils me le rendent d'ailleurs fort bien, ajouta-t-il en toute impartialité. Bon, c'est leur droit, mais à entendre s'exprimer quelques-uns de ces blancs-becs, on croirait que personne n'a plus le droit d'être encore *vivant* passé la soixantaine ! Et si l'on en juge par leur comportement, c'est à se demander si la plupart d'entre eux ne poussent pas leurs vieux parents vers la sortie.

— Qui vous dit qu'ils ne le font pas ?

— Jolie mentalité, Poirot ! Vos enquêtes policières vous ont fait perdre tout sens de la moralité.

Un sourire vint éclairer le visage d'Hercule Poirot :

— Tout de même, il serait intéressant de dresser une statistique des morts par accident après 60 ans. Je vous assure qu'il y aurait de quoi se poser d'intéressantes questions.

— Le problème, avec vous, c'est qu'au lieu d'attendre d'avoir un crime sous le nez pour agir, vous avez désormais la manie de voir le crime partout.

— Je vous demande mille pardons, s'excusa Poirot, je me laissais aller à « parler boutique », comme dit le vulgaire. Indiquez-moi plutôt comment vont vos propres affaires. Comment va la vie de par le vaste monde ?

— C'est la pagaille ! fulmina Mr Bonnington. Le voilà, le problème du monde d'aujourd'hui. Trop de pagaille. Et trop de belles paroles pour masquer la pagaille. Comme une sauce corsée qui vous fait oublier que le poisson qu'elle recouvre n'est plus de toute première fraîcheur ! Qu'on m'apporte plutôt un bon filet de sole sans rien qui vienne le gâcher.

Ce à quoi Molly s'activait présentement. Il poussa un grognement de satisfaction :

— Vous au moins, vous savez ce que j'aime, mon petit, hein ?

— Quand même, monsieur, vous venez ici assez souvent pour que je m'en souvienne.

— Les gens prennent toujours les mêmes plats ? s'étonna Poirot. Ils ne cherchent pas à varier de temps en temps les plaisirs ?

— Pas les messieurs, répondit-elle. Les dames, oui, elles changent. Les messieurs prennent toujours la même chose.

— Qu'est-ce que je vous disais ? maugréa Bonnington. Les femmes sont complètement désaxées, question nourriture.

Il balaya la salle du regard :

— On vit quand même dans un drôle de monde. Vous voyez ce bizarre bonhomme barbu, là-bas au coin ? Molly peut vous dire qu'il est toujours là le mardi et le jeudi soir. Voilà près de dix ans qu'il vient, il fait quasiment partie des meubles. Et pourtant, personne ne connaît son nom et ne sait où il habite ni ce qu'il fait dans la vie. C'est curieux, quand on y pense.

Quand la serveuse apporta les plantureuses portions de dinde, il l'interpella :

— Je vois que vous avez toujours Mathusalem, là-bas ?

— Absolument, monsieur. Le mardi et le jeudi, ce sont ses jours. Sauf que, la semaine dernière, il est venu un *lundi* ! J'ai failli en tomber à la renverse ! Ça m'a perturbée à tel point que j'ai cru que c'était moi qui me trompais de jour et qu'on était mardi ! Mais il est venu le lendemain soir aussi — ce qui fait que son lundi, c'était comme qui dirait un extra.

— Intéressante rupture d'habitude, souligna Poirot, songeur. Je me demande ce qui a bien pu la provoquer.

— Si vous voulez mon avis, monsieur, je crois qu'il avait dû avoir un souci ou un ennui.

— A quoi l'avez-vous vu ? A son comportement ?

— Son comportement... ce n'est pas vraiment ça. Il était bien tranquille, comme toujours — il ne dit pratiquement jamais rien, sauf bonjour-bonsoir. Non, c'est sa *commande*.

— Sa commande ?

— Vous allez vous moquer de moi, rougit-elle, mais quand un client vient depuis dix ans, on finit par savoir ce qu'il aime et ce qu'il n'aime pas. Il a toujours eu horreur du pudding à la graisse de bœuf, horreur aussi des mûres, et je ne l'avais jamais vu prendre un velouté. Eh bien pourtant, lundi soir, il a demandé un velouté de tomate, un pudding à la graisse de rognons de bœuf et une tarte aux mûres ! Comme s'il ne savait même pas ce qu'il commandait !

— Savez-vous, s'exalta Hercule Poirot, que c'est passionnant, ce que vous dites là ?

Molly parut flattée et repartit vers les cuisines.

— Eh bien, Poirot ? gloussa Bonnington tout joyeux. Qu'attendez-vous pour nous gratifier de quelques-unes de vos déductions élucubratoires ? J'attends de vous des prodiges !

— En fait de déductions, je préférerais entendre d'abord les vôtres.

— Que je joue les Watson, hein ? Bon : le doux vieillard est allé chez le médecin, qui lui a donné un nouveau régime.

— A base de velouté de tomate, de pudding à la graisse de rognons de bœuf et de tarte aux mûres ? Jamais vu ça.

— Détrompez-vous, mon vieux. Nos toubibs actuels sont capables de tout.

— C'est la seule explication qui vous vienne à l'esprit ?

— Sérieusement, répondit Henry Bonnington, je n'en vois qu'une plausible. Notre ami inconnu se trouvait sous l'emprise d'une forte émotion. Il était tellement perturbé qu'il n'a pas fait attention à ce qu'il commandait... ni ensuite à ce qu'il mangeait.

Il s'interrompit une minute, puis enchaîna :

— Vous allez sans doute décréter maintenant que vous savez ce qui se passait dans sa tête ? Qu'il était en train de mijoter un crime, peut-être ?

Il s'amusa beaucoup de sa propre suggestion.

Poirot ne partagea pas son hilarité.

Il devait avouer plus tard qu'il s'était, à ce moment-là, senti très inquiet. Et soutenir qu'il aurait dû se douter de ce qui allait arriver.

Ses amis lui ont toujours assuré que c'était là une idée absurde.

*

Trois semaines environ s'écoulèrent avant qu'Hercule Poirot et Bonnington ne se revoient. La rencontre eut lieu cette fois dans le métro.

Accrochés à des poignées d'appui contiguës, bousculés, ballottés en tous sens, ils s'adressèrent un signe de tête. A Piccadilly Circus, un exode général leur permit de trouver deux places à l'avant de la voiture — endroit tranquille, car personne ne passait par là pour monter ou descendre.

— Ouf ! ça va mieux, soupira Mr Bonnington. Piètre engeance que le genre humain ! On a beau demander aux gens de s'avancer dans le couloir, pour rien au monde ils ne bougeraient d'un pouce !

Hercule Poirot haussa les épaules :

— Que voulez-vous, la vie est tellement aléatoire.

— Exactement. Ici aujourd'hui, plus là demain, philosopha Mr Bonnington avec une sorte de noire délectation. A ce propos, vous vous rappelez le vieux bonhomme que nous avions remarqué au *Gallant Endeavour* ? Je me demande justement si *lui* n'est pas parti pour un monde meilleur. On ne l'a pas revu là-bas de toute une semaine. Molly s'en fait un sang d'encre.

Poirot se redressa d'un coup. Un éclair passa dans ses yeux verts :

— Vraiment ? s'écria-t-il. Vraiment ?

— Vous vous souvenez de mon hypothèse selon laquelle il serait allé voir un charlatan qui l'avait mis au régime ? Le régime, ça ne tenait pas debout, évidemment, mais je ne serais pas surpris qu'il ait consulté pour un problème de santé et que le diagnostic du toubib lui ait causé un choc. Ce qui expliquerait qu'il ait commandé n'importe quoi sur le menu sans réaliser ce qu'il faisait. Et ce choc a sûrement contribué à l'expédier dans l'autre monde plus vite qu'il n'y serait allé autrement. Les médecins devraient quand même prendre des gants pour dire certaines choses à leurs malades.

— Ils le font généralement.

— Ah ! voilà ma station, s'exclama Mr Bonnington. Au revoir. Je crains qu'on ne sache jamais qui était ce vieux. Ni même son nom. Drôle de monde que ce monde dans lequel nous vivons !

Sur quoi il descendit en coup de vent.

Hercule Poirot resta assis, sourcil froncé, comme s'il ne voyait rien de drôle là-dedans.

Il rentra chez lui et donna ses instructions à George, son fidèle valet de chambre.

*

Hercule Poirot faisait courir son index le long d'une liste de noms. C'était le registre des décès dans une circonscription bien déterminée.

Le doigt de Poirot s'arrêta :

— Henry Gascoigne. Soixante-neuf ans. Je vais essayer celui-là en premier.

Plus tard dans la journée, Hercule Poirot était dans le cabinet du Dr MacAndrew, juste à côté de King's Road. MacAndrew était un grand Ecossais rouquin au visage intelligent.

— Gascoigne ? s'exclama-t-il. Oui, c'est exact. Un vieil excentrique. Il vivait seul dans l'une de ces bicoques en ruine qu'on est en train de raser pour construire un immeuble moderne. Je ne l'avais jamais soigné auparavant, mais je l'avais croisé dans le coin et je savais qui c'était. C'est le laitier qui a commencé à s'inquiéter : les bouteilles s'entassaient devant sa porte. A la fin, ses voisins ont prévenu la police qui est venue, a enfoncé la porte et l'a trouvé. Il avait dégringolé l'escalier et s'était rompu le cou. Il portait une vieille robe de chambre avec un cordon tout effiloché. Il a fort bien pu se prendre les pieds dedans.

— Je vois, acquiesça Hercule Poirot. C'est tout bête, un simple accident.

— Ma foi, oui.

— Il avait de la famille ?

— Un neveu, qui venait le voir une fois par mois environ. Il s'appelle George Lorrimer. C'est un confrère. Il est toubib lui aussi et vit à Wimbledon.

— Il a dû être bouleversé par la mort du vieil homme ?

— Bouleversé, c'est peut-être un bien grand mot. Il avait de l'affection pour lui, mais il ne le connaissait pas tellement.

— Depuis combien de temps Mr Gascoigne était-il décédé quand vous avez été amené à voir sa dépouille ?

— Ah ! fit le Dr MacAndrew, nous passons là au domaine officiel. Pas moins de 48 heures et pas plus de 72. On l'a trouvé le matin du 6. En fait, nous avons pu affiner encore. Dans la poche de sa robe de chambre, il avait une lettre écrite le 3, postée l'après-midi du même jour à Wimbledon, et qui a dû être distribuée vers 21 h 20. Ce qui place la mort après 21 h 20, le soir du 3, et correspond à l'avancement du processus de digestion du contenu de son estomac. Il avait pris un repas deux heures avant. Je l'ai examiné le matin du 6, et son état pouvait fort bien être celui d'un homme décédé depuis une soixantaine d'heures, donc vers 10 heures du soir, le 3.

— Tout cela paraît très cohérent. Dites-moi, quand a-t-il été vu bien en vie pour la dernière fois ?

— Le même jeudi 3, vers 7 heures du soir, sur King's Road. Il a ensuite dîné au *Gallant Endeavour* à 7 heures et demie pile. Comme tous les jeudis, à ce qu'il paraît. C'était une sorte d'artiste, vous savez — exécrable, d'ailleurs.

— Il n'avait pas d'autre famille que son neveu ?

— Si, un frère jumeau. L'histoire est assez curieuse. Cela faisait des années qu'ils ne se voyaient plus. Le frère, Anthony Gascoigne, aurait, dit-on, épousé une femme très riche et laissé tomber l'art, d'où la brouille entre les deux. Ils ne se sont d'ailleurs jamais revus, mais, fait étrange, *ils sont morts le même jour*, le premier jumeau à 3 heures l'après-midi du 3. Une fois déjà, j'ai entendu une histoire de jumeaux décédant le même jour, et en des endroits différents du globe ! Ce n'est probablement qu'une coïncidence, mais le fait est là.

— La femme du frère est-elle toujours en vie ?

— Non, elle est morte il y a quelques années.

— Où Anthony Gascoigne habitait-il ?

— Il avait une maison sur Kingston Hill. Il vivait complètement reclus, d'après le Dr Lorrimer.

Poirot hocha la tête d'un air songeur.

L'Ecossais leva sur lui un regard aigu.

— Où diable voulez-vous en venir, monsieur Poirot ? demanda-t-il sans détour. J'ai répondu à vos questions comme mon devoir était de le faire au vu de vos papiers. Mais je suis dans le noir total sur ce qui se passe.

— Simple mort accidentelle, disiez-vous ? Simple poussée dans le dos, rétorquerai-je, voilà où je veux en venir.

Le Dr MacAndrew en resta comme deux ronds de flan :

— En d'autres termes, un meurtre ! Et vous vous basez sur du solide, pour affirmer ça ?

— Non. C'est juste une supposition.

— Vous ne dites pourtant pas ça en l'air, insista l'autre.

Poirot ne répondit pas.

— Si c'est le neveu Lorrimer que vous soupçonnez, poursuivit MacAndrew, autant vous dire tout de suite que vous vous mettez le doigt dans l'œil. Lorrimer a joué au bridge à Wimbledon de 8 heures du soir à minuit. C'est l'alibi qu'il a présenté à l'enquête.

— Et qui a sûrement été vérifié. La police ne néglige rien de ce genre.

— Peut-être avez-vous des éléments contre lui ? fit le médecin.

— J'ignorais jusqu'à son existence avant que vous ne m'en parliez.

— Alors vous soupçonnez quelqu'un d'autre ?

— Non, non. Pas du tout. Il s'agit des habitudes routinières de l'animal humain. C'est très important. Or, feu Mr Gascoigne sort de leur cadre. Tout cloche, voyez-vous.

— Je ne comprends vraiment pas.

— Le problème, c'est qu'il y a trop de sauce sur le poisson avarié.

— Je vous demande pardon ?

Hercule Poirot sourit :

— Vous n'allez pas tarder à m'envoyer à l'asile, docteur. Pourtant j'ai toute ma raison, je ne suis guère qu'un individu épris d'ordre et de logique qui déteste voir des faits *échapper à la règle*. Excusez-moi, je vous en prie, de toute la peine que je vous ai donnée.

Il se leva, imité par le médecin.

— Honnêtement, fit MacAndrew, je ne vois rien

d'anormal ni de suspect dans la mort d'Henry Gascoigne. Pour moi, il est tombé, pour vous on l'a poussé. Tout cela est question de... d'appréciation.

Hercule Poirot exhala un soupir.

— Oui, dit-il, c'est du travail bien fait. Par quelqu'un d'habile.

— Vous persistez à croire que...

Le petit détective écarta les mains :

— Je suis un homme tenace. Avec une petite idée en tête qui ne repose sur rien de précis. Au fait, Henry Gascoigne portait-il un dentier ?

— Non, il avait toutes ses dents, et remarquablement saines pour son âge.

— Il les soignait bien ? Elles étaient bien blanches et bien brossées ?

— Oui, je l'avais remarqué. Les dents jaunissent bien sûr un peu avec l'âge, mais elles étaient en parfait état.

— Nullement ternies, donc ?

— Non. Il ne devait pas fumer, si c'est ce que vous voulez dire.

— Pas particulièrement. Simple élucubration de ma part — qui ne mènera probablement à rien ! Au revoir, docteur, et merci de votre obligeance.

Il serra la main du médecin et prit congé.

— Et maintenant, s'exhorta-t-il, voyons cette élucubration d'un peu plus près !

*

Au *Gallant Endeavour*, il reprit la même table que la première fois avec Bonnington. La fille qui le servit n'était pas Molly. Partie en congé, lui dit-elle.

Il n'était que 7 heures et Poirot n'eut aucune peine à engager la conversation avec la remplaçante sur le vieux Mr Gascoigne.

— Oui, fit cette dernière, il venait ici depuis des années. Mais aucune d'entre nous n'a jamais connu son nom. On a lu le compte rendu de l'enquête sur le journal et il y avait sa photo. « Regarde un peu ça, que j'ai fait à Molly, si c'est pas notre Mathusalem », comme on l'appelait entre nous.

— Il a dîné ici le soir de sa mort, n'est-ce pas ?

— Oui, le jeudi 3. Il venait toujours, le jeudi. Le jeudi et le mardi, avec une régularité d'horloge.

— Vous ne vous rappelez sans doute pas ce qu'il a pris pour dîner ?

— Si attendez... du potage au curry, c'est ça, et puis du pudding au bœuf — ou alors le plat de mouton ? Non, pudding au bœuf, fromage, tarte aux mûres et aux pommes. Dire que c'est en rentrant chez lui, le soir même, qu'il est tombé dans l'escalier ! En se prenant les pieds dans un vieux cordon de robe de chambre, à ce qu'il paraîtrait ! C'est vrai qu'il était toujours fichu comme l'as de pique, dans ses vêtements loqueteux et d'un autre âge, mais il avait quand même une certaine allure, comme s'il était *quelqu'un* ! Ah ! on en voit de toutes sortes : ce n'est pas les clients intéressants qui manquent, ici.

Elle s'éloigna.

Hercule Poirot dégusta son filet de sole. Ses yeux luisaient d'un éclat particulier.

« C'est drôle, songea-t-il, comme les gens les plus intelligents peuvent se fourvoyer sur des détails. Je crois que cela va intéresser Bonnington. »

Mais l'heure n'était pas encore aux conversations tranquilles avec son ami.

*

Nanti d'introductions adéquates émanant de certain milieu influent, Poirot n'eut aucune peine à approcher le coroner du district.

— Etrange personnage que feu Mr Gascoigne, remarqua ce dernier. Un vieux solitaire excentrique. Mais son décès semble susciter un intérêt peu ordinaire.

Il levait, tout en parlant, un regard intrigué sur son visiteur.

Hercule Poirot répondit en pesant bien ses paroles :

— Les circonstances dans lesquelles il s'est produit semblent rendre souhaitable un complément d'enquête.

— Très bien. Comment puis-je vous aider ?

— Il entre, je crois, dans vos attributions de décider le dépôt au greffe ou la destruction des documents produits dans votre cour. Une lettre a été découverte dans la poche de la robe de chambre d'Henry Gascoigne, n'est-ce pas ?

— C'est exact.

— Une lettre de son neveu, le Dr George Lorrimer ?

— En effet. Cette lettre a été produite à l'enquête pour aider à fixer l'heure de la mort.

— Qui a été corroborée par l'analyse médico-légale ?

— Absolument.

— Cette lettre est-elle toujours disponible ?

Poirot attendit la réponse avec une certaine fébrilité.

Quand il sut que le document pourrait être examiné, il poussa un soupir de soulagement.

Il vit enfin la fameuse lettre et l'étudia attentivement. Elle avait été rédigée au stylo, d'une écriture un peu étriquée :

Cher oncle Henry,
Désolé de te dire que je n'ai guère eu de succès auprès d'oncle Anthony. Il n'a montré aucun désir que tu lui rendes visite et n'a pas répondu à ta demande de tirer un trait sur le passé. Il est, c'est sûr, très malade et n'a plus les idées bien en place. Je crains que la fin ne soit imminente. Tout juste s'il se rappelait qui tu étais.
Je regrette de n'avoir pas réussi, mais j'ai fait de mon mieux.
Affectueusement. Ton neveu,

George Lorrimer

La lettre était datée du 3 novembre. Poirot regarda le cachet de la poste : 3 novembre 16 h 30.

— Tout cela est réglé comme papier à musique, n'est-ce pas ? murmura-t-il.

*

Kingston Hill était son objectif suivant. Venu à bout des réticences d'Amelia Hill, la gouvernante-cuisinière de feu Anthony Gascoigne, il avait en effet arraché à cette dernière la promesse d'un entretien.

Plutôt raide et méfiante au début, Mrs Hill succomba à la jovialité de ce drôle d'étranger dont le charme aurait fait fondre une pierre. La digne personne ne tarda pas à se détendre.

Et à se détendre si bien qu'elle finit par se retrouver, comme tant de ses congénères avant elle, en train de conter ses malheurs à un auditeur plein de compassion :

Quatorze ans durant, qu'elle s'était échinée à tenir la maison de Mr Gascoigne — même que ça n'avait *pas* été une sinécure, oh ! que non. Elle en connaissait plus d'une qui auraient rendu vingt fois leur tablier plutôt que de subir tout ce qu'elle avait subi ! Excentrique, il l'était comme pas deux, le pauvre vieux, et c'était rien de le dire ! Et avec ça près de ses sous comme c'est pas Dieu permis — une véritable obsession, chez lui — alors qu'il roulait sur l'or ! Mrs Hill l'avait cependant servi fidèlement, s'était pliée à ses manies, et il allait de soi qu'elle s'était attendue, au pire, à un petit legs de remerciement. Mais je t'en fiche ! Pas ça ! Il n'y avait qu'un vieux testament qui laissait tout l'argent à sa femme ou alors, si elle décédait avant lui, à son frère Henry. Un testament qui remontait à des lustres ! C'était-y juste, une pingrerie pareille ?

Peu à peu, Poirot éloigna Mrs Hill de son cheval de bataille favori, la convoitise insatisfaite. Certes oui, quelle ingratitude... On ne pouvait la blâmer de se sentir blessée. La ladrerie de Mr Gascoigne était proverbiale, on disait même qu'il avait refusé d'aider son propre frère. Mrs Hill devait d'ailleurs être bien placée pour le savoir.

— C'est pour ça que le Dr Lorrimer était venu le voir ? s'émut-elle. Je savais que c'était de la part d'Henry mais je croyais qu'il voulait se réconcilier. Ils étaient brouillés depuis des années.

— Et Mr Gascoigne a refusé catégoriquement, je crois ?

— Ah ! ça, oui, répondit Mrs Hill avec un hochement de tête. « *Henry ?* qu'il a fait de sa voix toute faible. *Qu'est-ce qu'il veut, celui-là ? Ça fait des années que je ne le vois plus et ce n'est pas maintenant que*

189

ça va changer. Il cherche toujours la bagarre, Henry. »
Voilà comment qu'il a dit ça.

La conversation en revint alors aux doléances personnelles de Mrs Hill et à ce sans-cœur de notaire de Mr Gascoigne.

Poirot eut toutes les peines du monde à prendre congé sans couper court trop brutalement à la conversation.

Il parvint malgré tout à Elmcrest, Dorset Road, Wimbledon, la résidence du Dr George Lorrimer, juste après l'heure du dîner.

Le médecin était chez lui. Poirot fut introduit dans son cabinet où Lorrimer, qui de toute évidence se levait juste de table, le rejoignit bientôt.

— Je ne suis pas un patient, docteur, prévint d'entrée de jeu Hercule Poirot. Et il vous paraîtra peut-être impertinent de ma part d'être venu jusqu'ici, mais je suis un vieil homme qui croit davantage aux contacts directs qu'aux hommes de loi et à leurs atermoiements.

Il avait manifestement éveillé l'intérêt de Lorrimer. De taille moyenne, le visage rasé, le médecin avait le cheveu châtain mais des cils presque blancs qui conféraient à ses yeux un aspect pâle et délavé. Il semblait vif et non dénué d'humour.

— Les hommes de loi ? fit-il en arquant les sourcils. Je ne peux pas les voir non plus. Mais vous piquez ma curiosité, cher monsieur. Veuillez vous asseoir, je vous prie.

Poirot prit place, sortit une de ses cartes professionnelles et la tendit au médecin.

Les cils blancs de Lorrimer battirent légèrement.

Poirot se pencha vers lui et lui dit, sur le ton de la confidence :

— Une grande partie de ma clientèle est constituée de femmes.

— Ça leur ressemble bien, fit le médecin avec une légère lueur dans le regard.

— Comme vous dites, cela leur ressemble bien. Les personnes du sexe se défient de la police officielle. Elles préfèrent les investigations privées. Elles n'aiment pas voir leurs problèmes étalés sur la place publique. Une vieille dame est venue me consulter il y a quelques jours. Elle avait un différend avec un mari dont elle s'était séparée de nombreuses années auparavant. Ce mari, c'était votre oncle, le défunt Mr Gascoigne.

George Lorrimer devint écarlate :

— Mon oncle ? C'est ridicule, sa femme est morte il y a belle lurette.

— Pas votre oncle *Anthony*, votre oncle *Henry*.

— L'oncle Henry ? Il n'était pas marié, lui !

— Oh ! si, il l'était, mentit Poirot sans vergogne. Cela ne fait aucun doute, la dame a même apporté l'acte de mariage.

— C'est un mensonge ! s'écria George Lorrimer, à présent rouge comme une pivoine. Je n'en crois pas un mot. Vous n'êtes qu'un fieffé menteur !

— Pas de chance, hein ? sourit Poirot. Vous avez commis un meurtre pour rien.

— Un meurtre ?

La voix de Lorrimer se fit balbutiante. Ses yeux pâles étaient exorbités de terreur.

— Au fait, dit Poirot, je vois que vous vous êtes remis à la tarte aux mûres. Est-ce bien raisonnable ? Les mûres sont paraît-il bourrées de vitamines, mais elles peuvent aussi être mortelles. En l'occurrence, j'ai nettement l'impression qu'elles auront surtout servi à passer une corde autour du cou d'un homme — le vôtre, Dr Lorrimer.

*

— Vous voyez, mon bon ami, c'est dans votre postulat de base que vous vous étiez trompé.

Souriant à son vis-à-vis à travers la table, Poirot ponctua son explication d'un geste de la main :

— Un homme ne choisira jamais le moment où il est dans un grand état d'agitation pour modifier sa façon d'agir. Ses réflexes obéissent à la loi du moindre effort. Un individu bouleversé peut fort bien descendre dîner en pyjama, mais ce sera *son* pyjama, pas celui de quelqu'un d'autre.

» Un quidam qui a horreur du velouté, du pudding à la graisse de bœuf et des mûres commande soudain tout cela dans un restaurant. Pour *vous*, c'est parce qu'il a l'esprit ailleurs. Pour *moi*, au contraire, *un homme qui a l'esprit préoccupé commandera automatiquement ce qu'il prend le plus souvent d'habitude.*

» Quelle autre explication pouvait-il donc y avoir ? Je n'arrivais pas à en trouver une qui me semblât plausible. Et ce n'était pas faute de me triturer les méninges ! Quelque chose me chiffonnait dans tout ça, quelque chose qui ne cadrait pas ! J'ai l'esprit ordonné et je n'aime pas ce qui apparaît sans rime ni raison. Cette commande de Mr Gascoigne pour son dîner me tracassait.

» Après cela, vous m'avez appris sa disparition. Pour la première fois depuis des années, il avait manqué un mardi et un jeudi. Cela m'a encore moins plu. Et puis une hypothèse bizarroïde m'est venue à l'esprit. Si elle se vérifiait, *alors l'homme était mort*. Je me suis renseigné. Il était effectivement mort. Du travail propre et net. En d'autres termes, le poisson avarié avait été recouvert de belle sauce !

» On l'avait vu sur King's Road à 7 heures. Il avait dîné ici à 7 et demie — deux heures avant de mourir. Tout concordait — l'analyse du contenu de l'estomac, la lettre. Beaucoup trop de sauce ! On en avait noyé le poisson !

» Ce cher neveu avait écrit la lettre, ce cher neveu disposait d'un splendide alibi pour l'heure de la mort. Une mort toute bête : une chute dans l'escalier. Simple accident ? Simple meurtre ? Tout le monde penchait pour l'accident.

» Ce cher neveu est le seul parent survivant. Ce cher neveu héritera donc — mais héritera *quoi* ? L'oncle est notoirement pauvre.

» Seulement voilà, il y a un frère. Un frère qui avait jadis fait un riche mariage. Un frère qui habite une belle maison cossue à Kingston Hill, ce qui laisserait supposer que la riche épouse lui a laissé tout son argent. Vous voyez le ricochet : la riche épouse laisse l'argent à Anthony, Anthony laisse l'argent à

Henry, l'argent d'Henry va à George. La boucle est bouclée.

— Tout cela est bien beau en théorie, reconnut Bonnington. Mais qu'avez-vous fait ?

— Quand on *sait* qu'on tient le bon bout, vous savez, on arrive en général à trouver ce qu'on cherche. Henry était mort deux heures après un repas. C'est tout ce que l'enquête a retenu. Alors imaginez que le repas en question ne soit pas un dîner, mais un *déjeuner* ? Mettez-vous à la place de George. Il a un gros, très gros, besoin d'argent. Anthony Gascoigne est en train de mourir, mais sa mort ne sert à rien pour George puisque la fortune passe à Henry et qu'Henry en a peut-être encore pour des années à vivre. Henry doit donc mourir aussi, et le plus tôt sera le mieux — mais sa mort doit intervenir *après* celle d'Anthony, et puis George doit se forger un alibi. Une idée lui est fournie par l'habitude qu'a son oncle de dîner régulièrement deux soirs par semaine dans un restaurant. Deux précautions valant mieux qu'une, il met d'abord son plan à l'essai. *Le lundi soir, il se fait passer pour son oncle au restaurant en question*. Et ça marche comme sur des roulettes. Tout le monde le prend pour Henry. Excellent. Il n'a plus qu'à attendre que l'oncle Anthony soit sur le point de passer l'arme à gauche. Le moment arrive. Il écrit une lettre à son oncle Henry dans l'après-midi du 2 novembre mais la date du 3. Il va chez son oncle le 3 dans l'après-midi et passe à l'action. Une bonne poussée dans le dos et le tonton dégringole. George cherche la lettre qu'il avait envoyée et la fourre dans la poche de la robe de chambre d'Henry. A 7 heures et demie, il est au *Gallant Endeavour* avec barbe, sourcils en bataille, complètement grimé. A 7 heures et demie, donc, Henry Gascoigne est selon toute apparence encore de ce monde. Après une rapide métamorphose dans des toilettes publiques quelconques, il reprend sa voiture et s'en retourne pleins gaz à Wimbledon pour une soirée de bridge. Le parfait alibi.

Mr Bonnington regarda Poirot :

— Mais le cachet de la poste ?

— Bah ! c'est simple. Il était un peu barbouillé. Pourquoi ? Parce qu'on avait changé au noir de fumée, devant novembre, le 2 en 3. Semblable détail, on ne le remarque *que si on le cherche*. Et puis il était mûr pour se faire prendre.

— Mûr pour se faire prendre ?

— Mûr à cause des mûres ! Il a manqué quelque chose à George pour être un acteur parfait. Vous vous rappelez le comédien qui s'était passé au noir de la tête aux pieds pour jouer Othello ? Eh bien c'est ce genre d'acteur qu'il faut être pour un crime. George ressemblait à son oncle, marchait comme son oncle, parlait comme son oncle, s'était fait la tête de son oncle, mais il avait oublié de *manger* comme lui. Il a commandé les plats que lui-même aimait. Les mûres colorent les dents, or celles du mort ne l'étaient pas et Henry Gascoigne était censé avoir mangé des mûres au *Gallant Endeavour* ce soir-là. Il n'y avait d'ailleurs pas de mûres dans son estomac, j'ai demandé ce matin. Et puis George a eu la bêtise de conserver la fausse barbe et le reste du maquillage. Oh ! les preuves ne manquent pas quand on sait ce qu'on cherche. Je suis allé voir George et je lui ai fichu la frousse. Ça l'a achevé ! Il avait encore mangé des mûres, au fait. Un incorrigible gourmand ce garçon. D'où ma conclusion : ou je me trompe fort, ou sa gourmandise l'enverra à la corde.

La serveuse apporta deux parts de tarte aux mûres et aux pommes.

— Euh…, non merci, refusa Mr Bonnington. On ne sait jamais. Apportez-moi plutôt une jolie portion de crème caramel.

LE RÊVE

(*The Dream*)

Hercule Poirot observa longuement la maison, puis ses yeux errèrent un moment sur ses environs immédiats, les boutiques, le gros bâtiment de l'usine sur la droite, les immeubles d'appartements à bon marché en face.

Son regard se porta ensuite une fois de plus sur Northway House, vestige d'une époque révolue — une époque d'espace et de loisirs où des champs verdoyants entouraient sa noble arrogance. Elle était maintenant anachronique, oubliée, perdue dans l'océan chaotique du Londres moderne, et, sur 50 personnes, pas une n'aurait pu vous indiquer où elle se trouvait.

Très peu également auraient su vous dire à qui elle appartenait, bien que le nom de son propriétaire fût associé à l'une des plus grosses fortunes du globe. Mais l'argent peut aussi bien vous assurer discrétion que publicité. Benedict Farley, le milliardaire excentrique, avait choisi de ne pas révéler son lieu de résidence. Lui-même se montrait peu, ses apparitions publiques étaient rares. De temps à autre, il apparaissait aux conseils d'administration, et sa silhouette maigre, son nez crochu et sa voix grinçante dominaient de haut les autres administrateurs. Outre cela, c'était une figure de légende. Ses étonnantes mesquineries et ses incroyables gestes de générosité, en même temps que certains détails plus personnels — la fameuse robe de chambre en patchwork qu'il portait depuis vingt ans, son immuable régime de soupe aux choux et de caviar, sa haine des chats —, étaient de notoriété publique.

Hercule Poirot connaissait cela aussi. Mais c'était tout ce qu'il savait de l'homme auquel il allait rendre visite. La lettre qu'il avait dans la poche de son manteau ne lui en apprenait guère plus.

Après avoir silencieusement contemplé ce mélancolique symbole d'un autre âge, il gravit le perron de la porte d'entrée et pressa le bouton de sonnette. Ce faisant, il jeta un coup d'œil sur l'élégante montre-bracelet qui était finalement venue remplacer le cher vieil oignon de ses jeunes années. Oui, il était pile 9 heures et demie du soir. Comme toujours, Hercule Poirot était ponctuel à la seconde près.

La porte s'ouvrit après le bref délai de rigueur. Une silhouette de majordome, parfait spécimen du genre, se découpa dans l'encadrement de la porte sur le fond éclairé du hall.

— Mr Benedict Farley ? demanda Hercule Poirot.

Le regard impersonnel le parcourut de la tête aux pieds. Un regard sobre mais efficace.

« En gros et en détail », songea Poirot qui appré-cia le professionnalisme de l'examen.

— Monsieur a rendez-vous ? demanda la voix suave.

— Oui.

— A quel nom, je vous prie ?

— Hercule Poirot.

Le majordome s'inclina et s'effaça. Hercule Poirot entra. Le domestique referma la porte derrière lui.

Mais une formalité restait à accomplir avant que les mains exercées ne débarrassent le visiteur de sa canne et de son chapeau.

— Que Monsieur me pardonne, mais je dois lui demander une lettre.

Sans hâte, Poirot l'extirpa de sa poche et la tendit au majordome. Celui-ci y jeta un bref coup d'œil puis la rendit avec une courbette à Poirot qui la remit dans son manteau. Sa teneur était des plus simples :

Northway House, W. 8
A M. Hercule Poirot
Cher Monsieur,
Mr Benedict Farley serait désireux de bénéficier de vos conseils. Si cela vous convient, il vous accueillera à l'adresse ci-dessus demain jeudi à 21 h 30.
Veuillez agréer...

Hugo Cornworthy
(Secrétaire particulier)
P.S. : Ayez l'obligeance de vous munir de cette lettre.

196

Prestement, le majordome le débarrassa de son chapeau, de sa canne et de son manteau :

— Monsieur veut-il me suivre jusqu'au bureau de Mr Cornworthy ?

Il le précéda dans le grand escalier. Poirot suivit, non sans apprécier les objets d'art au style opulent et tarabiscoté. Il avait toujours été quelque peu bourgeois dans ses goûts artistiques.

Arrivé à l'étage, le majordome frappa à une porte.

Poirot haussa quelque peu les sourcils. C'était la première fausse note. Un majordome stylé ne frappe pas aux portes   et pourtant celui-ci était indubitablement de grande classe !

Cela correspondait sans nul doute à des instructions bien précises, et c'était là, en quelque sorte, le premier signe d'une bizarrerie de milliardaire.

De l'intérieur, une voix répondit quelque chose. Le majordome ouvrit en grand. Il annonça — et Poirot vit de nouveau là une entorse délibérée à l'orthodoxie :

— La personne que vous attendez, monsieur.

Poirot entra dans une pièce de vastes dimensions au mobilier simple mais fonctionnel : armoires à dossier, étagères d'ouvrages de référence, deux bergères, ainsi qu'un imposant bureau couvert de papiers soigneusement disposés. Les coins de la pièce étaient plongés dans la pénombre car l'unique source de lumière était une lampe de lecture à abat-jour vert installée sur un guéridon à côté d'un des fauteuils. Elle était positionnée de façon à éclairer en plein quiconque venait de la porte. Il cligna un peu des yeux — l'ampoule devait bien faire 150 watts. Dans le fauteuil se tenait une maigre silhouette enveloppée dans une robe de chambre en patchwork : c'était Benedict Farley, la tête projetée en avant, attitude caractéristique, son nez crochu pointé comme le bec d'un oiseau de proie. Une touffe de cheveux blancs en huppe de cacatoès se dressait sur son front. Ses yeux luisaient derrière les verres épais de ses lunettes tandis qu'il dardait un regard soupçonneux sur son visiteur.

— Alors comme ça, fit-il d'une voix stridente et aigre, grinçante presque, vous êtes Hercule Poirot ?

— Pour vous servir, répondit courtoisement ce dernier en inclinant la tête, une main sur le dossier du fauteuil.

— Asseyez-vous, asseyez-vous, couina Farley avec humeur.

Poirot s'assit, en plein dans le faisceau de la lampe. Dans la pénombre, le vieil homme semblait l'étudier attentivement.

— Qu'est-ce qui me le prouve, que vous êtes bien Hercule Poirot, hein ? demanda-t-il sur un ton maussade. Vous pouvez me le dire, hein ?

Une fois de plus, Poirot tira la lettre de sa poche et la tendit à Farley.

— C'est bon, reconnut du bout des lèvres le milliardaire. C'est la lettre que j'avais demandé à Cornworthy d'écrire.

Il la replia et la jeta sur la table en direction de Poirot :

— Vous êtes donc bien l'individu en question ?

— Je vous assure qu'il n'y a rien là de truqué, fit Poirot avec un petit geste de la main.

Benedict Farley émit un soudain gloussement joyeux :

— C'est ce qu'affirme le prestidigitateur avant de sortir le lapin du chapeau ! Prétendre qu'il n'y a pas de truc fait justement partie du tour de passe-passe !

Poirot s'abstint de répliquer.

— Vous pensez que je suis un vieux bonhomme bien méfiant, hein ? reprit brusquement Farley. Eh oui, c'est ainsi. Je ne fais confiance à personne ! C'est ma devise. Quand on est riche, on ne peut faire confiance à personne. Oh ! non, surtout pas.

— Vous vouliez me consulter ? rappela doucement le détective.

Le vieil homme hocha la tête :

— Mieux vaut toujours s'adresser à l'expert et ne pas regarder à la dépense. Vous remarquerez, monsieur Poirot, que je ne vous ai pas demandé le montant de vos honoraires. Et je ne le ferai pas ! Vous m'enverrez la note plus tard — et vous verrez que je ne suis pas du genre à négocier avec vous un rabais ! Il va de soi que je n'aime pas me faire avoir, comme par ces fichus imbéciles de la crémerie qui voulaient me faire payer 2 shillings 9 une douzaine d'œufs qui ne vaut que 2 shillings 7 sur le marché — bande de voleurs ! Mais quand on a affaire à un homme qui est en haut de l'échelle, c'est différent. Lui, il vaut son prix. Je le sais, j'y suis moi-même.

Hercule Poirot ne répondit pas. La tête légèrement penchée de côté, il était tout ouïe.

Il restait de marbre mais, sans pouvoir au juste l'expliciter, éprouvait intérieurement un sentiment de déception. Jusque-là, Benedict Farley s'était montré fidèle à son image — c'est-à-dire conforme à l'idée qu'un vain peuple s'en faisait. Et pourtant, Poirot était déçu.

« Cet homme, se disait-il avec dégoût, n'est qu'un charlatan... rien d'autre qu'un charlatan. »

Il avait connu d'autres milliardaires — des excentriques, eux aussi —, mais, dans pratiquement tous les cas, il avait senti en face de lui une certaine force, une énergie intérieure qui avaient forcé son respect. S'ils avaient porté une robe de chambre en patchwork, c'est parce qu'ils en auraient eu envie. Celle de Benedict Farley, du moins Poirot le pensait-il, n'était qu'un costume de théâtre. L'homme lui-même était un histrion. Chaque parole qu'il prononçait, Poirot en était sûr, n'était destinée qu'à faire de l'effet.

Toujours impassible, il répéta :

— Vous vouliez me consulter, Mr Farley ?

L'attitude du milliardaire changea d'un coup.

Il se pencha en avant. Sa voix s'abaissa en un murmure rauque :

— Oui. Oui... Je veux savoir ce que vous pouvez dire... ce que vous pensez... Soyez à votre maximum ! C'est ce que je fais toujours ! Le meilleur médecin... le meilleur détective... à eux de jouer.

— Pour l'instant, monsieur, je ne comprends pas.

— Naturellement, jeta Farley. Je n'ai encore rien dit.

Il se pencha en avant une fois de plus et posa brutalement la question :

— Que savez-vous des rêves, monsieur Poirot ?

Les sourcils du petit détective se haussèrent. Il s'attendait à tout sauf à ça :

— Sur ce sujet, Mr Farley, je vous recommanderais l'ouvrage de Napoléon, *Le Livre des rêves*... ou le dernier en date des psychanalystes de Harley Street.

— J'ai essayé les deux, rétorqua sobrement Farley.

Il y eut un silence jusqu'à ce que le milliardaire reprenne la parole. Presque un chuchotement au départ, puis de plus en plus haut :

— C'est le même rêve... toutes les nuits. Et j'ai peur, je peux bien vous l'avouer, très peur... Je vois toujours la même chose. Moi, assis à mon bureau, dans la pièce à côté de celle-ci, en train d'écrire. Il y a une pendule, j'y jette un coup d'œil et je vois l'heure : 3 h 28 très exactement. Toujours 3 h 28, comprenez-vous ?

» *Et quand je vois l'heure, monsieur Poirot, je sais qu'il faut que je le fasse*. Je ne veux pas le faire, c'est horrible, mais il le faut...

Sa voix s'était muée en cri strident.

— Et qu'est-ce donc que vous devez faire ? s'enquit Poirot, imperturbable.

— A 3 h 28 du matin, répondit Benedict Farley d'une voix rauque, j'ouvre le deuxième tiroir à droite de mon bureau, je sors le revolver que je garde ici, je le charge, je vais vers la fenêtre, et là... et là...

— Oui ?

— *Je me tue*..., fit le vieil homme dans un souffle.

Nouveau silence.

— C'est ça, votre rêve ? demanda Poirot.

— Oui.

— Le même chaque nuit ?

— Oui.

— Que se passe-t-il après que vous vous êtes tué ?

— Je me réveille.

Poirot hocha lentement la tête, songeur :

— Juste pour savoir, vous avez vraiment un revolver dans ce tiroir du bureau ?

— Oui.

— Pourquoi ?

— J'ai toujours fait ainsi. Autant être prêt.

— Prêt à quoi ?

— Un homme dans ma position, dit Farley avec agacement, doit rester sur ses gardes. Tous les hommes riches ont des ennemis.

Poirot n'insista pas. Il resta silencieux un instant puis demanda :

— Pourquoi au juste m'avez-vous fait venir ?

— Je vais vous expliquer. J'ai commencé par consulter un médecin... trois médecins, pour être exact.

— Oui ?

— Le premier y a vu une question de régime alimentaire. C'était un homme d'un certain âge. Le deuxième était un garçon de la nouvelle école. Il m'a assuré que tout cela était en relation avec un événement bien précis de mon enfance qui se serait déroulé à cette heure bien précise elle aussi : 3 h 28 du matin. Un événement que je suis, d'après lui, tellement déterminé à occulter que je le symbolise par ma destruction. C'est son explication.

— Et le troisième ? voulut savoir Poirot.

De colère, Benedict Farley s'étrangla presque :

— C'est un jeune, lui aussi ! Sa théorie est le comble du grotesque ! Il prétend que je suis, moi, fatigué de vivre, que la vie m'est devenue insupportable à un degré tel que je veux délibérément y mettre un terme ! Mais l'admettre revenant à reconnaître du même coup que mon existence est un échec, je refuse, pendant mon temps de veille, de regarder la réalité en face. Alors que quand je dors, toutes inhibitions dissipées, je fais *ce que je désire réellement faire* : je mets fin à mes jours.

— Son diagnostic serait donc que, sans que vous le sachiez, votre plus profond désir est de vous suicider ?

— Oui, et ça ne tient pas debout ! s'égosilla Farley. Ça ne tient pas debout ! Je suis aussi heureux qu'on peut l'être ! Je possède tout ce que je veux, tout ce que l'argent peut procurer ! C'est ahurissant, c'est dément, d'avancer des théories pareilles !

Poirot le dévisagea avec intérêt. Peut-être quelque chose dans le tremblement de ses mains, dans le chevrotement suraigu de sa voix, l'avertit que ses dénégations étaient trop insistantes, trop véhémentes pour n'être pas suspectes.

— Et où puis-je intervenir là-dedans, cher monsieur ? se contenta-t-il de questionner.

Benedict Farley se calma soudain.

— Il existe une autre possibilité, fit-il en tapotant la table d'un doigt emphatique. Et si elle s'avère exacte, vous êtes l'homme qu'il me faut ! Vous êtes célèbre, vous avez traité des centaines d'affaires — les plus extraordinaires, les plus incroyables qui soient ! Alors si quelqu'un doit savoir, ce ne peut être que vous.

— Savoir quoi ?

— Imaginez qu'on veuille me tuer... Pourrait-on le faire de cette manière ? Peut-on m'envoyer ce rêve nuit après nuit ?

— Par hypnotisme, voulez-vous dire ?

— Oui.

Hercule Poirot réfléchit. Puis :

— C'est possible, je suppose. Mais cette question relève plutôt d'un médecin.

— Vous ne vous souvenez pas d'un cas pareil dans votre carrière ?

— Pas précisément de cet ordre, non.

— Vous voyez où je veux en venir ? On me fait rêver la même chose nuit après nuit, nuit après nuit, et puis un jour... je n'arrive plus à résister à l'effet de suggestion *et je passe à l'acte*. Je fais ce que j'ai si souvent rêvé : je me tue !

Lentement, Hercule Poirot secoua la tête.

— Vous ne croyez pas ça possible ? demanda Farley.

— *Possible* et *impossible* sont des termes que je n'aime pas trop manier.

— Mais vous estimez que c'est improbable ?

— Tout à fait improbable.

— C'est ce que le médecin a dit aussi..., murmura Farley.

Sa voix redevint stridente :

— Mais alors, pourquoi est-ce que je fais ce rêve ? Pourquoi ? Pourquoi ?

Hercule Poirot ne répondit pas. Benedict Farley demanda alors brusquement :

— Vous êtes sûr de n'avoir jamais connu de cas semblable ?

— Jamais.

— C'est ce que je voulais savoir.

Hercule Poirot se racla délicatement la gorge :

— Puis-je vous poser une question ?

— Laquelle ? Laquelle ? Demandez-moi n'importe quoi.

— Qui soupçonnez-vous de vouloir vous tuer ?

— Personne, jeta tout de suite Farley. Rigoureusement personne.

— Pourtant l'idée vous en est venue à l'esprit ? insista Poirot.

— Je voulais savoir... si c'était une hypothèse plausible.

— Si j'en crois ma propre expérience, ma réponse est non. Au fait, avez-vous jamais été hypnotisé ?

— Bien sûr que non. Vous croyez que je me prêterais à des âneries de ce genre ?

— Alors je crois pouvoir définitivement ranger votre théorie au rang des improbabilités.

— Mais le rêve, gros malin, vous l'oubliez, le rêve ?

— C'est vrai qu'il présente des aspects remarquables, fit Poirot, pensif.

Il s'interrompit un moment, puis :

— J'aimerais voir le décor du drame : la table, la pendule, le revolver.

— Bien sûr, je vais vous conduire à côté.

Resserrant les pans de robe de chambre, le vieil homme s'extirpa à demi de son fauteuil. Et puis tout à coup, comme si une idée subite lui était venue, il se rassit :

— Après tout, non. Il n'y a rien à voir là-bas. Je vous ai dit tout ce qu'il y avait à dire.

— J'aimerais pourtant me rendre compte par moi-même...

— Pas la peine, coupa sèchement Farley. Vous m'avez donné votre avis. C'est tout ce que je voulais.

— A votre aise, fit Poirot avec un haussement d'épaules.

Il se leva :

— Je suis au regret, Mr Farley, de ne pouvoir vous aider davantage.

Benedict Farley regardait droit devant lui.

— Je n'aime pas trop qu'on fouine chez moi, grogna-t-il. Je vous ai exposé les faits, vous ne pouvez rien en tirer. Bon, cela clôt l'affaire. Envoyez-moi la note de vos honoraires pour la consultation.

— Je n'y manquerai pas, répondit sèchement le détective qui se dirigea vers la porte.

— Un instant, l'arrêta le milliardaire. La lettre... rendez-la-moi.

— La lettre de votre secrétaire ?

— Oui.

Les sourcils de Poirot s'arrondirent de surprise. Il plongea la main dans sa poche et en ressortit une feuille pliée qu'il tendit au vieil homme. Ce dernier la regarda attentivement et la posa sur la table à côté de lui avec un signe de tête.

Une fois de plus, Poirot prit la direction de la porte. Il était perplexe. Il ne cessait de repasser dans son esprit l'histoire qu'on venait de lui raconter, mais en même temps quelque chose le turlupinait. Quelque chose qui le concernait, lui, et non pas Benedict Farley.

Au moment où il posait la main sur le bouton de la porte, la lumière se fit. Lui, Hercule Poirot, s'était rendu coupable d'une erreur ! Il revint une fois de plus dans la pièce :

— Mille excuses ! Absorbé par votre problème, j'ai fait une bêtise ! La lettre que je vous ai donnée... je me suis trompé, je l'ai sortie de ma poche droite au lieu de ma poche gauche !

— Allons bon, qu'est-ce qu'il y a, encore ?

— La lettre que je viens de vous remettre, c'est celle de ma blanchisseuse qui s'excusait pour un mauvais nettoyage de mes cols de chemise, expliqua Poirot avec un sourire penaud.

Il fouilla dans sa poche gauche :

— La vôtre, la voilà !

Benedict Farley la lui arracha presque des mains.

— Sacré bon sang, grommela-t-il, vous ne pouvez pas faire attention à ce que vous faites ?

Poirot reprit le mot de sa blanchisseuse, se répandit une fois encore en excuses et quitta la pièce.

Il fit un instant halte sur le vaste palier. Devant lui se trouvait un grand et vénérable banc à dossier de chêne, face à une table de monastère sur laquelle étaient disposés des magazines. Il y avait aussi deux fauteuils et un guéridon avec des fleurs. On eût dit une salle d'attente de dentiste.

Le majordome patientait dans le hall, en bas, pour le raccompagner à la porte :

— Puis-je vous appeler un taxi, monsieur ?

— Non, merci. La nuit est belle. Je vais marcher.

Il s'arrêta un moment sur le trottoir pour attendre une accalmie dans l'intense circulation.

Un pli profond lui barrait le front.

« Non, se dit-il. Je ne comprends pas. Rien de tout cela n'a de sens. Je regrette de devoir le reconnaître, mais moi, Hercule Poirot, je suis complètement égaré. »

Ç'avait été là ce qu'on pourrait appeler le premier acte du drame. Le second devait commencer une semaine plus tard. Il débuta par un coup de téléphone d'un certain John Stillingfleet, docteur en médecine.

— C'est vous, Poirot, vieille branche ? demanda-t-il avec une remarquable décontraction pour un médecin. Stillingfleet à l'appareil.

— Oui, mon bon ami. Qu'y a-t-il ?

— Je vous appelle de Northway House. De chez Benedict Farley.

— Ah ? fit Poirot d'une voix soudain intéressée. Qu'est-ce qui lui arrive, à cet excellent Mr Farley ?

— Il est mort. Il s'est tiré une balle dans la tête cet après-midi.

— Tiens donc..., fit Poirot après un silence.

— Ça n'a pas l'air de vous surprendre outre mesure. Vous seriez au courant de quelque chose que ça ne m'étonnerait pas.

— Qu'est-ce qui vous fait croire ça ?

— Oh ! ne voyez pas là le résultat d'une brillante

déduction, d'un exercice de télépathie ou de je ne sais quelle faribole de ce genre. Nous avons trouvé un mot de la main de Farley vous fixant rendez-vous il y a environ une semaine.

— Je vois.

— On a mis sur place un inspecteur pas trop regardant... mieux vaut y aller sur des œufs, vous savez, quand un de ces richards se fait sauter le caisson. Je me disais que vous pourriez peut-être jeter un peu de lumière sur l'affaire. Auquel cas, si vous veniez faire un tour par ici...

— J'arrive tout de suite.

— C'est chic de votre part, mon vieux. Il y a vraiment quelque chose de pas catholique là-dedans, hein ?

Poirot se contenta de répéter qu'il se mettait en route sans plus tarder.

— Vous ne voulez pas vous étendre au téléphone ? Vous avez raison. A tout de suite.

Un quart d'heure plus tard, Poirot était introduit dans la bibliothèque, petite pièce toute en longueur à l'arrière de Northway House, au rez-de-chaussée. Cinq autres personnes étaient présentes : l'inspecteur Barnett, le Dr Stillingfleet, Mrs Farley, la veuve du milliardaire, Joanna Farley, sa fille unique, et Hugo Cornworthy, le secrétaire particulier.

L'inspecteur était un homme discret à l'allure compassée. Le médecin, dont l'attitude en service différait totalement du style au téléphone, un homme d'une trentaine d'années, grand, au visage allongé. Mrs Farley, une jolie femme brune manifestement beaucoup plus jeune que son mari et qui paraissait très sûre d'elle. Le dessin dur de sa bouche et ses yeux noirs ne laissaient absolument rien deviner de ses émotions. Joanna avait, elle, les cheveux blonds et le visage constellé de taches de rousseur. Son nez et son menton étaient de toute évidence hérités de son père. Elle avait l'œil intelligent et malin. Hugo Cornworthy, jeune homme correctement vêtu, semblait vif et efficace.

Les salutations et présentations effectuées, Poirot fit un compte rendu clair et net des circonstances de sa précédente visite et de l'histoire que lui avait racontée Benedict Farley. Il n'aurait pu rêver être écouté avec plus grande attention.

— Je n'ai jamais rien entendu d'aussi extraordinaire ! s'écria l'inspecteur. Un rêve ! Etiez-vous au courant, Mrs Farley ?

Elle inclina affirmativement la tête :

— Mon mari m'en avait parlé. Ça le perturbait beaucoup. Je... j'avais mis ça sur le compte d'une mauvaise digestion — il s'alimentait de façon très particulière — et lui avais conseillé d'appeler le Dr Stillingfleet.

— Il ne l'a pas fait, précisa ce dernier. D'après le récit de M. Poirot, il aurait plutôt opté pour Harley Street.

— J'aimerais votre avis sur ce point, docteur, fit Poirot. Mr Farley m'a dit qu'il avait consulté trois spécialistes. Que pensez-vous des théories qu'ils ont avancées ?

Stillingfleet fronça le sourcil :

— C'est là une question difficile. Il faut tenir compte du fait qu'il ne vous a pas répété les termes exacts de ce qui lui a été dit. Vous avez eu droit à l'interprétation d'un profane.

— Donc, d'après vous, il aura fait erreur sur la terminologie ?

— Pas exactement. Ce que je veux dire, c'est qu'ils lui ont présenté les choses en jargon professionnel, qu'il en aura un peu déformé le sens et qu'il vous l'aura resservi dans son vocabulaire à lui.

— Entre ce qu'il m'a dit et ce que les médecins lui ont dit, il y avait donc une différence ?

— Ça revient à ça. Il a juste compris un peu de travers, si vous voulez.

Poirot hocha pensivement la tête.

— Sait-on chez qui il est allé ? demanda-t-il.

Mrs Farley fit signe que non. Joanna confirma :

— Tout le monde chez nous ignorait qu'il avait consulté.

— Vous a-t-il parlé à *vous* de ce rêve ?

— Non, répondit la fille.

— Et à vous, Mr Cornworthy ?

— Non, il ne m'a rien dit. J'ai pris une lettre pour vous sous sa dictée, mais j'ignorais tout de la raison pour laquelle il désirait vous voir. Je pensais plutôt à un problème dans ses affaires.

— Venons-en maintenant aux circonstances mêmes de sa mort, proposa Poirot.

Après avoir consulté du regard Mrs Farley et le Dr Stillingfleet, l'inspecteur Barnett prit le rôle du porte-parole :

— Mr Farley avait coutume de travailler dans son cabinet particulier, au premier étage, tous les après-midi. Il avait, je crois, une grosse affaire de fusion de sociétés en perspective...

Il interrogea Hugo Cornworthy du regard.

— Les Transports réunis, précisa ce dernier.

— A ce sujet, poursuivit l'inspecteur Barnett, Mr Farley avait accepté d'accorder une entrevue à deux représentants de la presse. Il ne le faisait que rarement. Ça ne s'était produit qu'une fois en cinq ans, semble-t-il. Aussi, deux journalistes, un du Groupement associé de l'information et un des Organes de presse unifiés, sont-ils arrivés à 3 heures et quart sur rendez-vous. Ils ont patienté devant la porte de Mr Farley, sur le palier du premier — l'endroit qui tient normalement lieu de salon d'attente. A 3 h 20, un coursier est arrivé du siège des Transports réunis avec des papiers urgents. On l'a fait entrer dans le bureau de Mr Farley à qui il a remis les documents en main propre. Celui-ci l'a raccompagné à la porte, et s'est brièvement adressé de là aux journalistes : « Désolé de vous faire attendre, messieurs, mais j'ai une affaire importante à régler. Je suis à vous dès que possible. »

» Les deux hommes, Mr Adams et Mr Stoddart, ont assuré Mr Farley qu'ils attendraient son bon vouloir. Il est donc rentré dans son cabinet, a refermé la porte... Et personne ne l'a revu vivant !

— Continuez, fit Poirot.

— Un peu après 4 heures, poursuivit Barnett, Mr Cornworthy, ici présent, est sorti de son bureau qui jouxte celui de Mr Farley et a été tout surpris de trouver les journalistes encore là. Il avait du courrier à faire signer à son patron et voulut en profiter pour lui rappeler que ces deux messieurs attendaient toujours. Il est donc entré. A sa grande surprise, il ne l'a tout d'abord pas vu, et a cru que la pièce était vide. Puis il a aperçu une chaussure qui dépassait de derrière le bureau — positionné devant la fenêtre. Il s'est précipité et a découvert Mr Farley étendu, mort, un revolver à côté de lui.

» Mr Cornworthy s'est ensuite rué hors de la pièce et a demandé au majordome d'appeler le Dr Stillingfleet. Sur les conseils de ce dernier, Mr Cornworthy a aussi prévenu la police.

— A-t-on entendu la détonation ? s'enquit Poirot.

— Non. La circulation est très bruyante, par ici, et la fenêtre du palier était ouverte. Avec les camions et les Klaxons, il était pratiquement impossible de l'entendre.

Poirot resta un moment songeur.

— A quelle heure la mort a-t-elle été estimée ? demanda-t-il enfin.

— J'ai examiné le cadavre dès que je suis arrivé, dit Stillingfleet, c'est-à-dire à 4 h 32. Mr Farley était mort depuis au moins une heure.

Le visage de Poirot se fit très grave :

— Ainsi il pourrait bien être mort à l'heure qu'il m'avait dite : 3 h 28.

— Absolument, acquiesça Stillingfleet.

— Des empreintes, sur le revolver ?

— Oui, les siennes.

— Et le revolver lui-même ?

L'inspecteur reprit la main :

Une arme qu'il gardait dans le deuxième tiroir de droite de son bureau, comme il vous l'a dit. Mrs Farley l'a formellement reconnue. De plus, voyez-vous, il y a une seule entrée à cette pièce, la porte qui donne sur le palier. Les deux journalistes étaient assis juste en face, et ils sont formels : entre le moment où Mr Farley leur a parlé et celui où Mr Cornworthy y est entré, un peu après 4 heures, ils n'ont vu personne.

— Il y a donc toutes les raisons de croire que Mr Farley s'est suicidé ?

L'inspecteur Barnett esquissa un sourire :

— Toutes sauf une.

— Laquelle ?

— La lettre qu'il vous a écrite.

Poirot sourit à son tour :

— Je vois ! Quand Hercule Poirot intervient, immédiatement on pense meurtre !

— Je ne vous le fais pas dire, rétorqua l'inspecteur. Mais maintenant que vous avez éclairci la situation...

Poirot l'interrompit :

— Une petite minute.

Il se tourna vers Mrs Farley :

— Votre mari avait-il jamais été hypnotisé ?

— Jamais.

— Avait-il étudié l'hypnotisme ? S'intéressait-il à la question ?

Elle secoua la tête :

— Je ne crois pas.

Elle sembla soudain perdre sa maîtrise d'elle-même :

— Cet horrible rêve ! C'est à vous donner la chair de poule ! Dire qu'il a rêvé ça... nuit après nuit... et puis... c'est comme si on l'avait... *poussé* à la mort !

Poirot se souvint des paroles de Farley : « ... *je fais ce que je désire réellement faire : je mets fin à mes jours.* »

— Avez-vous jamais eu le sentiment que votre mari pourrait être tenté de se suicider ? demanda-t-il.

— Non... mais je reconnais que, parfois, il paraissait très mal à l'aise.

La voix de Joanna s'éleva, claire, pleine de mépris :

— Papa n'aurait jamais osé. Il prenait beaucoup trop soin de sa petite personne.

— Ce ne sont en général pas les gens qui menacent de se suicider qui passent à l'acte, mademoiselle, intervint le Dr Stillingfleet. C'est pourquoi les suicides apparaissent parfois incompréhensibles.

Poirot se leva :

— Me permet-on de voir la pièce où s'est déroulée la tragédie ?

— Certainement. Dr Stillingfleet...

Le médecin accompagna Poirot à l'étage.

Le cabinet particulier de Benedict Farley était beaucoup plus grand que celui du secrétaire, à côté. Il était luxueusement meublé avec de profonds fauteuils de cuir, un épais tapis de laine, un immense et splendide bureau.

Poirot passa derrière pour examiner l'endroit où une tache sombre maculait le tapis, juste devant la fenêtre. Il voyait encore le milliardaire lui dire : « *A 3 h 28, j'ouvre le deuxième tiroir à droite de mon bureau, je sors le revolver que je garde là, je le charge, je vais vers la fenêtre, et là... et là... je me tue.* »

Il dodelina de la tête :

— La fenêtre était ouverte comme ça ?

— Oui. Mais personne n'aurait pu entrer par cette voie.

Poirot se pencha à l'extérieur. Pas de rebord, aucune corniche, aucun tuyau. Il n'y avait même pas accès pour un chat. En face, se dressait le mur nu de l'usine, un mur aveugle, sans la moindre ouverture.

— Drôle d'idée, quand on est plein aux as, de se choisir comme cabinet particulier une pièce avec une vue pareille, observa Stillingfleet. On dirait une enceinte de prison.

— Oui, dit Poirot en rentrant la tête et en regardant le pan de briques. Je crois que ce mur a son importance.

Le Dr Stillingfleet le considéra avec curiosité :

— Vous voulez dire... psychologiquement ?

Poirot était revenu vers le bureau. Négligemment, en apparence du moins, il s'était emparé d'une de ces pinces extensibles à zigzag qui permettent de saisir à distance. Il appuya sur les poignées : les pinces se déplièrent de toute leur longueur. Délicatement, Poirot leur fit ramasser un morceau d'allumette brûlée qui se trouvait à côté d'une chaise, à moins d'un mètre, et le convoya précautionneusement jusqu'à la corbeille à papier.

— Quand vous aurez fini de faire joujou avec ces machins..., s'énerva le Dr Stillingfleet.

— Ingénieux comme tout, cette invention, commenta Hercule Poirot en remettant les longues pinces bien à leur place sur le bureau. Où étaient Mrs Farley et Joanna au moment du... de la mort ?

— Mrs Farley se reposait dans ses appartements, à l'étage du dessus. Quant à miss Farley, elle peignait dans son atelier, tout en haut de la maison.

Hercule Poirot laissa ses doigts pianoter quelques instants sur le bureau :

— J'aimerais voir miss Farley. Pouvez-vous lui demander de me rejoindre ici un moment ?

— Si vous voulez.

Stillingfleet lui jeta un regard intrigué et sortit. Quelques secondes plus tard, Joanna Farley entra.

— Vous ne voyez pas d'inconvénient, mademoiselle, à ce que je vous pose certaines questions ?

— Tout ce que vous voudrez, répondit-elle en soutenant son regard.

— Saviez-vous que votre père avait un revolver dans son bureau ?

— Non.

— Où étiez-vous, votre mère et vous — au fait, c'est votre belle-mère, non ?

— Oui, Louise est la seconde femme de papa. Elle n'a que huit ans de plus que moi. Mais vous étiez en train de me demander...

— Où étiez-vous, donc, jeudi de la semaine dernière ? Jeudi soir, veux-je dire.

Elle réfléchit un moment :

— Jeudi ? Voyons... Ah ! oui, au théâtre. Nous sommes allées voir *Le petit chien qui riait*.

— Votre père n'avait pas manifesté l'envie de vous accompagner ?

— Il n'allait jamais au théâtre.

— A quoi consacrait-il ses soirées ?

— Il restait ici à lire.

— Ce n'était pas un homme très sociable ?

La fille le regarda droit dans les yeux :

— Mon père avait un caractère éminemment déplaisant. Personne, parmi ceux qui le côtoyaient, ne pouvait le souffrir.

— Vous ne mâchez pas vos mots, mademoiselle.

— C'est pour vous faire gagner du temps, monsieur Poirot, car je vois très bien à quoi vous en venez. Ma belle-mère a épousé mon père pour son argent. Moi, j'habite ici parce que je n'ai pas les moyens de vivre ailleurs. Il y a un homme dans ma vie, mais il est pauvre et mon père s'est débrouillé pour lui faire perdre son emploi. Il voulait me trouver un beau parti — tâche facile, puisque je devais être son héritière !

— C'est à vous que revient sa fortune ?

— Oui. Enfin... il laissait à Louise, ma belle-mère, 250 000 livres net d'impôt et il y a quelques autres petits legs, mais tout le reste me revient.

Un brusque sourire lui vint aux lèvres :

— Ainsi donc, comme vous le voyez, monsieur Poirot, j'avais toutes les raisons de désirer la mort de mon père !

— Ce que je vois aussi, c'est que vous avez hérité de son intelligence.

— C'est vrai que papa n'en manquait pas, fit-elle après un moment de réflexion. On le sentait à son contact — on sentait sa force, sa puissance compulsive. Mais il s'était aigri... il avait perdu tout sens de l'humain.

— Grands dieux, marmotta doucement Hercule Poirot, mais quel imbécile je suis...

Joanna Farley se tourna vers la porte :

— Y a-t-il autre chose ?

— Deux petites questions. Ces pinces, là, fit-il en les prenant, elles étaient toujours ici, sur le bureau ?

— Oui. Il les utilisait pour ramasser des objets. Il avait horreur de se baisser.

— Autre détail encore. Votre père avait-il une bonne vue ?

Elle écarquilla les yeux :

— Oh ! non, il était myope comme une taupe — sans ses lunettes, veux-je dire. Depuis tout petit.

— Et avec ses lunettes ?

— Là, il y voyait parfaitement, bien sûr.

— Il pouvait lire les journaux et les petits caractères ?

— Tout à fait.

— Ce sera tout, mademoiselle.

Elle quitta la pièce.

— Je suis un âne, murmura-t-il. C'était là tout le temps, sous mon nez. Tellement près que je ne l'ai pas vu.

Il se pencha une fois de plus à la fenêtre. Juste en dessous, dans l'étroit passage qui séparait la maison de l'usine, il vit un petit objet sombre.

Hercule Poirot hocha la tête d'un air satisfait et redescendit.

Les autres étaient toujours dans la bibliothèque. Il s'adressa au secrétaire :

— Mr Cornworthy, je voudrais que vous me disiez dans quelles circonstances exactes Mr Farley a fait appel à moi. Par exemple, quand vous a-t-il dicté cette lettre ?

— Le mercredi après-midi. A 5 heures et demie, si je me souviens bien.

— Aviez-vous des instructions spéciales pour la poster ?

— Il m'a demandé de m'en charger personnellement.

— Vous l'avez fait ?

— Oui.

— A-t-il fait prendre au majordome des dispositions spéciales pour me recevoir ?

— Oui. Il a prévenu Holmes — c'est son nom — qu'un monsieur allait venir à 9 heures et demie. Il faudrait lui demander son nom et demander à voir la lettre.

— Singulières précautions, ne trouvez-vous pas ?

Cornworthy eut un haussement d'épaules :

— Mr Farley était un homme un peu spécial.

— D'autres instructions ?

— Oui. Il m'a dit de prendre ma soirée.

— L'avez-vous fait ?

— Oui. Tout de suite après le dîner, je suis allé au cinéma.

— Quand êtes-vous rentré ?

— Vers 11 heures et quart.

— Avez-vous revu Mr Farley, ce soir-là ?

— Non.

— Et il n'a reparlé de rien le lendemain matin ?

— Non.

Poirot s'interrompit un moment, puis reprit :

— Quand je suis arrivé, on ne m'a pas conduit dans le cabinet particulier de Mr Farley.

— Non. Il m'avait demandé de dire à Holmes de vous introduire dans mon bureau.

— Pourquoi ? Le savez-vous ?

Cornworthy secoua la tête.

— Je ne discutais jamais les ordres de Mr Farley, répondit-il sèchement. Il n'aurait pas du tout apprécié que je le fasse.

— Recevait-il ses visiteurs dans son cabinet particulier, en général ?

— En général, mais pas toujours. Il lui arrivait de le faire dans mon bureau.

— Une raison particulière à cela ?

— Non... je ne vois pas... je ne me suis pas vraiment posé la question.

Poirot se tourna alors vers Mrs Farley :

— Vous permettez que je fasse venir votre majordome ?

— Certainement, monsieur Poirot.

Holmes répondit au coup de sonnette, toujours aussi correct et policé :

— Madame m'a appelé ?

Mrs Farley lui désigna Poirot d'un geste de la main.

— Oui, monsieur ? s'enquit-il aussitôt.

— Quelles instructions aviez-vous, Holmes, le jeudi soir où je suis venu ?

Le majordome s'éclaircit la gorge :

— Après le dîner, Mr Cornworthy m'a informé que Monsieur attendait un certain M. Hercule Poirot à 9 heures et demie. Je devais m'assurer que tel était bien le nom du visiteur et vérifier en jetant un coup d'œil sur la lettre. Puis l'accompagner au bureau de Mr Cornworthy.

— Vous avait-on également demandé de frapper à la porte ?

Une expression désapprobatrice passa sur le visage du majordome :

— Cela faisait partie des ordres de Mr Farley. Je

devais toujours frapper quand j'introduisais des visiteurs — les visiteurs pour affaire, faut-il le préciser.

— Ah, cela m'intriguait ! Aviez-vous reçu d'autres instructions me concernant ?

— Non, monsieur. Après m'avoir transmis les ordres, Mr Cornworthy est sorti.

— Quelle heure était-il ?

— 9 heures moins 10, monsieur.

— Avez-vous vu Mr Farley après cela ?

— Oui. Je lui ai monté son verre d'eau chaude habituel à 9 heures.

— Etait-il alors dans sa pièce à lui ou dans celle de Mr Cornworthy ?

— Dans sa pièce à lui.

— Et vous n'y avez rien remarqué d'anormal ?

— D'anormal ? Non, monsieur.

— Où étaient Mrs Farley et miss Farley ?

— Au théâtre, monsieur.

— Merci, Holmes, ce sera tout.

Le majordome s'inclina et quitta la pièce. Poirot se tourna vers la veuve du milliardaire :

— Encore une question, Mrs Farley. Votre mari avait-il une bonne vue ?

— Non. Pas sans verres correcteurs.

— Il était très myope ?

— Je pense bien. Il ne pouvait pas faire grand-chose sans ses lunettes.

— Il en avait plusieurs paires ?

— Oui.

— Ah ! fit Poirot en se carrant dans son fauteuil. Eh bien voilà qui clôt l'affaire, il me semble.

Il y eut un silence dans la pièce. Tous les regards convergeaient vers le petit homme qui se caressait la moustache d'un air satisfait. La perplexité se lisait sur le visage de l'inspecteur, le Dr Stillingfleet fronçait les sourcils, Cornworthy ne pouvait que le fixer d'un air ahuri. Mrs Farley restait bouche bée tandis que Joanna paraissait impatiente d'entendre la suite.

Ce fut Mrs Farley qui rompit le silence :

— Je ne comprends pas, monsieur Poirot, fit-elle d'une voix nerveuse. Le rêve...

— Oui, dit Poirot, ce rêve était très important.

Mrs Farley frissonna :

— Jusque-là, je n'avais jamais cru au surnaturel... mais maintenant... ce rêve qui revient chaque nuit et qui au bout du compte se réalise...

— C'est vrai que c'est extraordinaire, renchérit Stillingfleet. Extraordinaire ! Si nous ne l'avions entendu de vous, Poirot, qui le tenez de la bouche du vieux cheval lui-même...

Il toussota, embarrassé, puis reprit un ton plus professionnel :

— Hem... pardonnez-moi, Mrs Farley. Si Mr Farley lui-même ne vous avait pas raconté cette histoire...

— Précisément, dit Poirot.

Il rouvrit brusquement ses yeux qu'il avait gardés depuis un moment mi-clos. Ils luisaient de tout leur éclat vert :

— *Si Benedict Farley lui-même ne me l'avait pas racontée.*

Il s'interrompit un instant pour contempler les visages interdits autour de lui :

— Certaines choses se sont passées ce soir-là, voyez-vous, que j'étais bien en peine d'expliquer. D'abord, pourquoi tenir à ce point à ce que j'apporte cette lettre ?

— Pour vous identifier, suggéra Cornworthy.

— Sûrement pas, mon jeune ami. Cette idée est trop simpliste. Il doit y avoir une bien meilleure raison. Car Mr Farley a non seulement voulu la voir, mais il a insisté pour que je la laisse. Et le comble, c'est qu'il ne l'a même pas détruite ! On l'a retrouvée cet après-midi dans ses papiers. *Pourquoi l'avait-il conservée ?*

La voix de Joanna s'éleva :

— Peut-être désirait-il, au cas où il lui arriverait quelque chose, que toutes les circonstances de cette étrange histoire de rêve soient connues ?

Poirot hocha la tête d'un air approbateur :

— Vous êtes ingénieuse, mademoiselle. Ce doit être pour cela — ce ne peut être que pour cela — qu'il a gardé la lettre. Quand Mr Farley mourrait, il faudrait que cette étrange histoire de rêve soit révélée ! Il était très important, ce rêve ! Il était *vital !*

» J'en viens maintenant au second point. Après avoir entendu son histoire, je demande à Mr Farley de me montrer le bureau et le revolver. Il fait mine de se lever pour m'y accompagner, puis se ravise soudain. Pourquoi ?

Personne, cette fois, n'avança de réponse.

— Je vais poser la question différemment. *Qu'y avait-il dans cette pièce voisine que Mr Farley ne voulait pas que je voie ?*

Toujours le silence.

— Effectivement, c'est assez difficile à trouver. Et pourtant, il y avait une raison, une raison *impérative* qui faisait que Mr Farley me recevait dans le bureau de son secrétaire et refusait tout net de me faire pénétrer dans le sien. *Il y avait quelque chose dans cette pièce qu'il ne fallait surtout pas que je voie.*

» Et j'en arrive au troisième fait inexplicable de cette soirée. Mr Farley, juste au moment où je partais, m'a demandé de lui rendre la lettre que j'avais reçue. Par inadvertance, je lui ai remis une correspondance de ma blanchisseuse. Il a jeté un coup d'œil dessus et l'a posée à côté de lui sur le bureau. Juste au moment de quitter la pièce, je me suis aperçu de mon erreur et je l'ai réparée, après quoi j'ai quitté la maison. Je dois le reconnaître : j'étais dans le brouillard complet ! L'affaire tout entière — et particulièrement ce dernier incident — me semblait totalement inexplicable.

Il les regarda tous, les uns après les autres :

— Vous ne comprenez pas ?

— Ce que je ne comprends pas, Poirot, protesta Stillingfleet, c'est ce que votre blanchisseuse vient faire là-dedans.

— Ma blanchisseuse, répondit Poirot, a été un élément déterminant. Cette déplorable personne qui esquinte mes cols de chemise s'est montrée utile pour la première fois de sa vie. Vous devez comprendre, maintenant, c'est tellement évident. Mr Farley a jeté un coup d'œil sur la lettre, et ce *seul* coup d'œil aurait dû lui dire que ce n'était pas la bonne. Pourtant, il n'a rien remarqué. Pourquoi ? *Parce qu'il ne la voyait pas bien !*

— Il n'avait pas ses lunettes ? demanda vivement l'inspecteur Barnett.

Hercule Poirot eut un sourire :

— Si, il les avait. C'est justement ça qui est intéressant.

Il se pencha en avant :

— Le rêve de Mr Farley est très révélateur. Il rêve qu'il se suicide. Et un peu plus tard, il se suicide effectivement. Enfin, disons qu'on le retrouve mort, un revolver à côté de lui, seul dans une pièce où personne n'est entré et dont personne n'est sorti au moment du coup de feu. Qu'est-ce que cela signifie ? Qu'il s'est *forcément* suicidé, n'est-ce pas ?

— Oui, acquiesça Stillingfleet.

Poirot secoua la tête :

— Eh bien non. C'était un meurtre. Mais un meurtre peu commun et ingénieux.

De nouveau, il se pencha en avant et pianota sur la table. Ses yeux reprirent leur intense reflet vert :

— Pourquoi Mr Farley ne m'a-t-il pas autorisé à pénétrer dans son bureau ce soir-là ? Qu'y avait-il dans cette pièce que je ne devais pas voir ? Je vais vous le dire, mes amis. C'était... Benedict Farley lui-même !

Il sourit devant l'ahurissement général :

— Non, non, je ne déraisonne pas. Pourquoi le Mr Farley auquel j'ai parlé ne s'est-il pas aperçu de la différence entre deux lettres totalement dissemblables ? Tout simplement parce que c'était un homme doté d'une *vue normale* qui portait des lunettes très fortes. Des verres pareils rendraient un non-myope pratiquement aveugle. N'est-ce pas, docteur ?

— C'est juste... bien sûr, balbutia Stillingfleet.

— Voilà pourquoi j'ai eu l'impression, en parlant à Mr Farley, de m'adresser à un *charlatan*, à un acteur tenant un rôle ! Voyez le décor. La pièce dans la pénombre, la lampe à abat-jour vert tournée pour aveugler à l'opposé de la silhouette assise. Qu'ai-je pu distinguer ? La fameuse robe de chambre en patch-work, le nez en bec d'aigle — facile à se fabriquer avec cette substance très utile qu'est le mastic de théâtre — la huppe de cheveux blancs, les verres épais qui masquaient les yeux. Quelle preuve a-t-on que Mr Farley ait effectivement rêvé ? Aucune, sinon l'histoire qu'on m'a racontée et la confirmation de *Mrs Farley*. Quelle preuve a-t-on que Benedict Farley ait gardé un revolver dans son bureau ? Encore une fois, uniquement ce qu'on m'en a dit et la parole de Mrs Farley. Deux personnes ont monté cette super-cherie : Mrs Farley et Hugo Cornworthy. Cornworthy m'a écrit la lettre, a donné ses instructions au major-dome, est sorti ostensiblement au cinéma mais s'est dépêché de rentrer discrètement en ouvrant avec sa propre clé pour monter dans son bureau, se grimer et jouer le rôle de Benedict Farley.

» Nous en venons donc à cet après-midi. L'occa-sion qu'attendait Mr Cornworthy arrive. Il y a deux visiteurs sur le palier qui pourront jurer que per-sonne n'est entré dans la pièce de Mr Farley ni n'en est sorti. Il attend un moment où la circulation est à son comble, se penche à sa fenêtre, et à l'aide des pinces extensibles qu'il a subtilisées dans le bureau voisin, maintient un objet contre la fenêtre de son patron. Benedict Farley s'y précipite. Cornworthy rentre d'un geste les pinces, et au moment où Farley sort la tête, il profite du bruit des camions pour lui tirer dessus avec le revolver qu'il tenait prêt. Le mur d'en face est aveugle, souvenez-vous, si bien qu'il ne peut y avoir de témoin. Cornworthy attend une bonne demi-heure, rassemble des papiers, y dissi-mule les pinces et le revolver, sort sur le palier, entre dans la pièce d'à côté. Il ne lui reste plus qu'à remettre les pinces à leur place sur le bureau, à dis-poser le revolver près du corps après avoir pressé les doigts du mort dessus, et à se ruer au-dehors en répandant la nouvelle du « suicide » de Mr Farley.

» Il fait en sorte qu'on trouve la lettre qui m'a été adressée, et que j'arrive avec mon histoire, une his-toire que j'aurai entendue *de la bouche même de*

Mr Farley, celle de son rêve extraordinaire, de l'étrange compulsion qu'il éprouvait de se tuer ! Quelques crédules partiront sur la théorie de l'hypnotisme, mais le résultat essentiel sera de confirmer sans l'ombre d'un doute que la main qui a tenu le revolver était celle de Benedict Farley lui-même.

Poirot tourna son regard vers le visage de la veuve. Il en remarqua avec plaisir la consternation, la pâleur livide, le masque de peur...

— Et bien sûr, à terme, acheva-t-il doucement, on en serait arrivé à l'heureuse conclusion : 250 000 livres, et deux cœurs qui battent à l'unisson...

*

Le Dr Stillingfleet et Hercule Poirot longeaient ensemble le flanc gauche de Northway House. A leur droite se dressait le mur de l'usine. À gauche, juste au-dessus d'eux, se trouvaient les fenêtres de Benedict Farley et de Hugo Cornworthy. Poirot s'arrêta et ramassa par terre un objet : un chat noir en peluche.

— Voilà, dit-il. C'est ça que Cornworthy a agité du bout de ses pinces devant la fenêtre de son patron. Quand on se rappelle la phobie de Farley pour les chats, pas étonnant qu'il se soit rué dessus.

— Mais pourquoi diable Cornworthy n'est-il pas allé le récupérer ensuite ?

— Difficile. Cela lui aurait immanquablement attiré les soupçons. Et puis si quelqu'un trouvait le chat, qu'est-ce que ça pouvait faire ? On se serait dit qu'un gamin quelconque l'avait perdu en se promenant par ici.

— Evidemment, soupira Stillingfleet, c'est sans doute ce qu'un esprit ordinaire aurait pensé. Mais pas notre brave Hercule Poirot ! Vous savez, vieille branche, jusqu'à la dernière minute, j'ai cru que vous alliez nous embarquer dans une grande théorie fumeuse de crime psychologiquement « suggéré ». Je suis sûr que les deux autres aussi, d'ailleurs ! Sale bonne femme, la Farley ! Bon Dieu, comme elle a craqué ! Cornworthy aurait peut-être pu s'en tirer si elle n'avait pas piqué sa crise et essayé d'altérer votre beauté naturelle à coups de griffes. J'ai juste eu le temps de la séparer de vous.

Il s'arrêta un instant et reprit :

— La fille, en revanche, elle me plairait plutôt. Elle a du cran, cette petite, et quelque chose dans le crâne. Je suppose qu'on me prendrait pour un chasseur de fortune si je tentais ma chance... ?

— Trop tard, mon bon ami, il y a déjà un candidat sur les rangs. La mort de son père lui a ouvert le chemin du bonheur.

— Tout bien considéré, elle aussi avait un bon motif pour ficher en l'air l'empêcheur de tourner en rond.

— Avoir le mobile et l'occasion, ça ne suffit pas à faire un criminel, décréta Poirot. Il faut aussi avoir une mentalité d'assassin !

— Je me demande si vous ne pourriez pas un jour commettre un crime, Poirot ? lança Stillingfleet. Je parie que vous vous en tireriez sans que ça fasse un pli. Mais en fait, pour vous, ce serait *trop* facile... le résultat ne serait même pas admis par les règlements : on considérerait que ça n'est pas de jeu.

— Alors, là, conclut Poirot, voilà bien une idée d'Anglais !

LE POLICEMAN VOUS DIT L'HEURE

(*Greenshaw's Folly*)

Les deux hommes atteignirent la corne du bosquet.

— Nous y sommes, annonça Raymond West. Voici l'objet.

Horace Bindler prit une longue inspiration admirative.

— Mon cher, s'écria-t-il, quelle merveille !

Le ravissement esthétique avait fait s'envoler sa voix jusqu'au couinement d'extase avant qu'elle ne redescende vers un grave empreint de vénération :

— C'est incroyable ! Hallucinant ! Un chef-d'œuvre absolu !

— Je me disais bien que ça vous plairait, se rengorgea Raymond West.

— Me plaire ? Mais, très cher...

Les mots manquèrent à Horace Bindler. Il déboucla la lanière de son appareil photo et s'activa.

— Ce sera un des joyaux de ma collection, fit-il, tout heureux. Je persiste à penser, voyez-vous, que rien n'est plus plaisant qu'une collection de monstruosités et autres témoignages d'excentricité. L'idée m'en est venue il y a sept ans, une nuit, dans mon bain. Ma plus belle pièce, jusqu'à présent, se trouvait au Campo Santo de Gênes, mais ça, je crois que c'est le pompon. Et ça s'appelle ?

— Pas la moindre idée, avoua Raymond.

— On lui a bien donné un nom, pourtant ?

— Sûrement. Toujours est-il que, par ici, on ne dit jamais que la Folie Greenshaw.

— Greenshaw étant l'individu qui l'a fait bâtir ?

— Oui. En 1860, ou 70, dans ces eaux-là. Le symbole local de réussite sociale de l'époque. Un va-nu-pieds qui se hisse jusqu'à la richesse absolue. Les avis sont partagés sur ce qui l'a poussé à construire ce caravansérail : folie des grandeurs ou désir d'impressionner ses créanciers. Dans ce dernier cas, c'était raté : il a fini ruiné, ou peu s'en faut. D'où ce nom de Folie Greenshaw.

L'appareil photo émit un déclic.

— Voilà, se réjouit Horace. Rappelez-moi de vous montrer le numéro 310 de ma collection : un manteau de cheminée en marbre dans le goût italien... absolument dément.

Il regarda de nouveau la construction :

— Je n'arrive pas à imaginer que ce Greenshaw ait pu concevoir tout ça.

— A bien y regarder, ça ne paraît pourtant pas sorcier. Il avait visité les châteaux de la Loire, vous ne croyez pas ? Voyez ces tourelles. Et puis il semble, hélas, avoir voyagé en Orient. L'influence du Taj Mahal est manifeste. En revanche, j'aime assez l'aile mauresque et ce clin d'œil aux palais vénitiens.

— C'est à se demander comment il a pu dégotter un architecte capable de mettre tout ça bout à bout.

Raymond haussa les épaules :

— Sans grande difficulté, à mon avis. Et l'architecte en question a dû se retirer fortune faite tandis que le pauvre vieux Greenshaw finissait sur la paille.

— On peut aller la voir par l'autre côté, demanda Horace, ou est-ce une propriété privée ?

— C'est une propriété privée, mais je ne crois pas qu'on nous en voudra.

Il obliqua vers l'angle de la bâtisse, Horace gambadant dans son sillage et s'époumonant :

— Mais qui peut bien loger ici, très cher ? Un troupeau d'orphelins ou de congés payés ? Ça ne peut être un collège : pas de terrains de jeu, nul grouillement d'activités diverses.

— Oh ! une Greenshaw vit toujours dans la place, fit Richard par-dessus son épaule. La maison n'a pas été vendue lors de la déconfiture. C'est le fils du vieux Greenshaw qui en a hérité. Il était du genre grippe-sou et n'habitait qu'un coin de la maison. Sans jamais dépenser un fifrelin. Il n'en avait d'ailleurs sans doute pas un seul à dépenser. C'est sa fille qui y vit maintenant. Une vieille demoiselle... tout ce qu'il y a d'excentrique.

Tout en parlant, Raymond se félicitait d'avoir songé à La Folie pour distraire son invité. Ces critiques littéraires n'avaient prétendument de cesse que de passer un bon week-end à la campagne mais se rasaient prodigieusement une fois sur place. Demain, il y aurait la lecture des journaux et suppléments du dimanche. Aujourd'hui, cette visite à La Folie était la bienvenue pour enrichir la fameuse collection d'horreurs en tous genres d'Horace Bindler.

Une fois la bâtisse contournée, ils débouchèrent sur une pelouse à l'abandon. A l'angle, s'étirait une vaste rocaille artificielle au cœur de laquelle une silhouette courbée s'activait. D'extase, Horace agrippa Raymond par le bras :

— Mais regardez-moi ça, très cher ! Regardez ce qu'elle porte : une robe d'indienne à ramages ! Exactement comme les femmes de chambre — au temps béni où il y avait encore des femmes de chambre. Un de mes plus chers souvenirs est celui où, petit garçon, j'étais allé dans une maison à la campagne et où une vraie femme de chambre venait vous réveiller le matin, toute froufroutante dans sa robe d'indienne et sa coiffe. Parfaitement, mon tout bon... une coiffe. Avec des pans de mousseline. Non, c'était peut-être celle qui servait au salon qui avait droit aux pans de mousseline. Bref, c'était une vraie femme de chambre et elle portait un énorme broc à eau chaude en cuivre. Ah ! vraiment, je ne regrette pas ma journée !

La silhouette en robe d'indienne s'était redressée et tournée vers eux, déplantoir à la main. C'était une apparition plutôt saisissante. Des mèches hirsutes de cheveux poivre et sel dégringolaient en boucles désordonnées jusque sur ses épaules, un chapeau de paille, un peu semblable à ceux que portent les mules en Italie du Sud, était vissé sur sa tête. Sa robe d'indienne colorée lui descendait pratiquement jusqu'aux chevilles. Dans son visage hâlé — et assez mal débarbouillé — ressortaient deux yeux malins qui observaient leur arrivée.

— Pardonnez-nous notre intrusion, miss Greenshaw, fit Raymond West en se dirigeant vers elle, mais mon ami Horace Bindler, qui passe quelques jours chez moi...

Horace se découvrit et s'inclina.

— ... est passionné de... euh... d'histoire et de... euh... de belles constructions.

Raymond West s'exprimait avec l'assurance de l'auteur connu auquel sa célébrité permet des libertés inaccessibles au commun des mortels.

Miss Greenshaw désigna du regard l'orgie de pierre qui s'étalait derrière elle.

— C'est une belle demeure, se rengorgea-t-elle, attendrie. C'est mon grand-père qui l'a construite — avant que je sois née, bien entendu. Il paraît qu'il l'aurait faite pour épater les gens du coin.

— M'est avis qu'il a dû réussir, chère mademoiselle, roucoula Horace Bindler.

— Mr Bindler est le critique littéraire bien connu, expliqua Raymond West.

Miss Greenshaw ne vouait manifestement aucune vénération particulière aux critiques littéraires. Elle poursuivit comme si de rien n'était :

— Je la considère comme un témoin du génie de mon grand-père. Il y a des imbéciles qui me conseillent de la vendre et de m'installer en appartement. *Moi*, en appartement ? C'est ma maison et c'est ici que je veux vivre — ici que j'ai toujours vécu.

Elle s'abandonna à la nostalgie du passé :

— Nous étions trois. Laura a épousé le vicaire. Papa ne lui a pas donné un sou, il disait que les hommes de Dieu devaient être détachés des biens d'ici-bas. Elle est morte en couches. Le bébé est mort aussi. Nettie, elle, est partie avec le maître d'équitation. Evidemment, papa l'a rayée de son testament. Un beau garçon, ce Harry Fletcher, mais il ne valait pas tripette. M'étonnerait que Nettie ait été heureuse avec lui. D'ailleurs elle n'a pas vécu longtemps. Ils ont eu un fils. Qui m'écrit, parfois — seulement lui, bien sûr, ce n'est pas un Greenshaw. La dernière du nom, c'est *moi*.

Elle redressa non sans une certaine fierté ses épaules voûtées, et en fit autant du chapeau qui lui tombait sur le coin de l'œil. Puis, pivotant sur ses talons, elle demanda sèchement :

— Oui, Mrs Cresswell, qu'est-ce qu'il y a ?

Venant de la maison, une femme s'approchait d'eux. Vues côte à côte, miss Greenshaw et elle formaient un contraste frisant l'absurdité. Mrs Cresswell arborait de superbes cheveux aux reflets bleutés qui s'élevaient en un échafaudage méticuleusement élaboré de boucles et de rouleaux. On aurait dit qu'elle s'était fait la tête d'une marquise française pour un bal masqué. Pour le reste, cette personne entre deux âges, au lieu de la froufroutante robe de soie noire qui eût été de mise, portait un succédané de rayonne — noire, certes, mais déplorablement luisante. Bien que de faible corpulence, elle était dotée d'un buste somptueusement développé. Quand elle parla, ce fut d'une voix étonnamment profonde. Elle faisait preuve d'une grande afféterie d'élocution, teintée d'un soupçon d'accent cockney laissant à penser qu'elle avait usé, dans sa jeunesse, d'un style moins châtié :

— Le poisson, madame, votre tranche de cabillaud. Elle n'a pas été livrée. J'ai prié Alfred de descendre la chercher mais il s'y refuse.

De façon inattendue, miss Greenshaw émit un petit rire sec :

— Ah ! il s'y refuse, comme vous dites ?

— Il s'est même montré, madame, fort désobligeant.

Miss Greenshaw porta deux de ses doigts souillés de terre à sa bouche et émit soudain un sifflement suraigu avant de hurler :

— Alfred ! Alfred ! Veux-tu rappliquer illico !

En réponse à cet appel, un jeune homme apparut au coin de la maison, une bêche à la main. Il avait un beau visage décidé, et le regard qu'il décocha au passage à Mrs Cresswell était indubitablement malveillant.

— Vous m'avez appelé, miss ?

— Oui, Alfred. Il paraît que tu as refusé de descendre chercher le poisson. Qu'est-ce que ça signifie, hein ?

— Si c'est vous qui voulez que j'y aille, j'irai, répondit-il d'une voix maussade. A vous de le dire.

— Bien sûr que je veux que t'y ailles. J'en ai besoin pour mon souper.

— Comme ça, ça me va, miss. J'y file tout de suite.

Il adressa un regard insolent à Mrs Cresswell, qui rougit et murmura entre ses dents :

— Vraiment ! C'est intolérable !

— Mais j'y songe, fit miss Greenshaw, deux étrangers qui viennent nous rendre visite, c'est exactement ce qu'il nous faut, n'est-ce pas, Mrs Cresswell ?

Laquelle parut désorientée :

— Je vous demande pardon, mais...

— Pour ce que vous savez, voyons, insista miss Greenshaw avec un hochement de tête. On ne peut être à la fois légataire et témoin d'un testament. C'est bien ça, non ? demanda-t-elle en se tournant vers Raymond West.

— Absolument, confirma-t-il.

— Je connais assez de droit pour savoir ça. Et vous êtes deux messieurs tout à fait respectables.

Elle jeta son outil dans son panier :

— Voulez-vous bien m'accompagner à la bibliothèque ?

— Avec grand plaisir, s'empressa de répondre Horace.

Elle les fit entrer par une porte-fenêtre, traverser un vaste salon jaune et or, aux murs tapissés d'un brocart un tantinet fané et dont les meubles étaient recouverts de housses à poussière, puis un grand hall mal éclairé, et enfin gravir un escalier pour pénétrer dans une pièce du premier étage.

— La bibliothèque de mon grand-père, annonça-t-elle.

Horace regarda autour de lui avec ravissement. Cet endroit, à ses yeux, regorgeait de monstruosités de toute première grandeur. Des têtes de sphinx apparaissaient sur les meubles les plus inattendus, un bronze colossal représentait, estima-t-il, Paul et Virginie, et il y avait une grande pendule rococo, en bronze elle aussi, qu'il mourait d'envie de prendre en photo.

— Une belle collection de livres, poursuivit miss Greenshaw.

Raymond était déjà en train de les examiner. A première vue, aucun ne semblait présenter grand intérêt ni d'ailleurs avoir jamais été ouvert. Il s'agissait en quasi-totalité d'ouvrages classiques superbement reliés tels qu'on les fabriquait en série il y a 90 ans pour meubler la bibliothèque des hommes comme il faut. Quelques romans d'une époque révolue s'y trouvaient aussi. Eux non plus ne semblaient pas avoir été souvent feuilletés.

Miss Greenshaw s'était mise à fouiller dans les tiroirs d'un grand bureau. Elle en sortit enfin un document sur parchemin.

— Mon testament, expliqua-t-elle. Il faut laisser son argent à quelqu'un, paraît-il. Si je ne le faisais pas et que je venais à mourir, c'est ce fils de maquignon qui l'aurait, je suppose. C'était un bien beau gosse, Harry Fletcher, mais comme ruffian, on ne faisait pas mieux. Je ne vois pas pourquoi c'est un fils à *lui* qui hériterait de la maison. Non, poursuivit-elle comme en réponse à une objection non formulée, j'ai pris ma décision. Je la laisse à Cresswell.

— Votre gouvernante ?

— Oui. Je le lui ai expliqué. Je fais un testament où tout ce que je possède lui revient, et en contrepartie je ne lui verse plus de gages. Ça me fait faire un tas d'économies, et elle, ça l'oblige à filer doux : pas question de me rendre son tablier et de ficher le camp sur un coup de tête. Elle fait beaucoup de chichis, comme vous avez pu le remarquer. Mais son père n'était qu'un petit plombier de rien, alors elle est assez mal venue de jouer les grandes dames.

Elle avait déplié le parchemin. Prenant une plume, elle la trempa dans l'encrier et signa : Katherine Dorothy Greenshaw.

— Parfait, dit-elle. Vous m'avez vue faire. A votre tour, comme ça, tout sera dans les règles.

Elle tendit la plume à Raymond West. Il hésita un instant, pris d'une répulsion inattendue à faire ce qu'on lui demandait. Puis il gribouilla à la hâte la signature bien connue que chaque jour six lettres d'admiratrices au moins lui réclamaient dans le courrier du matin.

Horace l'imita de son paraphe en pattes de mouche.

— Voilà une bonne chose de faite, conclut miss Greenshaw.

Elle se dirigea vers les bibliothèques vitrées, regarda à l'intérieur d'un air indécis, puis ouvrit une porte, sortit l'un des volumes et glissa le parchemin dedans.

— J'ai mes petites cachettes, expliqua-t-elle.

— *Le Secret de lady Audley*, lut Raymond au passage quand elle replaça le livre.

Miss Greenshaw émit de nouveau son petit rire sec :

— Un triomphe, à son époque. Pas comme vos titres à vous, hein ?

Elle ponctua ces mots d'un léger coup de coude

amical dans les côtes de Raymond. Lequel se trouva fort surpris qu'elle le sache écrivain. Raymond West était certes un nom dans le monde littéraire, mais on pouvait difficilement le qualifier de best-seller. Bien qu'il ait un peu adouci sa plume au fil des années, ses livres décrivaient non sans âpreté le côté sordide de la vie.

— S'il vous plaît, balbutia Horace auquel l'émotion faisait perdre le souffle, est-ce que je pourrais prendre juste une petite photo de la pendule ?

— Mais bien sûr, répondit miss Greenshaw. Elle vient, si je ne me trompe, de l'Exposition universelle de Paris.

— C'est fort probable, convint Horace en prenant la photo.

— Cette pièce n'a guère été utilisée depuis la mort de mon grand-père. Le bureau est plein de ses vieux carnets intimes. Ils doivent être passionnants, j'en suis sûre, mais je n'ai plus les yeux pour les lire. J'aimerais les faire publier, seulement il doit falloir les retravailler à fond.

— Vous pourriez engager quelqu'un pour ça, suggéra Raymond West.

— Vous croyez ? Tiens, c'est une idée. Je vais y réfléchir.

Raymond consulta sa montre :

— Nous ne voudrions pas abuser davantage de votre gentillesse, miss Greenshaw.

— C'est moi qui ai été ravie de votre visite, répondit-elle aimablement. Quand je vous ai entendus à l'angle de la maison, j'ai cru que vous étiez de la police.

— La police ? Pourquoi ? demanda Horace qui ne se gênait pas pour poser des questions.

La réponse de miss Greenshaw fut inattendue :

— « Si tu veux vraiment savoir l'heure, demande-la à un policeman », psalmodia-t-elle gaiement.

Et sur ce petit dicton pétri de sagesse victorienne, elle éclata de rire en donnant une bourrade à Horace.

— J'ai passé un merveilleux après-midi, fit ce dernier avec un soupir de béatitude tandis qu'ils prenaient le chemin du retour. Vraiment, il a tout pour lui, cet endroit. La seule chose qui manque à la bibliothèque, c'est un cadavre. Je suis sûr que c'est ce genre de salle de lecture que ces vieux auteurs de romans policiers démodés avaient en tête quand ils vous ressassaient leurs histoires de cadavre dans la bibliothèque.

— Si vous voulez parler meurtre, dit Raymond, c'est à ma tante Jane qu'il faut vous adresser.

— Votre tante Jane ? Vous voulez dire miss Marple ?

Horace Bindler se montra quelque peu interloqué. La charmante vieille demoiselle à laquelle il avait été présenté la veille au soir lui semblait bien la dernière personne à laquelle il aurait songé dans ce domaine.

— Parfaitement, renchérit Raymond. Le meurtre, c'est une de ses spécialités.

— Allons, très cher, vous m'intriguez. Que voulez-vous dire par là ?

— Juste ce que j'ai dit.

Il ajouta, paraphrasant Shakespeare :

— Il en est qui naissent criminels, d'autres qui arrivent par le crime et d'autres à qui le crime s'impose. Tante Jane appartient à cette troisième catégorie.

— Vous plaisantez.

— Pas le moins du monde. Vous pouvez demander à l'un de nos anciens gros bonnets de Scotland Yard, à bon nombre de chefs de la police des comtés environnants, à un ou deux des inspecteurs les plus actifs du CID !

Horace Bindler, comblé, déclara qu'il allait décidément ce jour-là d'émerveillements en émerveillements.

A la table du thé, ils firent à Joan West, la femme de Raymond, à Lou Oxley, la nièce de Joan, et à cette bonne vieille miss Marple un compte rendu des événements de l'après-midi sans omettre le moindre détail de ce que miss Greenshaw leur avait dit.

— Mais je trouve vraiment, tint à préciser Horace, qu'il y a quelque chose d'un peu sinistre dans toute leur affaire. Cette créature aux allures de duchesse, la gouvernante, qu'est-ce qui l'empêche de mettre de l'arsenic dans le thé, maintenant qu'elle sait que sa patronne a rédigé un testament en sa faveur ?

— Quel est votre avis, tante Jane ? s'enquit Raymond. Va-t-il y avoir meurtre ou pas meurtre ? Qu'est-ce que vous en pensez, vous ?

— J'en pense, répondit miss Marple en rembobinant sa pelote de laine d'un air sévère, que personne ne devrait jamais plaisanter sur ce genre de sujet, mon cher Raymond. L'arsenic, bien évidemment, n'est jamais une hypothèse à écarter, il est si facile de s'en procurer. Sans doute en ont-elles déjà, sous forme d'herbicide, dans leurs produits de jardin.

— Quand même, tantine, fit affectueusement Joan, ce serait un peu cousu de fil blanc, non ?

— C'est bien beau de faire un testament, réfléchit Raymond, mais je ne crois pas qu'elle ait grand-chose à léguer, la pauvre vieille, à part cette énorme tarte à la crème qui lui tient lieu de maison. Et ça, qui en voudrait ?

— Une firme de cinéma, peut-être ? suggéra Horace. Ou encore un hôtel ou un pensionnat ?

— Pour une bouchée de pain, alors, fit Raymond.

Mais miss Marple secoua la tête :

— Là, Raymond, mon cher petit, je ne suis pas d'accord. A propos de la fortune, veux-je dire. Le grand-père était de toute évidence un de ces paniers percés qui dépensent leur argent aussi vite qu'ils le gagnent. Il s'est peut-être ruiné, mais sans jamais se voir vraiment acculé à la banqueroute, sans quoi le fils n'aurait pas hérité la maison. Lequel fils, comme c'est souvent le cas, était de caractère diamétralement opposé. Un grippe-sou. Un homme qui comptait jusqu'au dernier centime. Et j'incline à penser qu'au cours de sa longue existence, il a dû parvenir à économiser une somme rondelette. Cette miss Greenshaw semble beaucoup tenir de lui et être assez regardante. Oui, je crois bien possible qu'elle ait de l'argent.

— Si tel est le cas, intervint Joan West, je me demande dans quelle mesure... est-ce que par exemple Lou ne pourrait pas... ?

Lou, la nièce de Joan, était assise auprès du feu et

ne soufflait mot. Tous les regards se tournèrent de son côté. Son ménage s'était récemment « défait », comme elle disait elle-même, la laissant seule avec deux enfants en bas âge et à peine de quoi les nourrir.

— Si cette miss Greenshaw, poursuivit Joan, a vraiment besoin de quelqu'un pour remettre des carnets en ordre et les rendre publiables...

— Voilà une idée, fit Raymond.

— C'est un travail que je pourrais faire, acquiesça Lou d'une voix basse. Et qui me plairait assez.

— Je vais lui écrire, décida Raymond.

— Je me demande, rêva tout haut miss Marple, ce que la vieille demoiselle voulait dire avec son histoire de policeman.

— Oh ! c'était sans doute une plaisanterie connue d'elle seule.

— Cela me rappelle, décréta miss Marple en hochant vigoureusement la tête, oui, cela me rappelle beaucoup Mr Naysmith.

— Qui était Mr Naysmith ? s'enquit Raymond, curieux.

— Il élevait des abeilles, répondit miss Marple, et il n'avait pas son pareil pour réussir les mots croisés des journaux du dimanche. Par surcroît, il n'aimait rien tant que donner aux gens de fausses impressions, histoire de s'amuser. Ce qui, parfois, lui attirait des ennuis.

Tout le monde resta un moment silencieux, à réfléchir sur le cas de Mr Naysmith. Mais personne ne voyant le rapport avec miss Greenshaw, on en conclut que cette brave tante Jane gâtifiait peut-être *un petit peu* avec l'âge.

*

Horace Bindler rentra à Londres sans avoir trouvé d'autres monstruosités à ajouter à sa collection et Raymond écrivit à miss Greenshaw pour lui signaler qu'il connaissait une certaine Louisa Oxley qui serait tout à fait qualifiée pour se charger du travail sur les carnets. Quelques jours plus tard, arriva une lettre rédigée d'une écriture alambiquée à l'ancienne et dans laquelle miss Greenshaw se déclarait toute prête à s'attacher les services de Mrs Oxley à qui elle demandait de venir la voir.

Lou fut exacte au rendez-vous, des émoluments généreux furent fixés et elle se mit au travail dès le lendemain.

— Je tiens vraiment à vous remercier, dit-elle à Raymond. Tout se combine à merveille : je peux emmener les enfants à l'école, aller à La Folie et les récupérer sur le chemin du retour. C'est un endroit hallucinant ! Quant à la vieille demoiselle, il faut la voir pour la croire !

De retour à la maison à l'issue de son premier jour de travail, elle raconta sa journée :

— La gouvernante s'est à peine montrée. Elle est juste venue à 11 heures et demie m'apporter du café et des biscuits, très chochotte et bouche en cul de poule, et apparemment outrée d'avoir à m'adresser la parole. Je crois qu'elle n'apprécie pas du tout de me voir engagée. Par ailleurs, cela semble être la grosse bagarre entre le jardinier Alfred et elle. C'est un garçon du cru, assez paresseux je crois, et ils ne peuvent pas se voir en peinture. Miss Greenshaw l'a d'ailleurs expliqué, avec ses grandes phrases : « Les rivalités entre personnel de jardin et gens de maison ont toujours existé. Du temps de mon grand-père, déjà, il y avait trois hommes et un gosse au jardin, huit domestiques femmes à la maison : les frictions étaient incessantes. »

Le lendemain, Lou rentra avec d'autres nouvelles :

— Vous vous rendez compte ? C'est moi qu'on a chargée d'appeler le neveu, ce matin.

— Le neveu de miss Greenshaw ?

— Oui. Il est apparemment acteur dans une troupe qui fait la saison d'été à Boreham-on-Sea. J'ai appelé le théâtre et laissé un message pour qu'il vienne déjeuner demain. Le plus drôle, c'est que la vieille demoiselle ne voulait pas que la gouvernante soit au courant. J'ai l'impression très nette que Mrs Cresswell a gravement démérité.

— Demain, la suite de ce feuilleton palpitant, murmura Raymond.

— Oui, cela ressemble fort à un feuilleton. Réconciliation avec le neveu — les liens du sang sont les plus forts —, rédaction d'un nouveau testament, destruction de l'ancien...

— Tante Jane, vous me semblez tout à coup bien grave.

— Grave, moi ? Au fait, ma chère petite, en avez-vous appris davantage sur le policeman ?

Lou parut interloquée :

— Le policeman ? Quel policeman ?

— Cette remarque qu'elle a faite l'autre fois, rappela miss Marple. Elle doit bien correspondre à *quelque chose* ?

Lou arriva toute guillerette à son travail le lendemain. Elle franchit la porte d'entrée qui était ouverte — portes et fenêtres restaient toujours ouvertes : miss Greenshaw ne semblait pas craindre les cambrioleurs, à juste titre sans doute puisque la plupart des bibelots de la maison pesaient plusieurs tonnes et auraient difficilement trouvé acquéreur.

Lou avait rencontré Alfred dans l'allée. En train de fumer une cigarette, adossé à un arbre, il s'était rué sur son balai dès qu'il l'avait aperçue et s'était mis à balayer frénétiquement les feuilles mortes. Un garçon plutôt fainéant, s'était-elle dit, mais pas vilain à regarder. Sa tête lui rappelait quelqu'un. En traversant le hall pour atteindre l'escalier qui menait à la bibliothèque, elle jeta un coup d'œil à l'immense portrait de Nathaniel Greenshaw qui trônait au-dessus de la cheminée et le montrait au faîte de la prospérité victorienne, bien carré dans son vaste fauteuil, les mains posées sur la lourde chaîne giletière en or qui barrait son estomac pansu. Quand son regard atteignit le visage aux lourdes bajoues, aux sourcils broussailleux et à l'exubérante moustache noire, l'idée lui vint que Nathaniel Greenshaw avait dû être beau dans sa jeunesse. Ressembler un peu à Alfred, peut-être...

Elle gagna la bibliothèque et referma la porte derrière elle. Puis elle ouvrit sa machine à écrire et sortit les carnets du tiroir latéral du bureau. Par la fenêtre entrebâillée, elle aperçut miss Greenshaw, vêtue d'une robe d'indienne à ramages de couleur puce, penchée au-dessus de sa rocaille, en plein désherbage. Il y avait eu deux jours de pluie et les adventices s'en étaient donné à cœur joie.

Lou, en parfaite citadine, se jura bien, si elle possédait un jour un jardin, d'éviter ce genre de rocaille qu'il fallait entretenir à la main. Puis elle se mit au travail.

Quand Mrs Cresswell entra dans la bibliothèque avec le plateau du café, sur le coup de 11 heures et demie, elle était manifestement de fort mauvaise humeur. Elle jeta le plateau sur la table plus qu'elle ne l'y déposa et prit l'univers à témoin :

— Du monde à déjeuner... et rien dans la maison ! Comment suis-je censée faire, moi, je vous demande un peu ? Et Alfred qui est introuvable !

— Il balayait dans l'allée quand je suis arrivée, indiqua obligeamment Lou.

— Pardi ! Pas trop fatigant, comme travail !

Mrs Cresswell quitta la pièce comme une furie en claquant la porte derrière elle. Lou rit sous cape. Et elle se demanda à quoi « le neveu » pouvait bien ressembler.

Son café terminé, elle se remit à la tâche. C'était un travail si absorbant que le temps passait vite. Nathaniel Greenshaw, en décidant de tenir un journal, avait cédé au plaisir du franc réalisme. Comme dans cette description du charme d'une serveuse de bar de la ville voisine : il y aurait beaucoup à reprendre pour rendre ce texte publiable.

Au beau milieu de ces pensées, un cri venu du jardin la fit sursauter. Elle bondit sur ses pieds et se précipita à la fenêtre. Miss Greenshaw s'éloignait en titubant de la rocaille et tentait de rejoindre la maison. Entre ses mains, crispées à la base de son cou, dépassait une tige à l'extrémité sertie de plumes que Lou, abasourdie, reconnut pour être l'empennage d'une flèche.

La tête de miss Greenshaw, surmontée de son chapeau de paille tout cabossé, retomba sur sa poitrine. Elle appela Lou à la rescousse d'une voix défaillante :

— Tiré... il m'a tiré... une flèche... cherchez... du secours...

236

Lou se rua vers sa porte. Elle tourna le bouton, mais en vain. Elle comprit l'inanité de ses efforts en découvrant qu'elle était enfermée à double tour. Elle se précipita de nouveau à la fenêtre :

— Je suis enfermée !

Miss Greenshaw lui tournait le dos. Vacillant sur ses jambes, elle appelait la gouvernante à une fenêtre voisine :

— Prévenez... police... téléphone...

Puis elle se dirigea en titubant comme un ivrogne vers le salon du rez-de-chaussée et disparut du champ de vision de Lou. Un instant plus tard, celle-ci entendit un bruit de vaisselle brisée, le son mat d'une chute, puis plus rien. Elle reconstitua mentalement la scène : miss Greenshaw avait dû heurter de plein fouet un guéridon et le service à thé en Sèvres qui se trouvait dessus.

Désespérément, Lou tambourina sur sa porte, appela, hurla. Lasse de taper, elle retourna à la fenêtre. Il n'y avait ni lierre ni tuyauterie qui lui auraient permis d'espérer descendre par cette voie.

De la fenêtre de sa chambre, un peu plus loin, la gouvernante l'appela :

— Venez me faire sortir, Mrs Oxley ! Je suis enfermée !

— Moi aussi !

— Nous voilà bien ! J'ai appelé la police, il y a un téléphone dans cette pièce, mais ce que je n'arrive pas à comprendre, Mrs Oxley, c'est comment on a pu verrouiller. Je n'ai pas entendu de clé tourner, et vous ?

— Non, moi non plus. Mon Dieu, que faire ? Appeler Alfred, peut-être ? Alfred ! Alfred ! hurla-t-elle de toutes ses forces.

— Il y a de grandes chances qu'il soit parti déjeuner. Quelle heure est-il ?

Lou regarda sa montre :

— Midi 25.

— Il n'est pas censé y aller avant midi et demi, mais il carotte toujours quelques minutes chaque fois qu'il peut.

— Croyez-vous que... qu'elle...

Lou voulait demander : « Croyez-vous qu'elle soit morte ? », mais les mots s'étranglèrent dans sa gorge.

Il n'y avait rien d'autre à faire que d'attendre. Elle s'assit sur le rebord de la fenêtre. Une éternité sembla s'écouler avant que la silhouette impassible d'un agent de police, casque sur la tête, apparaisse au coin de la maison. Elle se pencha au-dehors. Il leva la tête, mit sa main en visière sur ses yeux et l'apostropha d'un ton bourru :

— Qu'est-ce qui se passe, ici ?

Chacune à sa fenêtre, Lou et Mrs Cresswell lui déversèrent un flot effréné d'explications.

L'agent sortit un carnet et un crayon :

— Donc vous avez couru là-haut vous enfermer dans vos chambres. Comment vous appelez-vous, mesdames ?

— Mais non ! *Quelqu'un d'autre* nous a enfermées ! Montez, faites-nous sortir !

— Chaque chose en son temps, ronchonna-t-il.

Et il disparut par la porte-fenêtre du salon.

Là encore, l'attente fut interminable. Lou entendit une voiture arriver et, au bout de trois minutes qui lui semblèrent une heure, Mrs Cresswell d'abord, Lou ensuite, furent délivrées par un sergent un peu plus dégourdi que l'agent du début.

— Miss Greenshaw…, articula Lou d'une voix défaillante. Que… qu'est-ce qui lui est arrivé ?

Le sergent se racla la gorge :

— Je suis navré de devoir vous dire, madame, comme je l'ai annoncé à Mrs Cresswell ici présente, que miss Greenshaw est morte.

— Assassinée, ajouta Mrs Cresswell. C'est un meurtre.

Le sergent secoua la tête d'un air dubitatif :

— Ça pourrait être un accident, des gamins du village qui jouaient avec un arc et des flèches.

De nouveau, une voiture arriva.

— Sans doute le médecin légiste, fit le sergent avant de dévaler l'escalier.

Mais ce n'était pas le médecin légiste. Quand Lou et Mrs Cresswell descendirent à leur tour, un jeune homme franchissait le seuil d'un pas hésitant. Il s'arrêta et regarda autour de lui, la mine ahurie.

D'une voix agréable, qui d'une certaine manière sembla familière à Lou — peut-être présentait-elle un certain air de famille avec celle de miss Greenshaw — il demanda :

— Excusez-moi, euh... c'est bien ici qu'habite miss Greenshaw ?

— Votre nom, s'il vous plaît, fit le sergent en s'avançant vers lui.

— Fletcher, répondit le jeune homme. Nat Fletcher. Je suis le neveu de miss Greenshaw.

— Ah ! monsieur, je suis navré de... croyez bien que...

— Il s'est passé quelque chose ?

— Un... un accident... Votre tante a été atteinte par une flèche... qui a sectionné la veine jugulaire...

Mrs Cresswell, au bord de la crise de nerfs, en perdit son raffinement coutumier :

— Assassinée, qu'elle a été, vot'tante ! Le v'là, ce qui s'est passé ! Assassinée, qu'elle a été !

*

L'inspecteur Welch rapprocha un peu sa chaise de la table et promena son regard sur les quatre autres personnes réunies dans la pièce. C'était au soir de cette même journée, et il s'était rendu chez les West afin de recueillir une fois de plus les déclarations de Lou.

— Ce sont ses mots exacts, vous en êtes bien sûre ? *Tiré... il m'a tiré... une flèche... cherchez... du secours* ?

Lou fit signe que oui.

— Et l'heure ?

— J'ai regardé ma montre une ou deux minutes après. Il était alors midi 25.

— Votre montre est juste ?

— J'ai aussi regardé la pendule.

L'inspecteur se tourna vers Raymond West :

— Il apparaît, monsieur, qu'il y a environ une semaine, un certain Horace Bindler et vous-même avez servi de témoins lorsque miss Greenshaw a apposé sa signature au bas de son testament ?

Raymond raconta brièvement les péripéties de leur visite à La Folie cet après-midi-là.

— Votre témoignage peut être important, commenta Welch. Miss Greenshaw vous a clairement laissé entendre, n'est-il pas vrai, qu'elle rédigeait ce testament en faveur de Mrs Cresswell, sa gouvernante, à laquelle elle ne verserait plus de gages vu les avantages que celle-ci pouvait espérer à son décès ?

‹ — Tout à fait, oui.

— Pensez-vous que Mrs Cresswell avait connaissance de ces dispositions ?

— Sans aucun doute. Miss Greenshaw a fait en ma présence allusion à l'impossibilité d'être à la fois bénéficiaire et témoin d'un testament, et Mrs Cresswell a fort bien compris de quoi elle parlait. Miss Greenshaw m'a d'ailleurs elle-même confirmé être arrivée à cet arrangement en accord avec elle.

— Mrs Cresswell avait donc tout lieu de s'estimer intéressée. Le mobile est flagrant dans son cas, et je peux affirmer qu'elle serait maintenant notre suspect numéro un si nous ne l'avions trouvée comme Mrs Oxley enfermée à double tour chez elle, et si miss Greenshaw n'avait pas distinctement crié qu'un *homme* lui avait décoché la flèche...

— Elle était *vraiment* — et sans contestation possible — enfermée dans sa chambre ?

— Oh ! oui, c'est le sergent Cayley qui l'a délivrée. Il s'est trouvé devant une bonne grosse serrure avec une bonne vieille clé. La clé était dans la serrure et il n'y avait aucun moyen de la tourner de l'intérieur ou de faire je ne sais quel tour de passe-passe de ce genre. Non, force nous est d'admettre que Mrs Cresswell était enfermée là et ne pouvait sortir. Comme d'autre part il n'y avait chez elle ni arc ni flèches et que miss Greenshaw ne pouvait de toute façon pas avoir été atteinte à partir d'une fenêtre — l'angle de pénétration l'interdit —, Mrs Cresswell est hors de cause.

Il s'interrompit un moment, puis reprit :

— A votre avis, miss Greenshaw était-elle capable de mystifications ?

Le regard de miss Marple, assise dans son coin, s'alluma aussitôt :

— Ah ! le testament n'était donc finalement pas du tout en faveur de Mrs Cresswell ?

L'inspecteur Welch la considéra avec quelque étonnement.

— Très bien vu, madame, répondit-il. Eh bien non, Mrs Cresswell n'était pas désignée comme bénéficiaire.

— Exactement comme Mr Naysmith, fit miss Marple en hochant la tête. Miss Greenshaw a fait croire à Mrs Cresswell qu'elle lui laissait tout de façon à ne plus lui payer de gages, et puis elle a légué l'argent à quelqu'un d'autre. Nul doute qu'elle devait être très fière d'elle-même. Pas étonnant qu'elle ait eu un petit rire en cachant le testament dans *Le Secret de lady Audley*.

— Une chance que Mrs Oxley ait pu nous parler de ce testament et nous dire où il était caché, reconnut l'inspecteur. Sans quoi nous aurions pu chercher longtemps.

— L'humour victorien, sans doute, glissa Raymond West.

— Elle avait donc, en fin de compte, légué l'argent à son neveu ? demanda Lou.

L'inspecteur secoua la tête :

— Pas du tout, elle ne léguait rien à Nat Fletcher. Le bruit circule dans le pays — bien sûr, je suis nouveau par ici et je ne recueille les on-dit qu'indirectement — que dans leur âge tendre, miss Greenshaw et sa sœur avaient toutes deux des vues sur leur jeune et fringant professeur d'équitation, et que c'est la sœur qui a décroché la timbale. Alors non, elle n'a pas légué l'argent à son neveu...

Il marqua un temps, se frotta le menton :

— Elle l'a laissé à Alfred.

— A Alfred... le jardinier ? fit Joan, stupéfaite.

— Oui, Mrs West. Alfred Pollock.

— Mais pourquoi ? s'écria Lou.

Miss Marple toussota.

— J'imagine, encore que je puisse me tromper, fit-elle d'une voix menue, qu'il doit y avoir là des raisons que l'on pourrait qualifier de... de *familiales*.

— Vous pouvez appeler ça comme ça, en effet, acquiesça l'inspecteur. Il est de notoriété publique, au village, que le grand-père d'Alfred, Thomas Pollock, était l'un des enfants naturels du vieux Mr Greenshaw.

— Ah ! je comprends enfin cette ressemblance ! s'exclama Lou. Je l'avais remarquée ce matin.

Elle se souvenait comment, après avoir croisé Alfred dans l'allée, elle était tombée en arrêt, dans le hall, devant le portrait de Nathaniel Greenshaw.

— Alors à mon avis, continua miss Marple, elle a dû se dire qu'Alfred serait peut-être fier de posséder cette maison, qu'il irait peut-être même jusqu'à l'habiter, tandis que le neveu n'en aurait certainement pas l'utilité et la vendrait dans les plus brefs délais. Il est acteur, n'est-ce pas ? Dans quelle pièce joue-t-il en ce moment ?

« On peut toujours compter sur ces vieilles pour faire dévier une conversation ! » ragea intérieurement l'inspecteur Welch. Il n'en répondit pas moins avec la plus grande obligeance :

— Je crois qu'ils ont axé leur saison sur le théâtre de James Barrie.

— James Barrie..., médita miss Marple.

— *Ce que toute femme doit savoir*, crut bon de la renseigner l'inspecteur Welch en rougissant. C'est le nom d'une de ses pièces, se hâta-t-il d'ajouter. Je ne suis pas tellement amateur de théâtre moi-même mais Mrs Welch est allée la voir la semaine dernière. Un bon spectacle, d'après mon épouse.

— Barrie a écrit des pièces tout à fait charmantes, opina miss Marple. Je dois pourtant vous avouer que quand je suis allée voir *La Petite Mary* avec mon vieil ami le général Easterly...

Elle secoua tristement la tête :

— ... nous ne savions plus où nous mettre.

L'inspecteur, qui ne connaissait pas *La Petite Mary*, semblait dans un brouillard total. Miss Marple s'expliqua :

— Quand j'étais jeune fille, inspecteur, personne n'aurait imaginé que le mot *ventre* puisse être jamais prononcé.

La confusion de l'inspecteur ne fit que s'amplifier tandis que miss Marple égrenait à mi-voix des titres de pièces :

— *L'Admirable Crichton*. Excellent. *Marie-Rose*... une pièce charmante. J'ai pleuré, je m'en souviens comme si c'était hier. *Quality Street*, là, je n'ai pas trop aimé. Et puis il y a eu *Un baiser pour Cendrillon*. Ah ! alors, là, *bien sûr*...

L'inspecteur Welch n'avait pas de temps à perdre en considérations théâtrales. Il en revint à leur affaire :

— Toute la question est de savoir si Alfred Pollock était au courant de ce testament rédigé en sa faveur. La vieille demoiselle le lui avait-elle dit ? Car voyez-vous, il y a un club de tir à l'arc à Boreham Lovell, et *Alfred Pollock en est membre*. Il se débrouille paraît-il très bien avec un arc et une flèche.

— Mais alors, est-ce que ça ne règle pas votre affaire ? demanda Raymond West. Voilà qui expliquerait les portes fermées à double tour sur les deux femmes : qui mieux que lui pouvait savoir au juste dans quelles pièces elles se trouvaient ?

L'inspecteur le regarda d'un air profondément navré :

— Il a un alibi.

— J'ai toujours trouvé les alibis éminemment suspects.

— Chacun est libre de ses opinions, monsieur. Mettons seulement que c'est là le romancier qui parle en vous.

— Vous ne pensez tout de même pas que j'écris des romans policiers ! se récria Raymond West, horrifié à cette seule perspective.

— Généraliser sur les alibis est facile, poursuivit l'inspecteur Welch. Mais, hélas, il n'en faut pas moins tenir compte des faits.

Il poussa un soupir :

— Nous avons à notre disposition trois excellents suspects. Trois personnes qui se trouvaient tout près au moment du crime. Seulement voilà : il semble bien qu'aucune des trois n'ait été en mesure de le commettre. La gouvernante, j'en ai déjà parlé. Nat Fletcher, le neveu, faisait le plein d'essence dans une station-service à quelques kilomètres de là et demandait son chemin au moment précis où miss Greenshaw a été atteinte par la flèche. Quant à Alfred Pollock, six témoins sont prêts à jurer l'avoir vu arriver au *Dog and Duck* à midi 20 et y rester une bonne heure avec son sandwich au fromage et son demi habituels.

— Justement pour se constituer un alibi, hasarda Raymond.

— Possible. Quoi qu'il en soit, il y est bel et bien parvenu.

Un long silence s'ensuivit. Raymond se tourna alors vers miss Marple qui, toute droite dans son fauteuil, réfléchissait intensément :

— A vous la main, tante Jane. L'inspecteur donne sa langue au chat, le sergent aussi, Joan aussi, Lou aussi et moi aussi. Tandis que, pour vous, la situation est d'une limpidité cristalline, n'est-ce pas ?

— Cristalline... je n'irai peut-être pas jusque-là. Et puis le crime, mon cher Raymond, n'est pas un jeu. Cette pauvre miss Greenshaw n'avait sans doute aucune envie de mourir et on l'a tuée d'une manière particulièrement atroce. Son meurtre a été préparé avec soin et exécuté de sang-froid. Ce n'est pas un de ces sujets qu'il est permis de traiter à la légère !

— Je suis désolé, s'excusa Raymond d'un air penaud. Mais je ne suis pas aussi insensible que je le parais. On traite souvent certains sujets par-dessus la jambe précisément pour en conjurer le... l'horreur.

— Sans doute est-ce là la tendance moderne, soupira miss Marple. Toutes ces guerres, et toutes ces plaisanteries qu'on se croit obligés de faire sur les enterrements... C'est vrai, j'ai peut-être eu l'indignation un peu prompte, mon cher petit.

— D'autant que ce n'est pas comme si nous l'avions bien connue, renchérit Joan.

— Vous ne croyez pas si bien dire, souligna

miss Marple. Vous, ma chère Joan, vous ne la connaissiez pas du tout. Moi non plus. Raymond n'en garde que les impressions recueillies au cours d'un après-midi. Quant à Lou, elle ne l'a fréquentée que deux jours.

— Allons, tante Jane, insista Raymond, livrez-nous votre théorie. Vous n'y voyez pas d'objection, inspecteur ?

— Absolument aucune, répondit ce dernier en s'efforçant à la courtoisie.

— Eh bien voyez-vous, mes chers enfants, il semblerait que nous nous trouvions face à trois personnes qui ont eu — ou pu penser qu'elles avaient — un bon motif de tuer la vieille demoiselle. Mais il est en regard de cela trois raisons toutes simples qui font qu'aucune d'entre elles n'a pu commettre le meurtre en question. La gouvernante ne l'a pas pu parce qu'elle était enfermée dans sa chambre et que miss Greenshaw a par ailleurs clairement dit que c'était un *homme* qui lui avait décoché la flèche ; le jardinier ne l'a pas pu parce qu'il était au *Dog and Duck* à l'heure du crime ; et le neveu pas davantage parce qu'il se trouvait encore dans sa voiture à quelques kilomètres de là au même moment.

— Très clairement exposé, mademoiselle, apprécia l'inspecteur.

— Et comme il semble plus qu'improbable qu'un étranger ait pu le commettre, que nous reste-t-il ?

— C'est ce que l'inspecteur aimerait savoir, fit Raymond.

— On envisage si souvent les choses sous un mauvais angle, s'excusa presque miss Marple. Puisque nous ne pouvons modifier les faits et gestes ni l'emploi du temps des gens, pourquoi ne tenterions-nous pas de modifier l'heure du crime ?

— Ce qui signifierait qu'à la fois ma montre et la pendule se trompaient ? demanda Lou.

— Non, ma chérie, fit miss Marple. Vous n'y êtes pas du tout. Ce que je m'aventure à prétendre, c'est que le meurtre n'a pas été commis à l'heure que vous avez cru.

— Mais j'y ai assisté, cela s'est passé sous mes yeux ! se récria Lou.

— Eh bien, ce que je me suis demandé, c'est si vous n'étiez pas là *précisément* pour y assister. Si ce n'était pas en fait pour cela qu'on vous avait offert ce travail.

— Allons, que diable avez-vous en tête, tante Jane ?

— Eh bien, ma chère enfant, je trouve cela bizarre. Miss Greenshaw était plutôt regardante, et pourtant elle vous avait engagée et vous avait accordé sans discuter le salaire que vous lui demandiez. C'est ce simple fait qui m'incline à penser qu'il *fallait* sans doute que vous vous trouviez dans cette bibliothèque du premier étage d'où vous regardiez par la fenêtre afin de fournir — vous, personne extérieure à la maison et dont la bonne foi ne pouvait être mise en doute — le témoignage clef sur lequel on se fonderait pour établir les circonstances du crime.

— Mais enfin, protesta Lou, incrédule, vous n'allez pas soutenir que miss Greenshaw avait l'*intention* de se faire assassiner !

— Non, ma chérie. Ce que je veux dire, c'est que vous ne connaissiez absolument pas miss Greenshaw. Qu'est-ce qui vous prouve que la miss Greenshaw que vous avez vue quand vous êtes allée à La Folie était la même que celle que Raymond avait rencontrée quelques jours plus tôt ? Oh ! je sais, fit-elle en prévision de l'objection de Lou, elle portait la même robe démodée dont s'était émerveillé l'ami de Raymond, le même drôle de chapeau de paille d'où dépassaient les mêmes cheveux hirsutes. Elle correspondait trait pour trait à la description que Raymond nous en avait donnée le week-end dernier. Seulement ces deux femmes, voyez-vous, étaient plus ou moins du même âge, de la même taille et de la même corpulence. La gouvernante, veux-je dire, et miss Greenshaw.

— La gouvernante ? Mais elle est beaucoup plus forte ! Elle a une poitrine monumentale !

Miss Marple toussota :

— Certes oui, ma chère petite, c'est une affaire entendue, seulement il existe de nos jours des... euh... enfin, j'en ai moi-même vu dans des magasins, exposés avec la plus grande indécence... Grâce à ces sortes de... prothèses, la première venue peut maintenant arborer sans problème une... un buste de *n'importe quelle* ampleur.

— Qu'essayez-vous de nous faire comprendre ? questionna Raymond.

— Je me disais tout simplement que pendant les deux ou trois jours que Lou a passés à travailler là-bas, une seule femme aurait pu tenir les deux rôles. Vous avez dit vous-même, Lou, n'avoir pratiquement pas vu la gouvernante, à l'exception du moment où elle vous apportait le plateau du café matinal. On connaît ces excellents artistes de la scène qui incarnent plusieurs personnages avec seulement une ou deux minutes de battement, et je suis sûre que là, la transformation aurait pu s'effectuer très facilement. Cette coiffure de marquise pouvait n'être qu'une perruque qu'on enfile et qu'on ôte à volonté.

— Tante Jane ! Prétendriez-vous que miss Greenshaw était morte avant que je ne commence à travailler là-bas ?

— Morte, non. Maintenue droguée, à mon humble avis. Un jeu d'enfant, pour une femme aussi dénuée de scrupules que la gouvernante. Puis elle a pris ses petites dispositions avec vous et vous a fait téléphoner au neveu pour qu'il vienne déjeuner à une heure bien précise. La seule personne qui aurait pu reconnaître que cette miss Greenshaw n'était pas la vraie aurait été Alfred. Or, souvenez-vous, les deux premiers jours où vous avez travaillé à La Folie, il a plu et miss Greenshaw est restée à la maison, où Alfred ne mettait d'ailleurs pas les pieds à cause de ses démêlés avec la gouvernante. Et le dernier matin, il était dans l'allée tandis que miss Greenshaw travaillait dans la rocaille. Entre parenthèses, j'aimerais bien y jeter un coup d'œil, à cette rocaille.

— Vous voulez dire que c'est Mrs Cresswell qui a tué miss Greenshaw ?

— Je crois qu'après vous avoir apporté votre café, cette femme a fermé sur vous la porte à double tour en sortant, a transporté le corps inanimé de sa maîtresse, a revêtu son costume « miss Greenshaw » et est sortie travailler sur la rocaille où vous pouviez la voir depuis la fenêtre. A un moment donné, elle a crié et est revenue en titubant vers la maison, les mains crispées sur une flèche comme si elle était plantée dans sa gorge. Elle a crié au secours en ayant soin de préciser « *il* m'a tiré une flèche » de façon à ce que la gouvernante ne puisse être soupçonnée. Elle a aussi appelé sous sa propre fenêtre comme si elle y voyait Mrs Cresswell. Une fois dans le salon, elle a volontairement culbuté un guéridon et le service en porcelaine qui se trouvait dessus, elle est montée quatre à quatre chez elle, a mis sa perruque de marquise, et en quelques instants, était parée pour se montrer à sa fenêtre et vous dire qu'elle était elle aussi enfermée.

— Mais elle l'était effectivement, objecta Lou.

— Je sais. Et c'est là que le policeman entre en jeu.

— Quel policeman ?

— Précisément — quel policeman ? Puis-je vous demander, inspecteur, quand et comment *vous* êtes arrivé sur les lieux ?

L'inspecteur parut un tantinet déconcerté :

— A 12 h 29, nous avons reçu un appel téléphonique de Mrs Cresswell, gouvernante de miss Greenshaw, qui nous déclarait que sa maîtresse avait été tuée. Le sergent Cayley et moi-même nous sommes aussitôt rendus sur place en voiture pour y arriver à 12 h 35. Nous avons trouvé miss Greenshaw morte et les deux femmes enfermées chacune dans leur chambre.

— Vous voyez, ma chère, dit miss Marple à Lou. L'agent de police que vous avez vu n'était pas un vrai policier. Vous n'avez pas vraiment fait attention à lui — c'est normal : un uniforme, c'est toujours un uniforme.

— Mais qui... et pourquoi ?

— Qui ? Ma foi, quand ils jouent *Un baiser pour Cendrillon*, le personnage principal est un agent de police. Nat Fletcher n'avait qu'à emporter son costume de scène, à demander sa route dans un garage en faisant bien remarquer l'heure — midi 25 —, puis à foncer jusqu'à la maison, laisser sa voiture dans un coin, enfiler son costume et faire son petit numéro.

— Mais pourquoi... pourquoi ?

— Pour verrouiller de l'extérieur la porte de la gouvernante — et enfoncer la flèche dans la gorge de miss Greenshaw. On peut transpercer quelqu'un avec une pointe de flèche à la main aussi bien qu'avec un arc, à ceci près qu'il y faut davantage de force.

— Vous voulez dire qu'ils étaient tous les deux dans le coup ?

— Oh ! oui, je pense bien. Ce sont vraisemblablement la mère et le fils.

— Mais la sœur de miss Greenshaw est morte il y a belle lurette.

— Sans doute, mais je suis persuadée que Mr Fletcher se sera remarié. Il devait être du genre à cela. Et je n'exclus pas que l'enfant soit peut-être bien mort lui aussi, et que ce prétendu neveu soit le fils de la seconde épouse, donc sans aucun lien de parenté avec les Greenshaw. Cette femme s'est fait engager comme gouvernante afin d'explorer le terrain. Ensuite de quoi le fils a écrit une lettre à miss Greenshaw en se faisant passer pour son neveu et a proposé de venir la voir — il est peut-être même allé jusqu'à faire une plaisanterie quelconque sur sa possible apparition en costume de policeman ou à lui offrir de venir le voir jouer dans la pièce. Mais je crois qu'elle s'est doutée de quelque chose et qu'elle a refusé de le rencontrer. Il aurait été son héritier de plein droit si elle était décédée intestat. Seulement bien sûr, comme elle avait fait un testament en faveur de la gouvernante — du moins le croyaient-ils — la voie leur était ouverte.

— Pourquoi cette histoire de flèche ? objecta Joan. C'est tellement tiré par les cheveux.

— Pas tiré par les cheveux du tout, ma chère petite. Alfred est membre d'un club de tir à l'arc, les soupçons se seraient donc immanquablement portés sur lui. Le fait qu'il soit allé au pub plus tôt que prévu, dès midi 20, a été fort malencontreux pour leurs affaires. Il avait l'habitude de partir toujours juste un tout petit peu avant son heure, ce qui aurait « collé » à la perfection...

Elle secoua tristement la tête :

— Il y a quelque chose de foncièrement répréhensible — moralement parlant s'entend — dans le fait que ce soit la paresse d'Alfred qui l'ait tiré de ce mauvais pas !

L'inspecteur se racla la gorge.

— Eh bien, mademoiselle, vos réflexions sont des plus intéressantes. Il va cependant falloir, vous vous en doutez bien, que j'enquête sur tout ceci...

*

Miss Marple et Raymond West, face à la rocaille, regardaient à terre le panier de jardinier plein de plantes avachies.

— Alysses, saxifrages, millepertuis, campanules..., énuméra à mi-voix miss Marple. Ce sont là toutes les preuves dont j'ai personnellement besoin pour me conforter dans mon opinion. La personne qui désherbait ici hier matin ne connaissait rien au jardinage, elle a arraché les bonnes plantes aussi bien que les mauvaises herbes. Alors maintenant, je *sais* que j'ai raison. Merci, mon petit Raymond, de m'avoir amenée ici. Pour ma gouverne, je tenais à voir l'endroit.

Son neveu et elle levèrent les yeux sur la monstruosité hétéroclite qu'était la Folie Greenshaw.

Un toussotement les fit se retourner. Comme eux, un jeune homme contemplait l'immense bâtisse.

— Sacré morceau, c'te baraque, hein ? lança-t-il. Paraît qu'elle est trop grande, au goût d'aujourd'hui. Moi, j'sais pas. Si j'gagnais l'gros lot au concours de pronostics du foot, p'têt'ben que j'aimerais m'en faire construire une pareille.

Alfred Pollock leur sourit d'un air modeste :

— J'pense que j'peux ben l'dire, maintenant : celle-là, c'est mon arrière-grand-père qui l'a bâtie. Et j'la trouve rudement chouette, même si tout le monde l'appelle la Folie Greenshaw.

TABLE

Composition réalisée par JOUVE

IMPRIMÉ EN FRANCE PAR BRODARD ET TAUPIN
Usine de La Flèche (Sarthe).
Imp. : 3087D-5 – Edit. : 2591-12/1998
ISBN : 2 - 7024 - 7889 - 1
ISSN : 0768 - 1070

H 52/6084/9